第四届《安徽古籍叢書》編審委員會

主任委員

黄德寬

副主任委員

諸偉奇

丁　放

彭君華

委員（按姓氏筆畫順序）

卞　利　方錫球　牛繼清　王啓才

吴先伍　施立業　胡傳志　紀健生

陳　林　張玉才　曹小雲　曹天生

程德和　楊　軍　楊應芹　趙國華

鮑　恒　樊嘉禄

安徽古籍叢書萃編

東萊詩詞集

宋·呂本中 撰

沈暉 點校

黄山書社

图书在版编目(CIP)数据

东莱诗词集 / (宋)吕本中撰；沈晖点校. —合肥：黄山书社，2014.1
(安徽古籍丛书萃编)
ISBN 978-7-5461-4272-2

Ⅰ. ①东… Ⅱ. ①吕… ②沈… Ⅲ. ①古典诗歌-诗集-中国-宋代
Ⅳ. ①I222.744

中国版本图书馆 CIP 数据核字(2014)第 006208 号

东莱诗词集

出 版 人　任耕耘
策　　划　任耕耘　赵国华　汤吟菲
执行策划　汤吟菲　徐娟娟
责任编辑　任耕耘　朱莉莉

装帧设计　未　氓
责任印制　戚　帅

出版发行　时代出版传媒股份有限公司(http://www.pressmart.com)
　　　　　黄山书社(http://www.hspress.cn)
　　　　　官方直营书店(http://hsssbook.taobao.com)
　　　　　营销部电话:0551-63533762　63533768
　　　　　(合肥市政务文化新区翡翠路 1118 号出版传媒广场 7 层　邮编:230071)
经　　销　新华书店
印　　制　安徽联众印刷有限公司

开本　880×1230　1/32　　印张　13.75　　字数　230 千字
版次　2014 年 9 月第 1 版　　2014 年 9 月第 1 次印刷
书号　978-7-5461-4272-2　　定价　160.00 元

序

黄德寬

值此《安徽古籍叢書萃編》編輯出版之際，欣逢新時期安徽古籍整理出版工作步入而立之年！三十年來安徽的古籍整理出版工作，很值得認真地進行一番回顧總結。

一九八一年，中共中央發布《關於整理我國古籍的指示》，成立了以李一氓同志爲組長的國家古籍整理出版規劃領導小組，正式拉開了新時期古籍整理出版工作的序幕。一九八四年，中共安徽省委决定建立安徽省古籍整理出版領導小組，由時任省人大常委會副主任魏心一同志挂帥，聯合了省新聞出版局等政府部門和安徽大學等高等院校、研究單位，正式啓動安徽省古籍整理出版工作。同年，安徽專業古籍出版單位黄山書社也宣告成立。安徽古籍整理出版工作由此翻開了嶄新的一頁。

三十年間，安徽省古籍整理出版工作堅持初衷，克服困難，在政府部門的支持和社會賢達的關心下，經過學者們的艱辛努力，取得了豐碩成果，其最有代表性的成果就是《安徽古籍叢書》的編纂出版。

《安徽古籍叢書》凝結了當代安徽傳統文化研究領域衆多學者與專家的心血和汗水。以吴孟復先生爲代表，組成《安徽古籍叢書》第一届編審委員會，賡續安徽先哲編刊地方叢書盛業，梳理文獻綫索，擬訂叢書子目，擘劃編纂體例。遵循嚴格的學術規範，《安徽古籍叢書》自一九八九年三月刊出第一種——《舊聞隨筆》，截至二〇一三年底，連同修訂再版，出版已突破百種，成爲我國當代古籍整理一個有影響力的品牌。

收入《安徽古籍叢書》的各類古籍，既有朱熹、戴震、俞正燮、凌廷堪、程瑶田、黄生、包世臣、楊仁山、吴汝綸等學術巨擘的著作，也有張孝祥、錢澄之、方苞、方文、施愚山、姚鼐、吴敬梓等文學名家的作品；此外，包拯、朱升、朱元璋、阮大鋮、姚瑩、方孝標、劉銘傳等皖籍著名歷史人物的著述也盡在其中。正是因爲歷代賢哲創造的精神財富，使得《安徽古籍叢書》一經出版即蜚聲海内外，産生了廣泛的社會影響。李一氓同志曾經撰文，欣喜地表示：

『現在有一個好現象，安徽要編印新的《安徽叢書》。』當代著名學者金克木、胡道静、張岱年、程千帆等先生稱道『這是安徽文化事業的一項盛舉』。法國漢學家戴廷傑也對《安徽古籍叢書》堅持嚴格的學術規範稱賞不已。

《安徽古籍叢書》的順利編輯出版，還因爲改革開放帶來的時代機遇。改革開放三十多年來，我國經濟文化繁榮昌盛，使得《安徽古籍叢書》能够得到有關方面的財力支持。上個世紀八十年代，《安徽古籍叢書》編纂在發軔之時，就不斷有項目入選國家古籍整理出版規劃，得到國家各方面的有力支持。最新公布的《二〇一一—二〇二〇年國家古籍整理出版規劃》中，包括《方以智全書》在内的新列《安徽古籍叢書》項目品種就多達四十八種。安徽古籍的整理編纂工作，正是在改革開放的大背景下，在全國古籍整理出版工作的大格局中，取得了突出的成就并展現着美好的未來。

《安徽古籍叢書》的編纂出版，安徽大學『省古籍整理出版辦公室』發揮了重要作用。古籍辦的同志們長期堅守在古籍整理出版崗位，甘於清苦，默默奉獻，辛勤耕耘，爲《安徽古籍叢書》的編纂和安徽古籍整理出版工作做出了突出的貢獻。二〇一〇年，在『全國專業古籍出版社社長年會暨全國優秀古籍圖書評獎會』上，時任國家新聞出版總署副署長鄔書林同志作題爲《無愧歷史 珍惜時代 出好精品》的講話，指出：『安徽是堅持地方古籍整理工作最好的省份。不少地方古籍辦幾乎都撤了，或名存實亡，安徽則堅持不輟，并做了大量工作。』

黨的『十八大』從戰略層面提出扎實推進社會主義文化强國建設，豐富人民精神文化生活，『建設優秀傳統文化傳承體系，弘揚中華優秀傳統文化』。《安徽古籍叢書》立足鄉邦文獻的整理編纂，因應了國家文化建設的宏偉規劃，是文化强省乃至文化强國建設事業的題中應有之義。這項事業遠非一兩代人所能完成，正如一九八一年中央三十七號文件所指出的，『整理古籍是一件大事，得搞上百年』。

《安徽古籍叢書》煌煌巨制，結構開放，歷時久遠。回顧過去，出版較早的圖書有些已經絶版；叢書版式、裝幀也屢經變更。爲適應集中展示、收藏和研究的需要，對已經出版的《安徽古籍叢書》進行階段性的集中梳理，適當遴選，統一版式，影印出版本套叢書是十分必要的。

作爲首套《安徽古籍叢書》選編本，我們希望通過這套書的出版發行，能使更多的讀者瞭解、認識和利用好《安徽古籍叢書》，有更多的皖籍、非皖籍專家學者參與到安徽地方歷史文獻的研究整理工作中來，讓《安徽古籍叢書》在未來不斷發展壯大。這是我們在新時期安徽古籍整理出版事業三十年之際的殷殷屬望！

二〇一四年六月

凡例

一、本編從二〇一〇年（包括二〇一〇年）以前出版的《安徽古籍叢書》中選取文獻資料價值大、校點整理質量上乘、學界仍有需求的圖書進行重印。

二、二〇一〇年以後出版者因市場上新書尚多，此次不復列入。早期所版《文學研究法》《舊聞隨筆》《桐城文學淵源考·撰述考》《桐城耆舊傳》《爾雅翼》等雖均爲叢書的中堅，因已有修訂新版，此次亦不復列入。《安徽古籍叢書附輯》整體不予列入。

三、所選圖書按初版時間先後順序編排。

四、采用原版掃描影印，不重新録排，儘量保存原書面貌。原書頁眉中的明顯編輯錯誤，逕改不出校；《寶山公家議校注》《康輶紀行　東槎紀略》兩種原書無頁眉，現統一補加。

五、重新設計製作封面，統一規格、工藝。一律采用大三十二開本，精裝。《説文假借義證》一書原版爲十六開，一個頁面放兩個中國頁，此次按統一開本重新排版，一個頁面放半個中國頁。

并新附《説文假借義證索引》於該書書末，以方便讀者檢索。《毛詩後箋》《吴汝綸全集》《田間詩學》《説文假借義證》等原書規模較大，爲方便讀者閱讀，現重新分册。另，《竇山公家議校注》保留原書西式裝訂方式。

六、收録叢書文獻由於各種原因，還存在這樣那樣的不足，請讀者批評指正。

第四届《安徽古籍叢書》編審委員會

二〇一四年六月

安徽古籍叢書

東萊詩詞集

〔宋〕吕本中・撰　沈　暉・點校

安徽省古籍整理出版规划委员会

顾　　问　张恺帆*　丁继哲　王惠鹏　光仁洪　杜维佑　李天敏　李广涛　胡　坦　胡云龙
　　　　　侯　永　崔剑晓　陶若存　张立一　傅大章　郑淮舟　郑　锐　潘锷镎

主　　任　魏心一

副 主 任　陶有法　蔡德麟

委　　员　吴孟复　金隆德　祖保泉　鹿世金　贾文昭　黎　洪　刘景龙

安徽省古籍整理出版基金会

理 事 长　崔剑晓

副理事长　丁继哲　杜维佑　胡　坦　潘锷镎

秘 书 长　朱　扬　汪慎琳

理　　事　田照临　李庭荣　李炳忠　吴存心　汪石满　沈基政　马素英　孙智林　陈昌茂
　　　　　陶显斌　张其果　张金环　张振明　张继忠　万洪翘　钮　涟　郑英保　潘培咸

安徽古籍丛书编审委员会

学术顾问　王子野　吴小如　吴作人　吴组缃　周一良　周绍良　金克木　宛敏灏　胡道静
　　　　　殷焕先　张涤华　舒　芜　蒋元卿

主任委员　吴孟复

副主任委员　金隆德　施培毅　祖保泉　贾文昭

委　　员　朱一清　朱世力　汪福润　沙宗复　徐凌云　殷呈祥　孙文光　梁垣祥　傅玉璋
　　　　　刘学锴

*以下按姓氏繁体笔画排列

安徽古籍丛书编印缘起

伟大祖国，历史悠久，典籍丰富。我省地处南北之交，学术尤擅其盛。数千年来，哲学、史学、文学、艺术、语言、科技，作者辈出，著述如林，或自名一家，或蔚然成派，多为中华民族文化之精华，有裨于社会主义文化之建设。允宜及时整理，以广流传。

粤自明清，以至近世，南北郡邑已有泾川丛书、龙眠丛书、贵池先哲遗书、南陵丛书诸刻。一九三一年，复有安徽丛书之编印，所收皆皖人著作，分期影印。出至第六期，以抗战军兴而中止。盛业未竟，论者惜之。

今者，中央倡导整理古籍，我省领导对此尤为关心。省古籍整理出版规划委员会几经商讨，决定编印安徽古籍丛书。最其体例，约有数端：一、所收皆为历代皖人著作。地域，以现行省区为准。时间，一般以成书于「五四」之前为限。内容，以文、史、哲为主。二、整理方式：包括辑、校、标点或注释，尤注意于稿本、稀见本之搜辑与传布。校勘，力求采用善本为底本，校以他书，或加补辑、编次。标点，采用新式标点。注释，务求精确，但不作烦琐考证。整理中，尽量吸收国内外研究的新成果。三、先秦、两汉著作及文字、训诂之书，皆用繁体字；其余则多用简体字。版皆竖排，以期一律。四、凡热心于本丛书编印及捐赀助刊者，得于书内题名。

安徽古籍丛书编审委员会

一九八九年七月

目次

卷三

卷五

卷十四

卷十六

卷十八

卷十九

卷二十

东莱诗集外集

卷一

东莱词

前言

一

吕本中，字居仁，号紫微，世称东莱先生，寿州（今安徽寿县）人，生于北宋神宗元丰七年（一〇八四），卒于南宋高宗绍兴十五年（一一四五）。他不仅「以诗擅名」（纪昀语），在诗坛上享有盛誉，而且也是宋代著名的诗论家。

吕本中出身于世代显宦之家。曾祖吕公著元祐时做过宰相，公著之父吕夷简在宋仁宗时亦为宰相。《宋史·吕公著传》：「宋兴以来宰相以三公平章重事者四人，而公著与父居其二，士艳其荣。」元祐四年（一〇八九），吕公著薨，哲宗与宣仁太后感悲，亲诣其家临奠，足见吕门显赫。吕本中的祖父吕希哲、父亲吕好问都曾被朝廷委以重任，本中亦因曾祖遗表以恩泽入仕，荫授承务郎。故与吕本中同时代的学者邵伯温称：「天下之士，不出于韩，即出于吕」（《闻见前录》卷三）。

吕本中幼敏悟早慧，异于常人。少年时代就写出令人绝叫的好诗：

水声高下竹回环，薄酒无功不耐寒。白塔忽从云外出，青山常在马头看。

——《董村归路马上口占》

「白塔忽从云外出，青山常在马头看」，笔致生动，诗味溢出，《艇斋诗话》称其为「少作佳句」。本中的才气和灵气，甚得祖父吕希哲的奇爱，常常把他带在身边，拜客访友。吕希哲是理学家程颐的学生，家教和家学的耳濡目染，使吕本中从小就受到理学的熏陶。成年后又与程门弟子杨时、游酢、尹焞交游甚密，对于理学，可谓「心体而身履之」几三十年（陆游《吕居仁集序》）。因此，吕本中一生立身处事，基本上是以理学思想为规范。他晚年生活在「常与贫为侣，只将愁送春」（《兵乱后自嬉杂诗》之十）、「贷米供晨炊，尚欠数束薪」（《病中》）的窘迫之中，但却认为「忍穷吾有味」（《示儿》）、「长贫心自安」（《严州春晓》）。这些诗句，显然表明了他受理学「存天理，去人欲」的影响。他还写有不少学道参禅、饭蔬食、戒杀生的诗篇，更清楚地看到融和了佛教精神的理学思想在他身上的具体表现。

吕本中的一生是在政治动荡生活坎坷中度过的。宋代的阶级矛盾与政派对立，比历史上任何朝代都尖锐激烈，仕途的黜陟升降转换迅速。他亲身经历了北宋末南宋初巨大的社会变动，民族的危难，朝代的更迭，党祸的纷起，对他的家庭荣衰与个人命运发生了直接的影响。本中是属于旧党集团的元祐子弟，在激烈的党派纷争中屡受牵连。

元祐八年（一〇九三）哲宗亲政，次年改元绍圣，以绍述熙宁、元丰新政为名，尽复高太后临朝所废新法，吕公著被追贬，吕本中受到株连，失去荫补之官。哲宗崩，向太后短时听政，又追复吕公著原官，吕本中才得到一个济阴主簿的小官，不久又授泰州士曹掾。崇宁三年（一一〇四），徽宗任蔡京为相，复行熙宁、元丰，绍圣新法，极力打击元祐党人，凡元祐、元符年间反对新法者，自司马光以下四十四人，死者追贬，生者窜官窜逐，于端礼门立党人碑，此即史家所称「绍述之政」。

吕本中的父亲吕好问因党祸坐废，本中又一次丢了官。直到宣和六年（一一二四），他才被任命为枢密院编修官。靖康元年（一一二六），调任职方员外郎，以父嫌奉祠（这是宋代优待官吏的一种制度，只领祠禄，可以不到任）。

金兵南侵，汴京城破，徽宗钦宗被掳，这一系列的历史巨变，触目惊心，给吕本中的思想以极大的震动。目睹北宋的灭亡，中原大好河山沦为敌手，每一位有良知的人都气愤填膺，但上层统治集团中的奸佞权臣，却畏敌如虎，卖国求荣，俯首向金人称臣，吕本中以诗来抨击他们媚敌投降、屈辱苟安的无耻行径：

汝为误国贼，我作破家人！

——《兵乱后自嬉杂诗》之八

尔曹何心犹诞漫，至今怒发常冲冠！

——《浯溪》

其间，朝廷曾以祠部员外郎、直秘阁等官职召他，但看到君王昏昧，一些朝臣和握兵要者腐败无能，他无意仕途，委婉以病请辞，只担任一个无所事事的崇道观的闲职。

宋王朝南渡后，吕本中举家过着中原归不得的颠沛流离生活，「何处田园不是家，尽扶衰病过天涯！」（《避寇南行》）他的足迹遍历豫、皖、苏、浙、闽、赣、湘、桂、粤诸地，饱尝战乱流离之苦，写了不少悲慨时事和家国之痛的诗篇，如：

十年奔走风尘中，学殖不进身愈穷。梦断江南不得往，坐叹岁月如惊鸿。

稍离烟瘴近湘潭，疾病衰颓已不堪。儿女不知来避地，强言风物胜江南。

——《连州阳山归路三绝》之二

——《李文若季敌访余高安，留连累日，临行赠之》

这些诗面对现实，直抒胸臆，语言质朴浅近，含蕴深广。刘克庄云：东莱离乱时诗，「诵之皆可悲慨」（《后村诗话》前集卷二）。

绍兴六年（一一三六），高宗出巡平江，吕本中奉召赴行在，特赐进士出身，擢升起居舍人兼权中书舍人，这是皇帝近侍之臣，为内阁草拟有关诏令文书的官吏。绍兴七年（一一三七），高宗巡幸建康，他上书论恢复中原之策。但昏庸的高宗没有采纳他修明军政，选贤任能，驱敌复国之良策，反而任用无能的郑谌为统兵。郑谌在内廷甚得高宗的宠爱，吕本中极力反对，又直言强谏：「今贤士大夫未能显用，岩穴幽隐未能招致，乃起谌以统兵之任，何邪？」（《宋史·吕本中传》）看到荒唐弄臣们视国家命脉如儿戏，不图加强邦本，收复中原，他感到十分痛心。「国命方屯厄，吾曹何所依？」（《兵乱后自嬉杂诗》之十一）「君不见信陵门下客，侯嬴不用今头白。」（《怨歌行》）这些诗句，寄寓了他壮志未酬的愤懑情绪。

绍兴八年（一一三八）二月再迁中书舍人，三月，兼侍讲，六月，兼权直学士院。从吕本中的仕宦生涯来看，无论在朝在野，他都洁身自好，尽心职事。他曾著《官箴》一卷，以明其居官之志，其中有一则云：「当官之法，唯有三事：曰清，曰慎，曰勤。知此三者……可以远耻辱，可以得上知，可以得下援。」此言一直为后世百官龟鉴。吕本中在朝时，由于受党争影响，一直未被重用。他刚正，不谀洛权贵，尤以特立独行，深得师友敬意。「靖康之难」后，他是一位爱国者和主战派，在朝廷受到排挤。他年青时与秦桧同为郎官，彼此关系甚好，桧为相后，想拉拢提拔他，但他对秦桧力主和议反对恢复的投降行径非常反感，断然拒绝在给他的任命书上签字，因而得罪了秦桧，「以忤桧罢官，与祠，卒于上饶，年六十二，谥文清。」（清杨希闵《馀师录》前集卷五）宋代诗人汪应辰在《挽吕舍人》诗中，以「是非终不屈，进退了无心」精辟地概括其一生。史学家也曾这样高度评价他：「吕本中，其才皆可以经邦，其风节皆可以厉世，然皆议论不合，奉祠去国，可为永慨矣」（《宋史·吕本中传论》）。

二

吕本中在两宋之际的诗坛上是一位有影响而享有盛名的诗人。说他有影响，是因为他与「江西诗派」有着密不可分的渊源关系，是他率先提出「江西诗派」这一名称的；说他是一位享有盛名的诗人，是因为他的诗学江西而不为江西所囿，提倡「悟入」和「活法」，风格「清醒轻松，不像一般江西派的坚涩」（钱钟书《宋诗选注》）。

北宋后期，一个以黄庭坚为中心的诗歌流派逐渐形成了，而促使这一派声势壮大，影响深远的是吕本中作的《江西诗社宗派图》。胡仔《苕溪渔隐丛话》：「吕居仁近时以诗得名，自言传衣江西，尝作《宗派图》。自豫章以降，列陈师道、潘大临、谢逸、洪刍、饶节、僧祖可、徐俯、洪朋、林敏修、洪炎、汪革、李錞、韩驹、李彭、晁冲之、江端本、杨符、谢薖、夏倪、林敏功、潘大观、何觊、王直方、僧善权、高荷，合二十五人以为法嗣，谓其源皆出豫章也。」吕本中虽自言传衣江西，但他没有把自己的名字列进去，可能出于谦虚之故（后来南宋刘克庄在《江西诗派小序》中，把吕本中的名字补了进去）。可以这么说，由于吕本中撰写《江西诗社宗派图》，「江西诗派」才正式得名，广为流布，成为风行当时、影响后世的诗歌艺术流派；由于吕本中的鼓吹，黄庭坚才正式成为诗坛的霸主。

「江西诗派」是反对西昆「雕章丽句，夺奇斗艳」的诗风，在黄庭坚「诗学老杜」的旗帜下聚拢起来的诗歌团体。黄庭坚醉心学习杜甫，他的诗歌理论在《答洪驹父书》一文中阐述得最为透彻：「自作语最难，老杜作诗，退之作文，无一字无来处，盖后人读书少，故谓韩杜自作此语耳。古之能为文章者，真能陶冶万物，虽取古人之陈言入于翰墨，如灵丹一粒，点铁成金也。」这一段话，既能解释他自己的创作风格，也可称得是「江西诗派」的纲领。「点铁成金」，是黄庭坚极力推崇的创作主张（按：释惠洪在《冷斋夜话》里还记载有黄庭坚的「夺胎换骨」法被「江西诗派」奉为创作纲领，曾对后来作者发生过消极影响。今遍寻山谷著作而未见，是否为他的创作主张，还有待文学史家定评），按照他自己的解释是：师承前人文辞，力求在诗歌创作中别出新意，以故为新，而非陈陈相因，拾人余唾，是求「灵丹」，而非述「陈言」。黄庭坚在自己的创作实践中有效地运用了这种方法，卓然自立，取得了一些成绩。但这种方法的最大流弊是脱离现实，忽略了诗歌创作的源泉——广阔的社会生活。后来，一些脱离生活死钻书本又缺乏创新的诗人，把黄庭坚的创作主张视为圭臬，片面追求「无一字无来处」，又不能求新，只在前人陈言上翻花头，典故连篇，形象枯竭，语言晦涩，形成了「江西诗派」的末流，这也是「江西诗派」长期以来受人讥评的主要原因。

吕本中对黄庭坚是很推崇的。他在《童蒙诗训》中说：「渊明、退之诗，句法分明，卓然异众，唯鲁直为能深识之」、「极风雅之变，尽比兴之体，包括众作，本以新意者，唯豫章一人。」史家也称他的诗「得黄庭坚、陈师道句法」（《宋史·吕本中传》）。在《东莱诗集》中可以明显地看到本中诗受到黄庭坚的影响。黄庭坚学老杜作诗，追求「无一字无来处」，吕本中学习黄庭坚，也好搬弄前人陈言或古语，如《广陵道中寒食日》：「何处青帘足沽酒，粥香饧白是今年。」「粥香饧白」四字，本李义山《寒食》诗「粥香饧白杏花天」句。亦有用古语入诗。曾季狸《艇斋诗话》云：「吕东莱诗『准拟春来泰出游』，『泰出游』，大出游也，出《汉书·田叔传》：叔相鲁王，不泰出游。」这些诗在《东莱诗集》中占的比例很小，有的虽是属于偶或一用，但显然流露出他受黄庭坚「字字有来处」的影响而着意模仿的痕迹。

需要指出的是，吕本中虽推崇黄庭坚，标榜「江西诗派」，但后来在诗歌理论和创作实践中逐渐认识到黄庭坚在形式上片面追求技巧的弊端与不良影响，敢于逾越「江西诗派」的成规，提出自己的见解。他认为学古人文字，须得其短处，才能真正学到古人的精神与学问，否则只能学皮毛，学死办法，学酸习气，这就一针见血地道出了「江西诗派」中那些左规右矩者们专在文字游戏中磨来磨去的陋习。他批评「鲁直诗有太尖新、太巧处」（《童蒙诗训》），进而指出「江西」之学者专学杜甫和黄庭坚是很局限的，应该师法李白和苏轼，尤其是苏轼。他说：「自古以来语文章之妙，广备众体出奇无穷者，唯东坡一人」（引同上）。在《与曾吉甫论诗第一帖》中又说：「遍考精取，悉为吾用，则姿态横出，不窘一律矣。」由此可以看出，吕本中敢于对「江西诗派」的诗歌理论大胆革新。他首倡的「学诗当识活法」的著名诗论，对「江西诗歌」和宋代诗歌的发展作出了卓越的贡献，他也因此成了著名的诗论家而被载入中国文学史。

「学诗当识活法」的主张，是宋代诗论中最有影响而又知名的论点，颇为后人称道。吕本中在《夏均父集序》里说：「学诗当识活法。所谓活法者，规矩备具，而能出于规矩之外；变化不测，而亦不背于规矩也。是道也，盖有定法而无定法，无定法而有定法。知是者，则可以与语活法矣。谢玄晖有言：『好诗流转圆美如弹丸。』此真活法也。」他从自身创作实践中总结出这一理论，直到清代都受到诗家的赞赏和运用。这一段话中，最重要的两句是「规矩备具，而能出于规矩之外；变化不测，而亦不背于规矩也。」意思是说：在大量规摹前人作品的基础上，领悟作诗的规律与方法，亦即运用「定法」，变化「定法」，同时又不为「规矩」所囿，在自己的作品中加以变化而创为新格。怎样才能「识活法」，达到「规矩备具」而又「变化不测」呢？他说：「要之，此事须令有所悟入，则自然越度诸子」（《与曾吉甫论诗第一帖》），「悟入必自工夫中来，非侥幸可得也」（《童蒙诗训》）。在《紫微诗话》中，他强调熟读精思至关重要，强调自身的妙悟在诗歌创作中的作用，在答晁叔用作诗的诀要时说：「只熟便是精妙处。」吕本中把「悟入」作为求得「活法」的根源，把「悟入」之理归结为勤勉用功，刻苦锻炼，以趋熟练而达精妙。这些晓畅明白、蕴含哲理的诗歌理论，是很有见地的。有人指摘吕本中的「悟入」与「活法」故弄玄虚，近于佛家禅宗的话头，斥之为江西派论诗的恶习而加以否定，是有失偏颇的。

让我们还是接触作品，来谈谈吕本中是怎样把「识活法」具体运用到自己的创作实践中来的。

先来读一首律诗：

风雨翛翛似晚秋，鸦归门掩伴僧幽。云深不见千崖秀，水涨初闻万壑流。
钟唤梦回空怅望，人传书至竟沉浮。面如田字非吾相，莫羡班超封列侯。

——《柳州开元寺夏雨》

此诗为作者避乱流寓广西时所作。前四句写景，不加雕饰，境界全出；后四句言情，信手拈出「面如田字」（按：此典出自《南史·李安民传》：「面如方田，封侯之相。」）与「班超封侯」二典，将羁旅的孤寂飘零，命运的多蹇惆怅，全蕴含在其中，妥帖得当，毫不牵强。全诗以景起情结，浑然一体，清新圆熟。方回在《瀛奎律髓》中评曰：「居仁在江西派中最为流动而不滞者，故其诗多活」，又云：「『人传书至竟沉浮』句绝佳，末句乃是避地岭外，闻将相骤贵者，亦老杜秦蜀湖湘之意也」。纪昀也称颂此诗「五六深至，不似江西派语」。

再来欣赏一首七绝：

小池南畔木芙蓉，雨后霜前著意红。犹胜无言旧桃李，一生开落任东风。

——《木芙蓉》

写咏物诗，最忌俗套，仅仅足限于赋形写真，缺乏新、奇、活的丰富内涵，是低层次的美，能用自家语传神地写出物态，又能借咏物来抒「胸中丘壑」，才称得上是高层次的美。这首诗音节和谐，流转圆满，读来朗朗上口，颇有韵致，看似平淡，却别出新境，生动可人，隐含寄寓与贬褒，任人领味，咀嚼无穷。曾季狸曰：「东莱《木芙蓉》……极雍容，含不尽之意，盖绝句之法也。荆公《咏木芙蓉》云：『还似美人初睡起，强临青镜欲妆慵。』觉得味短，不及远矣。」

「识活法」至要之点，在于「活」字，要往「活」处识，往「新」处识，人所曾言，我善言之，人所未言，我能言之，自然生动鲜活，恣态横出，别开生面。如：「风声入树翻归鸟，月影浮江倒客船」（《晚步至江上》）、「残雨入帘收薄暑，破窗留月镂微明」（《试院中呈张彦实》）、「晴阶仰日卧红药，野水趁船跳白鱼」（《初夏即事》）等，这些诗体物入微，描写生动，脱俗圆活。炼句琢字，出人意表，清丽新颖，与「江西诗派」中某些专讲雕琢、尖巧拗涩者的诗风迥异，深得诗家褒评。宋人张九成在《横浦日新录》中云：「吕居仁《春日即事》诗：『雪消池馆初春后，人倚栏干欲暮时。』此自可入画。人之情意，物之容态，二句尽之。」

吕本中「学诗当识活法」的诗论，不仅在自己的创作中卓有建树，写了不少声情摇曳、神韵俱佳的诗篇，而且对南渡后诸多有成就的诗人也产生了深远的影响，陆游、杨万里、范成大等，无不受其沾溉，尤其是被周必大称为「万事悟活法」的杨万里，更是心摩手追，学「活法」，悟「活法」，最为到家，成就也最大。但杨万里提倡的「活法」，又在吕本中倡言的「活法」的基础上有所创造与发展。杨万里跳出步人后尘的路子，打破常人专在字句韵律上着意锻造的风气。他强调师法自然，追摄造化，善于捕捉稍纵即逝的自然情趣，把那一刹那的感情，用生动、活泼富有表现力的语言反映出来，这就是诚斋「活法」的特点——「奇趣与活劲儿」（周汝昌《杨万里选集·序言》），从而创造了独具特色的「诚斋体」，可谓青出于蓝而胜于蓝了。正如他的诗友张镃所说：「造化精神无尽期，跳腾踔历即时追。目前言句知多少，罕有先生活法诗」（《携杨秘监诗一编登舟因成二绝》）。

总之，吕本中的诗歌理论，对革新「江西诗派」艰涩的诗风，对「江西诗派」的绵延发展，对宋代诗论的创造与贡献，成就是不可磨灭的。

三

吕本中一生主要活动于哲宗、徽宗、高宗三朝，从沈度《东莱诗集》的编年来看，吕本中的诗歌创作，始于崇宁之初，至政和、宣和年间日臻成熟。当吕本中迈向诗坛的时候，北宋末年诗歌界的两颗巨星苏轼与黄庭坚已相继殒落了。随着民族矛盾，阶级矛盾的日益尖锐，政治愈加腐朽，社会愈加黑暗。吕本中所经历的是一个比他的前辈诗人更为特殊的历史时代：一方面，由于北宋末年「绍述」政治对文化人箝制，北宋前期和中期的学术思想与文学创作的自由空气顿然消失，文人学士若寒蝉噤口，害怕笔墨贾祸，诗歌创作处于衰落状态；另一方面，则又产生一批讨好统治者欢心，粉饰现实的「大晟词人」的诗歌作品，或为歌功颂德，或为狎妓酬歌，真正能够反映那个时代，倾吐诗人衷曲的作品为数甚少。从这一时期吕本中的诗歌创作来看，无论是题材或是内容，都比较接近生活，反映社会现实，与同时代的诗人相比，很具特色。特别是「靖康之难」前后的作品，更是「汪洋宏肆」、「震耀耳目」（陆游《吕居仁集序》），同那些不问国事，沉溺于醉生梦死中的士大夫们的生活形成了鲜明的对照，尤为引人注目。

第一，吕本中的诗歌创作现实感很强，贫富对立的社会问题在他的诗集中，较之同时代的其他诗人反映更为深刻。他在诗中愤慨地写道：

愚夫饱欲死，志士固长饥。

——《书怀》

柱腹文书未补饥，积瑕潜块不堪悲。

——《闻大伦与三曾二范聚学，并寄夏三十一》

对于这种不读书有权、满腹经纶运偏蹇的纷乱的社会现实进行谴责，对于那些丧失名节、苟安求荣的权贵们进行嘲讽与挖苦，揭露了宋王朝的政治黑暗。如果说，吕本中对社会现实所持的强烈对立情绪来源于他自身在现实中的不公正地位、不平则鸣的话，那么，他对处于水深火热中的农民生活的极切关注，则是完全站在清醒的现实主义立场上予以深深的同情。

大观二年（一一〇八），江、淮、荆、浙大旱，秦、凤等地饥馑，官府横征暴敛，农民苦不堪言。但达官贵人却朝朝宴饮，夜夜歌舞，与人民的苦难生活形成了鲜明的对比：

农夫责催租，日夕困大杖。那知清歌前，把酒有余量。

——《高邮遇大热作》

此外象《商村河决》、《秋日至孟明庄》等诗篇，都从不同侧面倾注了诗人悯农的深厚感情。由此可见，吕本中的诗歌开始由抒写个人怀抱与境遇，转向对阶级压迫下人民苦难生活的描写，在广阔的社会背景中，展现出一幅幅政治压迫和阶级对立的生动画面，在「江西诗派」中是颇具特色的。

第二，吕本中的诗歌创作时代感较强，记叙重大的历史事件，反映鲜明时代特征的诗篇，给读者留下深刻的印象。

宋徽宗沉溺苑囿之乐，朱勔取浙中珍异花木竹石媚上，号曰「花石纲」。「所费动以亿巨万计，诸民搜崖剔薮，幽隐不置……舟楫相继，日夜不绝」（《云谷杂记补篇》卷一）。后来「花石纲」愈演愈烈，社会矛盾激化，直接引发了浙江农民方腊的起义。诗人在旅途中写了两首绝句，对此进行讽谕：

花似细微香似兰，已宜炎暑又宜寒。心知合伴灵和柳，不许行人子细看！

玉桧盆榴作队来，异香相趁不相猜。从今闭向深宫里，莫学江湖自在开。

——《邵伯路中，逢御前纲载末利花甚众，舟行甚急，不得细观也。又有小盆榴等，皆奇靡之观，因成二绝》

这二首绝句，熔记事、抒情于一炉，委婉地表达了诗人的爱憎，看似平淡，细读却词浅情深。作者对帝王宫苑的奢侈，表示极大的愤慨。诗中妙用灵和柳之典，隐含对朱勔逢迎的鄙视。「玉桧盆榴作队来」及诗序中「末利花甚众，舟行甚急」、「精妙奇靡之观」等字眼，点出「花石纲」滋扰东南百姓的罪恶。后来诗人又在《题赵丞瑞薏苡图》中借题发挥，写下「君不见古来异瑞与奇祥，何曾不至南宫下！」对统治者搜掠天下的奇珍为一人独享的穷奢极欲给予有力的抨击。

标志着北宋灭亡的「靖康之耻」，给每一个有良知的人在心灵上都带来巨大的创伤，国破家亡的严酷现实，使民众产生卫国抗敌的热情。金人围困汴京时，吕本中也在城中，他亲眼目睹了这一事变，以沉痛悲愤的诗笔，写了大量纪实性诗篇，内容相当广泛，写尽了动乱中的人情世态。

城北杀人声彻天，城南放火夜烧船。江湖梦断不得往，问君此往何因缘？
窜身穷巷米如玉，翁寻湿薪媪爨粥。明日开门雪到檐，隔墙更听邻家哭！

——《兵乱寓小巷中作》

昨者城破日，贼烧东郭门。中夜半天赤，疾风飘火云。
十室九经盗，巨家多见焚。至今驰道中，但行胡马群。
翠华久不返，魏阙连妖氛。都人向天泣，欲语声复吞！

——《城中纪事》

这些诗控诉了金兵进犯中原，屠戮无辜的罪行，犹如一幅幅战争画面，展现了人民在敌人铁蹄下悲惨生活的场景。用语不加雕饰，字里行间却浸透着悲凉的气氛，读之不禁感慨万端。

还值得一提的是，《东莱先生外集》卷三中的《兵乱后自嬉杂诗》，这组诗共二十九首，比较集中地抒写了诗人在汴京被围与陷落后的见闻及感慨，被人称之为「书一代之事」的巨构宏篇。由于《外集》诗在宋以后亡佚，过去人们只能从方回《瀛奎律髓》里读到其中的五首，未能观其全貌。民国八年，傅增湘先生得到宋庆元刊《东莱先生外集》三卷，为世人研究吕本中的诗作提供了足本，同时也为我们评价吕本中在靖康事变后的创作以及他在诗坛上的地位提供了有力的佐证。今择数首，以略其概。

晚逢戎马际，处处聚兵时。后死翻为累，偷生未有期。
积忧全少睡，经劫抱长饥。欲逐范仔辈，同盟起义师。近闻河北布衣范仔起义师胡骑猖狂甚，连年窥两京。贪饕期竭泽，剪戮遂盈城。
——《兵乱后自嬉杂诗》其一

国论多遗策，人情罢请缨。有谁似南北，血指众心惊！
——其三

四郊多属垒，何地可逃生。水水但争渡，城城各点兵。
牛亡罢春耕，马夺尽徒行。囊橐经抄掠，寇来浑不惊。
——其十三

这些诗句斥敌憎奸，忧国悯民，沉郁悲壮，诚挚感人。就风格来说，深稳老重，逼肖杜甫《春望》、《有感五首》等诗，但这种相似，非生硬模仿能达到的，而是学到了杜诗的精神与风骨，脱胎而来，点铁成金。方回曾这样评道：「『水水但争渡，城城各点兵。』『牛亡罢春耕，马夺尽徒行。』……皆佳句也，老杜后始有此。」尤以「欲逐范仔辈，同盟起义师」的勤王报国胸怀，最为后人击节，展现了那个时代的知识分子在国破家亡之际，投笔从戎、以身许国的高尚情操。

第三，吕本中在诗歌创作中大胆革新「江西诗派」的成规，自立门户，追求句意丰缛，清丽流畅的审美情趣，在创新中形成自己独特的艺术风格。

「江西诗派」中的某些人由于受黄庭坚的影响，创作上墨守「字字有来处」、「以故为新」，注重「拗字」、「变体」等规矩，忽视了接触社会、体察生活的创作法则，不可避免地造成了摹拟、雕琢以至尖巧、拗涩、生硬之弊，使诗歌创作步入毫无生命力的死胡同。吕本中对这种闭门觅句，专在搜僻典、用生词、押险韵、造拗词的技巧上翻花头非常厌恶，他在《与曾吉甫论诗第二帖》中明确指出：诗歌创作必须与社会生活发生联系，要有为而作，强调自身的修养、感受、激情、风格等在创作中的作用，提出「欲波澜之阔去，须于规摹令大，涵养吾气而后可」，批评「近世江西之学者，虽左规右矩，不遗余力，而往往不知出此，故百尺竿头，不能更进一步，亦失山谷之旨也。」他还在论诗中说：「胸中尘垢去，渐喜诗语活」（《外弟赵才仲数以书来论诗，因作此答之》）。这些主张，无疑是值得珍视的。我们从他这一时期所写的大量诗作中可以明显地看到诗风「清活迎人」（清冯舒语），意境深远，诵之有味。如：

但见溪山如画里，不知风景是它乡。苦遭毒暑三年旱，预喜西风一榻凉。
俗事不须频到口，旧书何苦要撑肠。雨声只在芭蕉上，正与愁人作夜长！

——《初夏即事》

淡日轻烟村径斜，长风卷浪欲浮花。夜深隔岸渔舟过，萤火惊飞乱点沙。

——《野岸》

胡人吹短笛，一半是离声。想得南飞雁，云间亦厌听。

——《边愁》

以上诸诗，无论是律诗，或是绝句，都自有妙处，词语不艰涩，声韵不拗捩，情景相生，耐人咀嚼。宋陈崖肖在《庚溪诗话》中谓：「今观东莱诗，多浑厚平夷，时出雄伟，不见斧凿痕。」

我们在读吕本中靖康之变后的诗，有一个突出的印象，同前期诗比较起来，反映现实的面更宽广了，表现的思想也更为深刻，诗风雄健深厚，感情气度深邃，遣词造句与「江西诗派」中某些人板滞晦涩之风，形成鲜明的对比。遗憾的是，在一些文学批评史及有关「江西诗派」的论著中，对吕本中这一时期诗歌创作的独特风貌，缺乏具体的了解和客观的分析，更没有作出恰如其分的评价，不能不说是一种缺憾。

四

吕本中词数量不多，散见于《中兴以来绝妙词选》、《乐府雅集》、《历代诗余》等词学要籍。近人赵万里搜求辑录吕氏词作《紫微词》一卷，收入《校辑宋金元人词》中。唐圭璋先生编辑的《全宋词》，广采诗话、词话与笔记，在《紫微词》的基础上又有增补，计得吕词二十七首，可谓全璧了。

吕本中词的内容多写春花秋月，离思别情，有时也表现了「中原归思」的爱国主义情愫，这与他诗中挚烈的抗敌御侮的爱国精神是一脉相承的。就风格来说，吕词清新流畅，具有民歌风味，语浅情深，而不乏典雅。尤其是即景抒情的小调，以清丽而不出秾艳的词语，构成情景相生的动人画面，幽丽婉约，富有韵致，深得词论家的称道。如：

恨君不似江楼月，南北东西，南北东西，只有相随无别离。　　恨君却似江楼月，暂满还亏，暂满还亏，待得团圆是几时？

——采桑子

这首俚俗小词，借月取喻，写闺中人寄情怀远，简洁省净，深情溢出，别具风味。全词洗炼精纯，以口语度入音律，自然和谐又不觉平直。妙用"叠句"、"促拍"、"曼声"，回环复沓，读来顿感含义宛转，韵味悠长。曾季狸在《艇斋诗话》中评吕本中词云：「东莱晚年长短句尤浑然天成，不减唐『花间』之作。」

再如：

柳色过疏篱，花又离披。旧时心绪没人知。记得一年寒食下，独自归时。

归后却寻伊，月上嫌迟。十分斟酒不推辞。将为老来浑忘却，因甚沾衣？

——《浪淘沙》

这些词，不事雕凿，意蕴醇真，境界全出，非寻常词人所能为也。总括来说，吕东莱词追求的是清雅明丽，流动自然，剔除刻削的旨趣，而达珠圆玉润，天籁自成的境界。在两宋灿如繁星的词林中，虽不能说他以词名家，但却是有其独特风格的。

五

自南宋以来，行世的吕东莱诗集计有：

《东莱先生诗集》二十卷，宋乾道二年沈度刊本（简称乾道本）。是本现藏日本内阁文库，《四部丛刊》即据此本影印。

《东莱先生诗集》宋庆元五年黄汝嘉刻江西诗派本（简称庆元本）。此本为傅增湘先生所藏，仅存六卷，即正集十八卷至二十卷，外集一卷至三卷，该本现藏北京图书馆（傅先生捐赠北图）。庆元本虽为残本，但有外集，可补乾道本之不足。

《东莱先生诗集》二十卷，清初吕留良家抄本（简称吕抄本）。

《东莱先生诗集》二十卷，两淮马裕家藏抄本，四库全书集部《东莱先生诗集》据马氏所进抄本（简称四库本）。

《东莱先生诗集》二十卷，清咸丰九年刻本，此本为吕东莱二十四世裔孙吕俊孙家刻本（简称家刻本）。

此外，北京图书馆、北京大学图书馆还藏有清代抄本多种。如：海宁陈仲鱼抄本，乌程蒋氏抄本，南昌彭氏本，嘉兴太守许氏抄本，德化李氏抄本等。这些抄本或渊于四库本，或源于石门吕氏（留良）抄本，因为手写，辗转传抄，时有讹夺，仅作参考。

此次整理，诗的部分，正集二十卷以乾道本为底本，外集三卷以庆元本为底本，与四库本、家刻本、吕抄本比勘。校勘记的撰写，为避烦琐，力求简洁。凡底本不误，他本的衍文、形讹、脱字等，一律不出校记；对于底本，在尊重宋刻的前提下，对一部分今已废弃不用的俗字及一般笔画小误、字形混同的明显误刻，依据古籍整理的要求，径行改定，不出校记外，对底本中确有实据的讹误，比校他本，翻检有关资料，审慎抉择，校正后列入校勘记；对无坚实理据者，出异文校记或存疑。另，书中吕氏自注，以小一号字标出。正文中沈度与黄汝嘉的夹注「一作××」不出，移入校记中。

词的部分，唐圭璋先生搜集完备，校雠精当，录《全宋词》中吕词附上。

东莱先生诗集，自南宋以来，八百余年间一直未有足本面世。此次整理，喜得两宋本，既有正集，又有外集（傅氏所藏庆元本外集三卷，计有诗一百六十五首，他本皆不载），为今人研讨宋诗及「江西诗派」提供较完备的个人专集。正是怀着这个良好的愿望，促使我进行此项工作的。不足之点，错讹之处，恳请读者指教。

沈　晖

一九八九年十二月

东莱诗集卷一

暮步至江上

客事久输鹦鹉杯，春愁如接凤凰台。树阴不碍帆影过，雨气却随潮信来。山似故人堪对饮，花如遗恨不重开。雪篱风榭年年事，辜负风光取次回。

题张君墨竹崇宁五年宿州

张卿画竹今成癖，笑语挥毫不作难。欻见高标起萧瑟，坐令炎暑变荒寒。笔头似有千年韵，胸次犹须万斛宽。岁晚雪霜君记取，此君怀抱要重看。

阴

凉风森爽遽如许，天气萧条殊未佳。密径留阴锁苔竹，败畦藏雨斗蛙蟆。碧云暮合人千里，丹凤愁看天一涯。唯有双丛庭下菊，殷勤还作去年花。

符离诸贤诗

穷居日荒凉，杜门与世绝。亲故日夜疏，诗书固宜缺。符离虽陋邦，贤士稍罗列。德操青云器，议论辈前哲。外貌发英华，中心莹冰雪。介然特立士，劲气刚于铁。攘臂辨是非，孰能逃区别。信民粹而和，名利诚难悦。汩没稠人中，独抱云松节。伟哉二三子，实乃邦家杰。我来从之游，内顾惭疏拙。欣然对三益，放怀歌数阕。已矣不须言，渠当为君说。

德操充之皆约九月间见过今皆未至扶杖出门悠然有感

病着文书懒出门，偶扶藜杖看行云。屋头日在转花影，水面风来散縠文，不厌暮城千嶂合，稍令明月万家分。小庭留得清秋在，已见霜红未见君。

游刘氏园大观元年宿州

暖日温风破残寒，短青无数簇幽兰。三年止酒偿春意，可忍花梢戴面看。

上元

步屧荒园日已昏，呼儿当径扫苔痕。春愁不作游人地，细雨残梅过上元。

柳

含烟带雨过平桥，袅袅千丝复万条。张令当年成底事，风流才似女儿腰。

喜雨

天乞幽人一夜凉，故教微雨送斜阳。暝阴笼树山更好，爽气侵人土自香。多病不眠唯药裹，居闲长坐只绳床。五年谬作江湖客，几对鲈鱼忆故乡！

舍东旧有花数百株自去岁大雨道路阻绝不复可寻感叹成诗

无数新花替旧丛，兔葵高卧占春风。向来桃李成蹊处，今在陂塘渺莽中。

送文潜归因成一绝奉寄

水天空阔片帆开，野岸萧条送骑回。重到张公泊船处，小亭春在锁青苔。

谢人送牡丹

晚风初染嫩鹅黄，小雨仍添百和香。折与病夫元不称，玉瓶留待冶游郎。

宿州初暑

暑气侵人始欲愁，箪瓢穷巷不堪忧。乱蝉泊雨林塘静，密迳吹花草树幽。春尽茅檐深着燕，日高田水故飞鸥。莫欺湫隘无余地，待借元龙百尺楼。

夏日书事

小行畏蛇蝎，端坐困蚊蚋。终日方丈间，茫然但昏睡。岂唯共病本，兼恐添药费。小园新雨余，蔬畦共风味。饱闻麐门柳，清阴妙无对。便思携杖往，行歌当游戏。千秋陶渊明，此意渠亦会。

寄吉州若谷叔

念我江西老斲轮，久无漫鼻与挥斤。千金莫买蛾眉笑，留寄溪堂病主人。溪堂，无逸所居也。是时闻无逸穷甚，而吉州俸稍增，故有此语。

寄汪信民时信民在京师有宗子博士之除

万里江南雨外船，长腰粳米缩头鳊。广文系马无由去，更有何人赠酒钱？

同诸子游城东园

昔闻城东园，欲往常不款。今来天气佳，茶瓯起衰懒。杖藜出门去，如膜开病眼。木叶犯新霜，瓜田带余暖。川源疑有无，风云递舒卷。不期鱼鸟会，偶逐鸥鹭远。浅水乱菰蒲，荒亭半苔藓。青山近在望，更悟秋意晚。同行二三子，诗语各萧散。不愁罚觞难，苦恨白日短。千秋高阳池，令人忆山简。

杨道孚墨竹歌

君不见渭川之阴卧龙横千秋，貌取者谁文湖州。十年笔意闭黄壤，只今妙手唯杨侯。杨侯画竹尽真迹，功夺造化令人愁。满堂回头看下笔，扰扰云烟乱晴日。大丛纵横高入云，斜风落叶秋纷纷。小丛欹倾病无力，旁水长根走苍石。门前车马汗成川，何得阴风动高壁。杨侯嘻笑辞未工，此意不与丹青同。粉黛初无一钱费〔一〕，酒炙能使千家空。林材远寄动盈屋，我知子画无由穷。剡溪寒藤不难致，须君放手为双丛。须君放手为双丛，与我俱隐南山中。

谢无逸秦处度诸人皆许省试后见访冬夜有怀作此诗寄之

八年去东都，触事无一好。沉绵淹岁时，忧虞满怀抱。欲归故里间，稀复旧耆老。悠悠岁欲尽，忽忽身向老。小堂佳有余，所恨来不早。饥虫语夜霜，疏星乱衰草。支撑坏壁高，侧转寒木小。诗书久弃置，词林迹如扫。佳人何时来，路远音信少。庭前冬开花，扶杖起千绕。春风回马首，清尊待君倒。先期留酒钱，仍须具梨枣。

岁晚

野竹新开径，疏篱自著行。暮寒收雨雪〔二〕，落日散牛羊。生事颜公拙，才名谢弈狂。药囊无奈汝，春到莫相妨。

晚步至江上大观二年真州

浦口生春绿未酣，南山初见碧崭岩。风声入树翻归鸟，月影浮江倒客船。破甑不堪充酒券，短蓑真欲换朝衫。往来泥雨城南路，可见轻鸥定不凡。

访晁进道归

树阴残雪半成泥，尚想狂花一尺围。小雨似酥黄草尽，澄江如练白鸥飞。未辞酒炙为公费，政恐亲知见面稀。南市津头行艓子，无人识我醉中归。

怨歌行

借君手中板，为君歌一辞。辞中宛转君不晓，为君说尽长相思。轻霜夜度吴城暖，枫叶芦花秋意晚。万里春随驿使归，十年梦逐佳人远。当时笑语似儿剧，象床玉手无消息。古岸风江千里船，咫尺春愁那得怜。君不见信陵门下客，侯嬴不用今头白。

雪尽大观二年宿州

雪尽寒仍在，园荒春欲归。晴空落雁小，古木聚鸦稀。肺病犹堪酒，囊空合典衣。碧云愁不见，千里故山薇。

三月一日泊舟宿州城外因纵步至城北遂过天庆观道士留饮乃归

水霜连暮春，既雨寒愈重。扁舟缆荒亭，浅水咽微冻。今晨稍和柔，始觉芳意动。经旬厌拘束，乐事须一纵。篮舆无俗情，鸱夷当宾从。千花犯浓云，红紫相饯送。未知滕薛长，乃若邹鲁哄。娉娉北门柳，别泪作凄痛。陵陂少荒芜，亦未妨耕种。道人喜我来，清谈破昏梦。弹琴不须弦，风林助吟讽。嫩玉捣香粳，浮蛆拨春瓮。嘉蔬剪朝露，奇果市新贡。西邻亦可人，明窗碾双凤。人生一饱适，此外更何用。七年城北交，事与朱阮共。长诗不成篇，临行当三弄。琼瑶报木桃，为子末后供。

宿青阳驿

灯火客帆尽，人烟村市幽。晚风号古木，高岸束黄流。物色淮山近，春光雾雨愁。栖迟旧游地，来豁十年忧。

游南山归简张嘉父博士

吾生复何往，乐身亦匆匆。宝塔千帆外，春城万壑中。乱花缘侧径[三]，晚照落斜空。坐想西仓老，掀髯一笑同。

书　怀

柱腹文书未补饥，积瘕潜块不堪悲。儿曹怪我疏愚甚，不见田光盛壮时。

客居书怀奉寄介然若谷才仲兼简信民

客愁如长河，浩荡去不息。未来己相关，千里在咫尺。抱疾寄他乡，终年守岑寂。中虚耗神志，内热损筋力。长虞二竖婴，复有寒馁迫。怪渠甑上烟，愧尔囊中帛。平生所读书，已如不相识。坐贻乡党笑[四]，敢辞尘埃没。旧游今几时，转眄忽陈迹。死者不复见，墓草春已碧。生者天一涯，未免陈蔡厄。儿曹乳臭在，瞑目纷黑白。虽无未见书，颇多雌黄笔。出言辄周孔，而不辨菽麦。啾啾要酬和，内顾颇牵率。坐令怀抱恶，更觉天宇窄。忽忽十年事，俯仰同戏剧。从来肺腑亲，翻手胡与越。独余二三子，肝胆犹铁石。尚怪东郭贫，亦讶怀祖黠。西轩来何时？箪瓢共饥渴。念君不能已，一饭再三歇[五]。谁能明予心，皎皎霜夜月。

小园

小园常在眼，春事已天涯。雨暗堤前路，苔深林外家。曲池通小径，密树隐残花。长愧邻翁酒，囊空尚可赊。

谒雍道士雍有古画甚众，尽为郡掾取去。雍游贵人门甚熟。

纷纷乾没混泥沙，暂遣尘言挂齿牙[六]。妙画已归三语掾[七]，壮游空记五侯家。古坛背日藏芳草，小树留春放晚花。能共山翁同活计，隔林分听一池蛙。

春日即事二首

隐几虚堂俗客稀，片心真与道相宜。风摇柳带千丝乱，雨勒花心十日期。瘦病才苏休强酒，良辰虽好少题诗。贾生词赋常流落，归去来兮在几时？

病起多情白日迟，强来庭下探花期。雪消池馆初春后，人倚栏杆欲暮时。乱蝶狂蜂俱有意，免葵燕麦自无知。池边垂柳腰支活，折尽长条为寄谁？

寄前镇西杨法曹

杨子文章老更新，狂吟寡和过阳春。双声叠韵俱难敌，指物程形似有神。画马已无韩干肉，草书真得伯英筋。可怜一首《闲居赋》，解道连蜷能几人？

饮　酒

人生百岁能几何，顾我把酒胡不歌。穷通大抵梦南柯，我复梦中多蹉跎。自古英雄亦何有，往事纷纷不如酒。嗟予真得酒中趣，几度尊前揖星斗。病起槐阴莺已老，今日相逢还草草。匆匆数日是行人，且向尊前一倾倒。人生乐事亦难并，明月清风况都好。

读　史

陈寿谓诸葛，将略非所长。私恨写青史，千古何茫茫。谤议终自破，公论不可当。是非倘可定，青蝇果何伤！

戏呈七十七叔

大阮爱我诗，谓我能诗矣。我诗来无极，爱之终不已。吾非圣者也，但智虑多耳。赐始可言诗，吾智由商起。

偶 作

去年芳草又萋萋，休叹王孙犹未归。更见春深送春雁，三三两两傍云飞。

谒陶朱公庙

悠悠千载五湖心，古庙无人锁绿阴。为问功成肥遁后，不知何术累千金。

睡

终日题诗诗不成，融融午睡梦频惊。觉来心绪都无事，墙外啼莺一两声。

梦

梦入长安道，萋萋尽春草。觉来春已去，一片池塘好。

读陶元亮传

我爱陶彭泽，解言归去来。醉眠犹遣客，却使世人猜。我爱陶彭泽，不求弦上声。琴中如有趣，曾遣几人听！

寄璧上人

出门厌交情，袖手看世故。纷纷驹过隙，忽忽豹隐雾。生平喜退缩，未到心已悟。尚余好事人，相就讨新句。虽非琢肝肾，终自费调护。君看雪霜根，岂受桃李妒。胥疏老支离，肮脏旧宾傅。何由两行缠，远泛一大瓠。从君乞妙语，一洗诗酒污。

寄璧公道友

符离城里相逢处，酒肉如山放手空。已前神通过鹙子，未应鲜健胜庞公，且寻扇子旧头角，一任杏花能白红。破箬笠前江万里，无人曾识此家风。

用前韵寄商老

先生昔据道玄峰[八]，咳唾珠玉家为空。只今江西二三子，可到元和六七公。双鬓只期它日白，千花犹是去年红。须君吸尽西江水，不假扶摇万里风[九]。

又寄无逸信民

文字撑肠不疗穷，诗来想见左书空。虽非问道睹狂屈[一〇]，璧公数讥二子学道不进。犹胜遗书访子公。银杯久拌浮大白，桃花且看舒小红。记取浮杯无剩语，它年说似马牛风。

奉答璧公兼简诸友

江山取别太匆匆，对面难寻一段空。顾我自无黄阁样，如君合是黑头公。客尘衮衮催前浪，俗眼纷纷替旧红。炙日茅檐那接膝，重来肯借一帆风。

得李去言诗次韵答之

歌呼屡回曹相国，笺书或似魏司空。半生怀抱向余子，千载风流独此公。未用反身藏白黑，更须着眼辨青红。无人与助求田费，雅称谢家林下风。

督山伯萧远和诗并示舍弟

爱闲多病老封戎，看子垂天上碧空。懒惰未须攀此老，典刑政尔赖诸公。酒如震泽三春渌，诗似芙蕖五月红。坐此逃禅天可恕，不应独许我乘风。

用寄璧上人韵寄范元实赵才仲及从叔知止兼率山伯同赋

故人瓶锡各西东，吾道从来冀北空。病去渐于文字懒，南来犹觉岁时公。江回夜雨千岩黑，霜着高林万叶红。政好还家君未肯，莫教惭愧北窗风。是时范元实游蜀未归，知止得官颍州[一一]，赵才仲在郢，久不闻耗。三子皆奇士，故以北窗风讽之。

夜作呈诸公

风江舞暮帆，野树散归鸟[一二]。寒灯上壁角，疏星缀林杪。归来静无事，犹坐搜默稿。放笔有新功，无人与倾倒。不知新恨多，但觉旧愁少。石鼎倚残炉，茶烟看清袅。明朝寻酒钱，折简唤诸老。

校记

［一］粉黛　沈度曰：「一作粉绘」。

［二］暮寒　沈度曰：「一作暮云」。

［三］侧径　沈度曰：「一作侧岸」。

［四］坐贻　沈度曰：「一作坐怜」。

［五］三歇　四库本、家刻本作「三噎」。

［六］暂遣　沈度曰：「一作不遣」。

［七］妙画　沈度曰：「一作妙手」。

［八］道玄　沈度曰：「一作通玄」。

［九］扶摇　沈度曰：「一作鹏搏」。

［一〇］睹狂屈　「睹」，底本作「赌」，误。据《庄子·知北游》改。

［一一］颍州　底本作颖州，误。

［一二］野树　沈度曰：「一作远树」。

东莱诗集卷二

山阳宝应道中与汪信民兄弟洪玉父杜子师张益中日夕过从自言邮不复有此乐也因作此诗寄怀

日日南风沙打围，挂帆端为故人回。长空渺渺水无际，远树冥冥花自开。疾病久辜鹦鹉杓，江山稍近凤凰台。月明雪霁山阴道，尚想王郎乘兴来。（李太白有鹦鹉杯、鸬鹚杓二物，名虽异，其用则一也。故得借用，亦以发诸公一笑。）

春日

春风未雌雄，尊酒自贤圣。燕巢楼阁间，莺语花柳静。

知止啸傲轩

贪夫九鼎犹不足，渊明一轩长有余。人生趣向各天壤，鸥吓腐鼠猜鹓雏。中郎妙处世不识，风期自与常人殊。开轩便有千载韵，友爱天氏无怀徒。坐看松菊换时节，兔葵桃树纷荣枯。五年却走各南北，千里怀想空烦纡。双鱼沉浮久不至，三径寂寞今何如。文章潦倒付丘壑，疾病蹭蹬思江湖。何时共坐北风里，烦君小摘园中蔬。

暑夕乍凉二绝

三旬挨郁得清风，领袖犹翻汗折红。已是魂清无俗梦，更移凉簟月明中。

暮蝉萧瑟下斜阳，已似茅檐气味长。团扇未须忧弃置，竹奴犹可助清凉。

寄知止二绝

少年乐事未全谙，疾病侵凌已不堪。尚喜步兵频入梦，梦中犹复似曹南。

竹林还往风流绝，刻县交游气味疏。今代高人多惜费，千金未抵一行书。去秋，知止与石子殖昔许见过，已而复不来。

游北李园三绝

雨映烟笼万竹嚗，枯条高下不堪看。非干秋后多霜露，自是芙蓉不耐寒。

去马来舟绝往还，此中情味却相干。明年知是明寒食，待约花梢月下看。

壁间诗字有凝尘，庭下梅梢又作春。独有城南汪教授，当时同是看花人。壁间有饶德操诗。

游北李园

小径纵横出紫苔，绿阴高下缀黄梅。榴花却是多情思，宿留薰风未肯开。

寄李伀去言

东南之望庐山英，李郎落落奇后生。凤凰麒麟在郊薮，芝兰玉树生阶庭。文章初如滥觞水，行见万里通沧溟。汪侯爱君笔不停，谓君诗似秋风清。世间儿子甘缩手，苏过赵楠俱抗行。少年才气乃如此，后来定是贤公卿。伊昔先朝文物盛，君家诸父当朝廷。外兄复是不世才，奇祥异瑞相辉映。翻云复雨十年后，昏昏醉梦须君醒。我生未壮日向衰，疾病侵凌心已灰。眼中之人不易见，千变百技常追随。诗书深藏半鼠矢，笔墨高卧封蛛丝。功名已矣付公等，田园肯放吾先归。

赠汪莘叔野

汪子宦不进，四海漫声名。有弟极磊落，气宇和而清。三冬文史足，十年书剑成。出言见瑰颖，府库森五兵。于身则已拙，泛如池中萍。轻肥置度外，辛苦抱遗经。乃知佳子弟，必由贤父兄。念子初来时，我方疾病婴。相从四寒暑，所历不可听。昏昏醉梦里，得君时一醒。拥炉共残火，软语当杯铛。君亦不我厌，为我双眼青。勿云躯干小，气吞横海鲸。悬榻念文举，开径忆渊明。二子风流远，感君兄弟情。穷通有时节，此士尔勿轻。

新冬

西风吹禾黍，落日在陋巷。杖藜访新冬，霜树眇空旷。人烟村舍西，行旅古原上。晚山晴更好，秀色常在望。居间得真趣，日欲就疏放。岂惟憎俗徒，庶自免嘲谤。东邻酒初熟，清香乱盆盎。径须骑墙头，挈榼献穷状。吾生足羁旅，久病非少壮。银杯多羽化〔一〕，布帆且无恙〔二〕。虽非陶潜隐，不负徐邈畅。

赠谢无逸

君不见城南千树桃，君不见涧底百尺松，松生偃蹇卧霜雪，桃李一笑随春风。百年涧底终自苦，桃花犹得暂时红。呜呼志士每如此，衡门高卧不见用，心虽无瑕饥欲死。

赠张若虚

病忆江湖去，书无尺寸功。平时婆人子，忽是富家翁。活计呻吟里，交情梦寐中。独余张处士[三]，相近数过从。

赠信民

五年客符离，端坐受贫病。从来疏出门，今乃懒成性。官多豪富郎，分明与时竞。取醉不论钱，定无尘生甑。岂但相娱乐，颇复自贤圣。汪侯虽官居，笑语怯豪横。折腰众人后，琼林自辉映。背后足官府，眼前谬恭敬。偷闲过草堂，遣兴眯眼净。虽非醉红裙，清谈却差胜。秋高数能来，勿厌阻泥泞。

符离行

符离之民难与居，五年坐此如囚拘。比屋生涯但剽劫，诸生学问只乡闾。南邻经年不相见，北里虽见复粗疏。窄衣小帽走尘土，也复生貌施襟裾。对此自然忧气满，疾病日益何由除。君不见图经所记又可哀，此州自古无贤才。

探梅呈汪信民

缟带银杯欲着尘，小园幽树已含春。风流王谢佳公子，臭味曹刘入幕宾。细朵定无泥土涴[四]，暗香犹带雪霜新。剩摩枵腹搜奇句，去恼城南得定人。

奉怀张公文潜舍人二首

颜子置身陋巷，屈原放迹江湖。何似我公归去，马羸不厌长途。

腕中有万斛力，胸次乃千顷陂。字画颜行杨草，文章韩笔杜诗。

答无逸惠书

三年读书少余味，灯火可亲病为祟。谢侯好事怜我穷，时遣双鱼问憔悴。交情乃似亲骨肉，学行坐越诸公辈。胸中万卷书屈蟠，少日力战登诗坛。下帷却扫谢俗子，冻吟不管儿号寒。只今食粥已数月，千虑百忧烦笔端。高才本是栋梁器，苦语终无儒生酸。乐章短句又清绝，陶写万象嘲江山。江南草木不得闲，向君何为愁肺肝。十年行坐想风采，千里魂梦劳追攀。我无良田归不得，忍穷气味君应识。囊贮未了岁寒计，学道空愧琳与璧。

交亲零落半鬼录，白日轻去真可惜。终朝拨火煮芦菔，南山之南待君吃。

寄知止才仲

一门叔父到卿好，中表兄弟唯尔贤。往事关心空自语，新诗好句与谁传。溪山已近堪投老，文史虽穷莫取怜。仲弟墓头今宿草，为渠先赋补亡篇。

寄张益中

五年望张子，兀坐四壁空。今晨千里来，如热濯清风。笑谈不改旧，怜我衰病攻。斯人旧豪气，颇似陈元龙。只今更省事，终岁两颊红。何知珊瑚树，却倚尘埃中。晁侯夙所敬，见渠如见公。网罗技出脚，远逐冥冥鸿。同会得王郎，敲门夜相从。殷勤一杯酒，目送西归鸿。人生少如意，此乐难再逢。君家老季鹰，高韵留吴淞。风流远孙在，一棹何时东。不嫌道里远，为我略从容。

元日赠沈宗师四首大观三年真州

东家起传觞，西家起相唤。我亦了新诗，成此奇一段。念无豪发益，但见日月换。出门语沈郎，造请吾亦漫。是事今则无，斯人亦难又。尔来见公子，却立两公后。不倦念昔从诸贤，关汪老耆旧。以终之，可以为子寿。

沈郎固可人，好善乃天性。迹随万事远，心与一物定。萧然四立壁，笔墨自温情。更持孟贲勇，少折楚士胫。

君无绮纨气，我有冰雪容。相期五石瓠，共济万里风。江山秀句在，内子空洞中。还身视尘滓，当有一日功。

梅

南雪看未稳，北风吹已残。才堪十年梦，不称一生酸。日月方回首，风霜与凭栏。迟明出谢客，顿觉帽围宽。

苦阴

破腊冬仍在，逢正阴更频。寒流未解冻，雪意欲妨春。畏病还疏酒，逃寒懒见人。东郊小桃李，还是一番新[五]。

赠浃上人

一庵便送渊明老，四海共传摩诘诗。本自妨人枕边梦，不能陪汝剑头炊。交游太半饥寒里，疾病中分少壮时。西寺木鱼东寺鼓，三年三见浃阇黎。

正月十二日夜作

春来消息未真传，久负蒲团一味禅。灯火侵寻作佳境，冰霜偃蹇过新年。江声误落三更雨，野色遥看万斛船。咫尺风光不相贷，忍令好语到愁边。

咸安公主

汉朝公主歌黄鹄，秦地佳人唱柳枝。想见云车度沙漠，一杯重酪酹明妃。

明　妃

秦人强盛时，百战无逡巡。汉氏失中策，清边烽燧频。丈夫不任事，女子去和亲。君王为置酒，单于来奉珍。朝辞汉宫月，暮随胡地尘。鞍马白沙暮，旃裘黄草春。人生在相合，不论胡与秦。但取眼前好，莫言长苦辛。君看轻薄儿，何殊胡地人！

正月十三日河堤上作

雨着河堤柳着烟，小楼灯火又今年。东风不与行人便，留滞长亭十里船。

昨日晚归戏成四绝呈子之兼烦转示进道丈

疏灯欲尽渔商市，小雨似开桃李颜。一夜檐声鸣瓮盎，无人知我坐蒲团。

卧疾江边久未回[六]，懒随儿辈走尘埃。天公尚有余情在，肯放梅花自在开。

春愁故故妨人乐，旧藓新苔不暂晴。想见江郎闭船卧，满川风雨报天明。

晁卿白发风流在，肯伴香车作夜遨。借问典衣充戏责，何如沽酒唤吾曹。

上元夜招沈宗师不至闻已赴郡会作二绝戏之

灯火满城公不来，为公雕句洗尘埃。春愁不到城西寺，更约梅花缓缓开。

白酒红灯称意春[七]，知公未免踏黄尘。绳床好在休相忆，输与琅玡泱上人。

浃上坐求枯木庵诗戏成两绝赠之

枯木庵中浃道人，百年无影卧轮囷。未须特地通身去，放取枝条自在春。

前身石霜后身浃，如印印泥风去尘。认得当时侍者意，无人知是密庵人［八］。

正月末雪中小酌

柳着河冰雪着船，小桃应误取春怜。床头有酒须君醉，又废蒲团一夜禅。

次韵张生

密庵居士渠不识，齿发则衰心未然。樽下不知公子贵，酒中差觉孟生贤。已吞舌本三千丈，却住人间五百年。触忤风光君莫怪，棒头无地可逃禅。

追成旧作

满江风月一船霜，无计留君只自狂。灯火隔帘香隔坐，无人知是竹枝娘。

久不得才仲书因成两绝寄之

望大赵书如渴骥，忆老汪胶无续弦。看遍江南与江北，小屏微雨是斜川。小屏画渊明「孟夏草木长」诗。

病去诗无一点尘，亦知摩诘是前身。怜君更似西江水，合伴倚松庵里人。

晚　晴

斜阳入花柳，浑欲不胜情。春事乃如此，病躯安得平[九]。尚堪冲宿酒，复作快新晴。荒檜足乌乌，莫厌晚来声。

连日与一上人会话密庵清坐附火乃有山居气息因成一诗奉呈

春风吹茅檜，落日半花柳。余寒盛气来，佳辰为谁有？公来但默坐，有味皆可口。端如列鼎食，衣被以醇酒。烦言不知要，实自费斗薮。南泉山下人，了不计可否。山柴晚复焰，当为一举手。荒江甚沉寥，此味亦长久。不嫌薰病眼，重当为公取。

一上人屡言琅玡南塔之胜予盖乐之而未能往也

二顷良田一亩宫，好山当自属林公。须君留我卓锥地，要听飕飗万壑风。

夜坐有怀

西还岂不好，本自乏周旋。道有鲁一变，岁无官九迁。疾风惊半夜，恶况极今年。咫尺沙头路，犹堪着钓船。

晚春即事

春色不自惜，晓寒摧折之。残花带雨去，薄酒信风吹。尚有寻行债，初无了事痴。论诗得奇味，当使阿戎知。

广陵道中寒食日二绝

风雨属连春事休，碧鳞三尺荐行舟。短墙不见桃花面，付与长江自在流。
南来消息不真传，政恐相逢却未然。何处青帘足沽酒，粥香饧白是今年。

就宁子仪求酒

鼻息咈然君莫惊，饥肠渠自作雷鸣。须公一勺羔儿酒，伴我夜窗听雨声。

校记

[一]多　沈度曰：「一作惊」。

[二]且　沈度曰：「一作保」。

[三]独余　吕抄本作「独与」。

[四]泥土　沈度曰：「一作尘土」。

[五]还　沈度曰：「一作别」。

[六]卧疾　沈度曰：「一作卧病」。

[七]白酒　沈度曰：「一作渌酒」。

[八]密庵人　沈度曰：「一作吕居仁」。

[九]安得平　沈度曰：「一作殊未平」。

东莱诗集卷三

广　陵借韵戏用文潜体

往来六十里，各是一江郊。柳色团涡岸，春风杨子桥。好山当断岸，野鸟度空巢。一任雷塘路，暮天风雨号。

沈宗师甚喜江梅而微贬酴醾因成一绝

淡绿衣裳玉作妆，好风凉月自相当。沈郎笑汝多情在，不似江梅满意香。

劝张李二君酒

张侯好诗如好色，不敢为主而为客。李侯好酒如好诗，心虽甚壮无人知。两侯风味俱不恶，如芙蓉与木芍药。午窗留客看笔快，晓枕无人犹睡着。广袖渐变天宝妆，大字不作元和脚。世人讥笑乃其分，政是仍叔之子弱。病夫坐稳无所求，荒櫓断雨鸣春鸠。炉烟未尽消百忧，恨不缓带从公游。何时清江横小舟，与公一醉荻花秋，却来密庵参牧牛。

庵居

鸟语花香变夕阴，稍闲复恐病相寻。正应独有江山分，素自都无廊庙心。堂上老亲双白发，门前稚子旧青衿。儿曹不会庵居意，古涧寒泉疑至今。

小园即事

千花老无踪，众草来可喜。欣然得幽寻，我亦病良已。飞飞两蝴蝶，不悟尘土里。禽声甚可人，亦似相汝尔。人生贵惬志，不必须甚美。三年白沙诗，已费千幅纸。问君何所乐，赤手费摩洗。短屏看远山，心作千万里。此岂画者功，实自一念起。君当如是观，在此不在彼。

登舟

夜雨晓犹滴，怒风晴更吹。已无行役念，宁有别离悲。舟楫三年路，江山一月期。东庵旧还往，不废百篇诗。

张祎秀才乞诗

白莲庵中张居士，梦断世间风马牛。风尘表物自无意，神仙中人聊与游。张旧与前辈名士往还甚众。澄江似趁北城晓，苦雨不放南山秋。君当先行我继往，勾吴亭东留小舟[一]。

效古乐府三首

君住长江边[二]，妾上长江去。长江日夜流，相思不相顾。

长江日夜流，妾心终不改。谁谓江头人，相思不相待。

东家石榴红，西家石榴紫。俱是一种花，同生不同死。

读太真外传

上尽马嵬路，东风吹旧京。乾坤已新主，草木自秋声。锦袜千年恨，皇舆万里程。宁知挽船士，亦有别离情。

简宁子仪二绝

只恐老去被花恼，更欲忘忧须酒浇。何似山堂病居士，闭门高枕过春朝。

新晴欲上南楼月，柳可藏鸦水蘸墙。无限客愁芳草里，不知风雨阻斜阳。

书寄洪上人

胸中无一毫事，笔下有千斛力。走遍江南江北山，满堂禅和不相识。

呈愚上人

不能归续侍中貂，遂有声名伴老饶。万里更行看璎㬊，一枝才足赋鹪鹩。诗囊砚𥗸君其漫，药裹侵寻我亦聊。举目云天尽新语，殷勤收寄一牛腰。

赠洪上人二上人

君行南山南，我在北山北。不闻谷鸽白，但见染丝黑。老境欲垂垂，快意须得得。孰知百雉坚，而有一日克。洪如涸底松，纵老终不踣。一如云间鹤，不复可羁勒。我如千里风，遇此两鸿鹄。明珠脱氛翳，晓日破昏塞。宿障不尽除，胸次犹笔墨。君看说诗口，乃是拔山力。冰霜卧偃蹇，岁月饱封殖。谁能窥藩篱，未易得阃阈。政当敛光芒，不必须缘饰[三]。相从无何乡，败衲依破裓。更令好事人，妙语添一则。

雨后月夜怀沈宗师承务

雨云揽江色，偃蹇破昏睡。千花闭红紫[四]，妙见一室内。披衣行夜永，明月在船背。微风过萧瑟，古柳立苍翠。翛然一蒲团，坚坐觅诗对。我生无南北，所到意辄遂。孰知十年游，保此清净退。颇念城北人，结友老杉桧。漫随长铗归，甘作短檠弃。出门万里途，已驾安得税。何当持被来，把酒相就醉。

秋夜示李十

晴鸠不时鸣，雨鸠不暂歇。相去跬步间，屡见屐齿折。寒泥拥衰草，秋扇罢残热。今晨好风景，稍贷屋头月。清光冷相照，玉艳满金玦。唤客坐前窗，文字相澡雪。殷勤傍诗律，未暇了麹糵。澜翻谈经口，邂逅如意铁。我歌君辄书，字字有行列。不须陛楯严，但要兵卫设。譬如南山石，琢齿当井渫。真成一战霸，未可三鼓竭。人生各泾渭，世事亦滕薛。高堂食肉人，两马方踶啮。何知缊袍底，犹有不安节。

中秋日沈宗师约游城西泥雨不果因成四十字兼寄赵才仲

遂阻城西步，兼怀霅上游。长风掠归燕，苦雨应鸣鸠。月向谁边好，寒催社后秋。传杯有新韵，能忆老兄不？

桃花菊

嫩粉殷勤换浅黄，郁金丛里见新妆。已翻百叠红衣润，更沐九回沉水汤。

九日晨起

渐歇敺蚊手，真成把酒天。长河印晓月，老木聚荒烟。了了江山梦，区区文字缘。南阶两三菊，极意作今年。

王氏郊居

江山处处好，落日极登临。雨续蔬畦润，风吹柿叶阴。客船频上下，水鸟故浮沉。尚有南飞雁，丁宁可寄音。

对菊

稚子寻花莫漫狂，已知衰疾负重阳。新霜有意留青蕊，更放残枝十月黄。

雨后至江上有怀诸子

落日满寒雨，长江收夕霏。定知聊复尔，敢望不相违。野鸟晴相唤，残萤晚自飞。殷勤两山口，好为放朝晖。

登南楼

疾风吹沙不成雨，十日狂阴倒残暑。江头树木半焦枯，不厌潮头洗尘土。南楼反照千丈红，落日却在洪涛中。舟人渔子莫惆怅，更借朝来东北风。

岁晚作

南山雪云千丈高，北山晚田无寸毛。富儿巨家饱欲死，笑我陋巷长蓬蒿。道人坐稳忘作劳，百念解纵如垂櫜。但当折简唤我曹，并坐择虱烦抑搔。笔力可借秋江涛，莫学人间膏火熬。

吊古冢

荆榛闭莽苍，千岁一孤坟。生则无是叟，死应冥漠君。略无他日念，唯有不堪闻。想得西陵道，荒台亦暮云。

奉送子之还京师

日月老投闲，文字今削迹。便然腰十围，欲吐啄三尺。颇怀平生友，相就语肝膈。诸江好兄弟，夫子眉最白。词林三二公，子实门下客。布帆千里来，许我闲宾席。阶庭出兰树，户牖照圭璧。诗如驾高浪，万顷随笔力。宁为首阳饿，不作嬖奚获。乃知工语言，要是饱糠核。茫然李杜坛，未免陈蔡厄。出门观善阵，敛手避勍敌。澄江摇夜霜，岁晚见沙石。钗头罥蛛丝，即有梁宋役。士生多艰虞，道远自古昔。相期逍遥游，不计天地窄。名声了三黜，谈笑供百谪。别君为此言，可当绕朝策。

外弟赵才仲数以书来论诗因作此答之

君才如长刀，大窾当一割。正须砻其锋，却立望容发。平生江海念，不救文字渴。茫然揽辔来，六骥仰朝秣。病夫百无用，念子故疏阔。未能即山林，颇复便裘褐。前时少年累，如烛今见跋。胸中尘埃去，渐喜诗语活。孰知一杯水，已见千里豁。初如弹丸转，忽若秋兔脱。旁观不知妙，可爱不可夺。君看掷白卢，乃是中前筈。不闻铁甲利，反畏强弩末。與薪遵大路，过眼有未察。君能探虎穴，不但须可捋。才仲，佳士也。年十七八时，随其父演在定州。子开及晁四诸人，比其文柳子厚。

过子之泊船旧亭

江郎泊船处，草径不胜秋。客里终年别，春前万斛愁。山横采菱口，月满望江楼。政可梦春草，莫令吟白头。

望金陵偶成两绝

台城南望入斜阳，尚想能诗玉树郎。乘兴风流莫相笑，眼看直北是雷塘。

雷塘别有风流坐，可作南舟两日行。江水自流春自好，不知芳草为谁生。

烹　茶

水光欲尽琉璃影，玉色初浮翡翠斑。便觉麹生风味恶，小炉新火对蒲团。

西　楼

小院无人日自长，隔帘时有芰荷香。客游未作安居计，更借西楼一夜凉。

寄信上人

笑语三年别，舟航十里淮。新霜变草木，好雨过风霾。万事不如意，一生常好乖。何因伴明月，特地入君怀。

秦处度与一上人同宿密庵处度为一画断崖枯木

小庵无客亦无毡，遂有高人借榻眠。一夜西风撼枯柳，不知春在石崖边。

寄谢无逸并汪叔野兄弟

老谢风流绿绮琴，小汪兄弟亦南金。文章已误半生事，江海略酬他日心。好酒不当愁逼仄，旧书差慰病侵寻。平生恩义泮宫老，断绠寒泉百尺深。汪信民没方数月。

月　下

白鸥笑汝不能饮[五]，澄江恼人勤作诗。可惜南楼好风月，只无春柳对琼枝。

刘穆之

金柈一斛贮槟榔，戏调儿童走欲狂。不谓林间有元亮，念公时在酒中藏。

戏赠道浃上人

忽逢邗沟道人浃，如见锡山居士秦。问着世缘浑忘却，知公不是个中人。

喜章仲孚朝奉见过十韵

苦语不难好，旧交今则无。但能留客坐，已胜折腰趋。只有连根煮，初非满眼酤。苔痕记拄杖，雪影傍跏趺。语道我恨晚，说诗公不迂。丁宁入汉魏，委曲上唐虞。历历有全体，匆匆或半途。真当置度外，不敢望庭隅。日月换新岁，江山非故吾。他年佳句在，与画密庵图。山谷论作诗法，当自舜皋陶赓歌及五子之歌以下，皆当精考。故予论诗，必断自唐虞以下。

观宁子仪所蓄维摩寒山拾得唐画歌

君不见寒山子，垢面蓬头何所似。戏拈拄杖唤拾公，似是同游国清寺。又不见维摩老，结习已空无可道。床头谁是散花人，堕地纷纷不须扫。呜呼妙处虽在不得言，尚有丹青传百年。请公着眼落笔前，令我琢句逃幽禅。异时净社看白莲，莫忘只今香火缘。

寄朱时发

茭桥脊梁硬如铁，天下拄杖打不折。倒骑佛殿出三门，南头学来北头说。昔苗未生今作米，更判阿师三尺嘴。公但吸尽西江水，莫怕庭前簸箕尾。簸箕尾，事出《小释迦录》。

寄颍昌诸叔

身如许县老聋丞，心是江湖版下僧〔六〕。万事聊凭曲肱梦，一尊时近短檠灯。旧游可数终难又，恶况虽多不厌曾。尚忆少年情话否？夜窗相对发髯鬙。

谢人送琼花白沙人谓琼花为无双花戏成两绝

凝尘欲满读书窗，忽有琼花对小缸。更喜风流好名字，百金一朵号无双。

断肠风味久难寻，尚有名花寄此心。折尽长枝已春晚，只宜凉月不宜阴。

观宁子仪朝奉山堂石三绝

个中真味久难忘，但觉人间万事忙。今日为公留不得，剩分诗思入山堂。

向人怀抱终何有，过眼峥嵘得暂醒。更唤秦髯与湔祓，为公题作小南屏。

知公心似山堂石，误落人间几案间。今日风光已相负，看朱成碧未能还。

十一月五日与才仲弟相别于白沙东门之外怅然久之不能自释乃知谢安石作恶之语不为过也因成八诗奉寄可见别后气味亦可并示京洛间亲旧也

终年想颜色，未有食顷忘。君宁不我念，苦畏冰雪妨。斯文百战罢，阅士如堵墙。孰知五湖口，一苇可以航。

君才不长贫，太阿之在匣。故知谗慝口，不受龙象踏。此道有从来，肮脏端不乏。相期瓮头春，夜语重一呷。

盛欲与子谈，乃复为此别。匆匆得余欢，把酒到耳热。人生不如意，肝胆有楚越。何知若人胸，中有积立铁。

伯姑无恙时，令我与子友。周旋以至今，各是遗种叟。文字种声名[七]，于身亦何有。还书问两弟，是事君识否？

妇如先姑贤，儿似乃翁好。识君相与心，见我亦倾倒。频年作离情，悟赏到丘嫂。卜邻洛水阳，此语当在早。

低头拜东野，未厌擿抉穷。停军问缩酒[八]，不计牛马风。胸次脱尘滓，欲与秋水同。斯人未遽远，当在阿堵中。

往者汪信民，爱我不自胜。以我如古人，得与子并称。若士不复有，斯言当伏膺。期君极膏沃，更作无尽灯。

锻以百炼刚，淬以万里流。闭门待强敌，忽见天地秋。以石投水中，万岁终不浮。堂堂倚松老，于今忘百忧。

校记

[一]勾吴　底本作「向吴」，误。据方回《瀛奎律髓》改。

[二]住　沈度曰：「一作家」。

[三]政当敛光芒，不必须缘饰　沈度曰：「一作政当磨其锋，共扫烦恼贼」。

[四]闭　沈度曰：「一作开」。

[五]汝　沈度曰：「一作我」。

[六]心是　沈度曰：「一作心似」。

[七]种声名　四库本、家刻本作「重声名」。

[八]停军　四库本、家刻本作「停车」。

东莱诗集卷四

山水图歌

君不见南江老龙夜不眠，令我破屋开青天。千岩倒壁卷角上，一榻却在洪涛前。又不见江头古木一尺围，猿猱接手悬高枝。雨中寒芦披靡去，天际风帆先后归。陈生故是可怜人，笔虽未到心已亲。南村北村渴欲死，怪此一室无纤尘。郑虔祁岳不解奇，韩干画马空多肥。万里咫尺君得之，更看湘江雷雨垂。陈生欲画湖湘图。

庚寅年正旦郡中客次作

晓霜挟雾入寒厅，四座伊优不暂停。剩欲禅房作新岁，念无余沥到空瓶。诙谐与世聊从俗，啸傲它年可乞灵。更为旁人住俄顷，座间愁杀两螟蛉。

题李伯时《维摩画像图》

老松揬天四无壁，小庵不劳容一室。野竹入户芭蕉肥，下有无言病摩诘。文殊妙对亦未真，身如浮云那得亲。惊倒同行问话人，彼上人者何所云。龙眠好事笔有神，不避世间狐兔群。扫渠胸中千斛尘[一]，多口阿师闻不闻。

遣怀三首

何山不堪隐，何家不可居。古来子华门，亦着荷畚夫。荒田脱积雨，未免供晚租。今日视昨日，但见有不如。故人劝加餐，老亲怜嗜书。宁知毛锥子，不可一日无[二]。

秋风袭残暑[三]，忽过江上林。旦日扶杖来，不见十亩阴。蔬畦甚寂寞，亦受霜雪侵。念此不常好，如我宿昔心。涛头落崩岸，野鸟助讴吟。潜鱼着沙底，避网冬更沉。

异时忘言人，马鬣今宿草。生平不如意，欲伴寒木槁。遂令藜苋肠，更尽组绣巧。三年对空案，诵子诗可饱。从来文字工，不解颜色好。相逢期后身，再访西院老。谓信民也。

符离阻雨

东风吹船窗，未晓天复雨。篙师促添缆，卧听泥㶁㶁。不知城北园，春事今几许。旧游如宿昔，花柳默可数。邻里先后来，颇复相劳苦。东家献牛酒，西家馈鸡黍。感渠长久情，愧我无所取。汪侯哦诗处，积水败环堵。念此不忍行，不但出入阻。七年此端居，畏病如畏虎。故人饶与黎，此老可共语。

伍员祠

伍员庙前一丈碑，上有野鹤双来栖。水云杳杳凉去远，风雨冥冥秋到迟。江花相趁野花发，旧燕不随新燕归。大夫遗恨竟何许，楚越勾吴今是非。

东园

垢汗久思出，江山秋更新。荒田出龟兆，老桧落龙鳞。风月犹堪夜，蒲莲浪作春。篮舆亦乘兴，实自厌冠巾。

寄琦监院

往时济阳晁公子，今日灵岩琦上人。千山不碍一月晓，北树忽见南枝春。个中有味渠不识，底处无情公得亲。不知碧眼之面壁，何如魋颜西入秦。

即事戏答季一

斜阳着高柳，环堵半黄昏。小圃三年旱，荒池一尺浑。粗知诗有味，宁使妇无裈。不信晁公子，犹招楚些魂。季一诗云：「思与诸公论人物，试凭清议赋招魂。」

湘　竹

小雨催寒入夕曛，湘江风味可怜人。班班玉泪无时尽，袅袅金梢别是春。

有怀宿州城北因作诗寄才仲

宿州古城城北隅，雨罢晴开如画图。杂花乱蕊未须道，白杏一枝天下无。香风袅袅入短袖，明月萧萧随蹇驴。二年不复见此乐，清江万顷正愁予。

示沈宗师二首

十日儿号不出房，残梅犹在小瓶香。沈郎唤客煮汤饼，政恐匆匆未得尝。

九日狂阴一日晴，落花飞絮作清明。与君携手南楼去，共听长江月下声。

夜坐戏成两绝呈迪吉宗师二友

夜窗灯火著新寒，喜见蒲团一味闲。纵有好诗人不要，却须还与槛前山。

疏帘欲上梧楸影，远枕微闻盆盎鸣。甚欲分身就公宿，只愁尘土变江声。

戏成两绝奉简章仲孚兼呈宗师

日日勃鸠相应鸣，年年春草趁愁生。道人不怕冰霜面，又作南舟十日行。

沈郎爱客如爱酒，章子问诗如问禅。肯共寒炉拨残火，共搜佳句作新年。

老　松

奉君以绿绮琴，报我以双南金。杯中琥珀不须尽，听妾一声行路吟。君看庭前老松树，上有杳默不断之清阴。墙低未碍髾发古，岁晚不辞霜雪侵。东园桃李自妍好，与君百生同此心。

扬州雍熙寺纳凉

高楼有余凉，但见旗脚动。鸟语檐角来，仰听风响弄。江山旧还往，草木老宾从。平生一笑适，可得万钧重。儵然六尺床，更许佳月共。

访张鉴秀才兄弟

眼看霍霍万钱食，便就匆匆五鼎烹。何似张侯五兄弟，闭门相对饱芹羹。

邵伯埭路中

行前蒲柳后鸥鸟，乃似白沙之旧居。忽见云天有新语，不知风雨对残书。往来河树几倾盖，上下江船如贯鱼。更与河山结香火，夜窗重枉故人车。

寄周司理

日月走劻勷，舟楫卧烦暑。凉秋在万里，客子安得语。周侯磊落人，怜我自煎煮。殷勤半月留，可得一笑许。别来今几日，坐此百里阻。清风不时来，晓月仍半吐。卷帘看修竹，忽似对眉宇。人生行乐耳，舍此皆自苦。终期卜邻归，重听对床雨。虽无呜呜歌，亦有坎坎鼓。

山光寺前泊舟值雨

轻雷唤小雨，忆在白沙时。绿酒留连醉，红灯取次诗。好风那复有，凉月自相随。独上山光寺，清歌无柳枝。

步月有怀

平生最爱花梢月，可与青楼一等看。病去老来浑忘却，晓窗晴日上蒲团。

扬州留一上人

日日东风吹客衣，小园春在掩芳菲。残花过雨飘零尽，好鸟穿林自在飞。往事虚成采薇瘦，故人频有食言肥。知公未厌西行晚，且伴江船缓缓归。

送一上人之京师

东风吹云十日雨，卧听城头打衙鼓。道人远自山中来，共座南窗濯泥土。自然高韵到羲皇，岂止微言变齐鲁。万牛回首不震棹，一叶横江且掀舞。未能入水取蛟蜃，尚欲投戈伐貔虎。念公守此非一朝，木病魂瘣无枝条。已尽千峰西岭雪，更梦八月钱塘潮。京城尘沙深一尺，是中莫留公履迹。权门蹲嗒儿女笑，我一思之不能食。片帆无事早归来，为公一洗山中石。

拟古二首[四]

狡兔死三窟，老松坚百寻。物生各有愿，共此分寸阴。荒城六月旱，长江三日霖。稻苗不遂死，幸无蟊贼侵。皇天不私覆，一语销百壬。先王典刑在，落落传至今。愿以小人腹，而为君子心。

寒鸡不能晨，苦雨自朝夕。上为云雷巢，下乃龙蜃宅[五]。坐怀阴外天，缺月挂残魄。少来可喜人，牖户陈玉帛。平生千万言，略省二三策。牛山所种木，日在斤斧厄。念君十年心，使我双鬓白。

潘邠老尝得诗云满城风雨近重阳文章之妙至此极矣后托谢无逸缀成

无逸诗云病思王子同倾酒愁忆潘郎共赋诗盖为此语也王子立之也

作此诗未数年而立之邠老墓木已拱无逸穷困江南未有定止感叹之

余辄成二绝

漫营新句补残章，寄与乌衣玉树郎。他日无人识佳景，满城风雨近重阳。

好诗政似佳风月，会赏能知已不凡。万里潘王旧乡县，半江斜日落归帆。

寄李商老

竹不可一日无，酒不可饮不醉。平生嗜酒爱风竹，此意不许凡儿会。南来经年饱尘垢，袖手甘随百夫后。文章漫作无功身，只了儿曹补窗窦。黄沙障日江漫流，青山唤我十年旧。忆昔泊船鹅翎口，把酒遥为故人寿。只今身在心已老，千岩想象灵芝秀。君家兄弟固不凡，解挽三友勤相就。中郎卧病过春晚，昔则酒狂今诗瘦。山房大名不坠地，诸老风流未宜弃。老桧参天可乞盟，粢食铏羹乃无味。如君高韵千载同，可更托身三数公。丈夫劲挺要长久，百万叩关一夫守。胸中江海不须道，此流何必计升斗。眼前勃窣诉二友，听客所为公绝口。

雨中作

咄咄真成梦，悠悠复未知。宁为牛背语，不作剑头炊。雨挟秋声乱，江含螟色悲。故知无事饮，犹胜顷来诗。

示内

贫贱不可忘，富贵安足羡。我生未三十，种种厌贫贱。宦情肱九折，老味金百炼。稍回功名心，来结香火愿。平生所知人，久已焚笔砚。是中无真实，不在儒术缘。有如退飞鹢，更借逆风便。病妻颇痴绝，可与共开宴。小女真吾儿，语学春鸟哢。初非本来有，且作梦中见。居看手捉鼻，绝胜扇障面。他年从吾名，同入隐士传。

寄外弟赵楠材仲

长年更多疾，念尔不能忘。梦去关山静，书来道里长。形骸且憔悴，草木自苍唐。古县疏还往，微官绝簸扬。颇闻能吏事，仍不废文章。客舍襄江下，人家筑水傍。屡成千里目，虚断九回肠。我老知无用，身闲欲半藏。预愁章服裹，仍怯簿书忙。事业烦诗卷，生涯在药囊。得非嵇叔懒，宁似次公狂。野桧多鳞甲，寒松半雪霜。高天一雁远，小径百年荒。每惜朱丝断，空怀素锦张。旧交浑潦倒，此语更微茫。欲判五斗米，先寻百本桑。

残羹得共啜，薄酒要同尝。匣里出鸣剑，眼中除眯糠。未容窥奕奥，虚自倚门墙。指点飞鸿路，何人识故乡〔六〕。

京师赠大有叔

尊酒相逢十载前，绿发红颜俱少年。尊酒相逢十载后，皮黄肉皱俱白首。叔如鸿鹄但高飞，侄似麋鼯更深走。南来行李初一逢，长安旧第冰雪中。闭门不识故人面，豪气直欲轻元龙。平生为道不为食，少小所期皆目击。何时相就过江南，同访曾游旧泉石。

寄蔡伯世赵才仲五绝

我恨不识鹿门公，蔡郎心期千载同。不随吏部曹中板，去赴长芦寺里钟。

一坐十月长江滨，自君之来心转亲。还书起居清源君，人间纷纷何足云。

同行者谁平原孙，于我不但骨肉亲。谁言不为桃花去，只爱江山亦可人。

二子逃禅不计年，江湖重去水粘天，直饶透尽〻三关语，到底终成百漏船。

木鱼光里两蒲团，意气与我平生欢。尽〻底告君君不会，空得痴人寻笔端。两蒲团，谓悬璧。时诸人争收璧书。

寄范子

范郎平生万人杰，只今未免儿号寒。三江五湖在胸次，砚玉秋霜看笔端。旧疾只今肝肺热，春风欲开桃李颜。待约南江今夜月，与渠万里报平安。

春风

春风随长江，一日行万里。萧条起岷山，欻忽度扬子。江南千酒楼，春风楼上头。金樽开翠幄，青帘吹客愁。长堤二月暖，寒溪千古流。纷纷桃李花，处处作芳华。不见梁间燕，空悲王谢家。

听琴

君不见龙门之下百尺桐，飘飖飞雪愁寒空。何年斑尔落君手，小窗伴坐歌南风。恍然如着山岩里，不知身在尘埃中。初闻平野飞鸿鹄，敛听金盘起珠玉。绕坛古树郁嵯峨，六月吹霜作寒绿。折杨黄花不须道，别鹤离鸾尚堪续。君不见开元天子醉西都，音声十院留欢娱。当时临轩奏此曲，径须解秽烦花奴。乃知恬淡世莫识，无弦之趣何时无。归家愁厌筝笛耳，此声一听还已矣。会须流水访钟期，试向炉中觅焦尾。

雨后

新花欲尽竹当栏，喜见空墙野色团。稚子乘阴莳兰菊，仆夫留水灌莴蔓。茶香于汝初无分，酒熟逢人也强欢。恼乱春光君会否？小瓶犹占一枝残。

送山伯良佐东归以务道期息涂为韵

荆棘生良心，米盐入尘务。芬芳老不达，岂不以此故。人生锥处囊，颖末要立露。玉壶近青蝇，没没自点污。刳心万物表，却立看脱兔。

临别当一言，恳恳念忠告。缥囊可取足，往结万古好。默识古则然，愚智同一道。远师颜氏子，近比伯业操。文章有妙斫，期子开突奥。

吾诗如清风，去留不可期。洒然或一来，不系凡子知。两郎从我游，岂但窥藩篱。山房光焰在，实借众木枝。斯言可三复，如我清风诗。

昔我同学生，文字虎而翼。仲弟最多才，去以六月息。自吾失若人，每语辄气塞。子如求数君，慎莫怪蟊贼[七]。胸怀但明了，几案付尘黑。

赠我貂襜褕，报以明月珠。古来声名人，一一行此途。汉中屠沽儿，适可曹公奴。人生嗜好异，至有海上夫。孰能识其然，饱此万卷书。

河水清赠良佐兼寄商老

河水清，江水黄，南山北山自相望，恨君不止白石房。与谁同游南郡郎，白玉刻佩明月珰。如凤四海求其凰，道里辽远日月长。爽气自足陵朝阳，举酒送君君莫忘。

同晁季一李天纪过沈宗师北庄因成长韵

三年城南居，不识城北土。但闻玉雪郎，去作猿鹤主。今晨篮舆来，握手相劳苦。胜游有佳士，洗耳听妙语。晴窗背云壑，落日在环堵。晚风生白杨，想象原野古。断崖悬老木，小港聚寒雨。却观城市人，努力自熬煮。畏途出衽席，祸福有未睹。杜陵怀壮游，无忌笑豪举。二者觅真是，政恐君未许。千秋柴桑翁，妙句聊一吐。

邮上祈雨

泥龙蜴蜥困追求，旱遍淮南二十州。寄语天公莫轻许，少留明月作中秋。

清　风

清风如君子，所至有余情。忻然破烦溽，百醉时一醒。嗟我二三友，飘散秋叶零。不知城南王，何以识我名。欹斜左手字，劳苦如平生。会写《登楼赋》，一吊漳滨灵。

学　视

学视睹悬虱，病耳闻斗蚁。纷然酬六凿，万劫费揩洗。君看杯中蛇[八]，妄想从何起。忽闻一妙语，初无强料理。回观积年疾，乃是一念使。谁能明此心，香山老居士。

寄舍弟

残暑坠空屋，旧书穿破帷。才蒙小雨润，遽得好风吹。逸少每作恶，渊明常病羸。他乡忆吾弟，苦语自成诗。

断　云

断云西南来，好风东北去。翩然两无心，空中忽相遇。化为一尺雪，照我亭前路。昔者甚可怜，今来渺无处。故人多倦色，留我不少住。羁愁动中肠，疾病增百虑。虚庭着明月，皎皎如积素。不见乘鸾子，空怀旧烟雾。

如皋道中

客路三日雨，颇知袍裤单。长河贯沃野，薄酒动新寒。晚日鱼虾市，秋风藜藿盘。衰颜定可笑，不必镜中看。

校　记

［一］扫渠　沈度曰：「一作洗尽」。

［二］不可一日无　沈度曰：「一作一日不可无」。

［三］袭　沈度曰：「一作壁」。

［四］拟古二首　按：傅增湘先生藏庆元刊本《东莱先生外集》卷三有第二首，无第一首。

［五］龙屋宅　《东莱先生外集》卷三作「龙窟宅」。

［六］何人识故乡　沈度曰：「一本自野桧多鳞甲，寒松半雪霜下云：直须守岁晚，莫羡踏春阳。夙受祖师印，得游夫子墙。直言无异理，未学故多方。必若除烦惑，先能除仆僵。君才可辨此，吾说未应亡。匣里得明镜，眼中除米糠。高天一雁远，小径百年荒。每惜朱弦断，空杯素锦张。马难逢伯乐，麟有遇鉏商。却倚摩天刃，兼除治水航。旧交浑潦倒，此语更微茫。欲判五斗米，先寻百本桑。永无南浦送，频受北风凉。想弟眉宇好，见兄

筹策良。残羹可共啜，薄酒更同尝。黾勉初无害，衰迟却未妨。时寻二三子，同看亿千场。指点征鸿路，无人识故乡。」

［七］慎　底本避宋孝宗赵慎讳，「慎」字未出，今校补。

［八］杯中蛇　底本作「林中蛇」，误。今从四库本、家刻本。

东莱诗集卷五

初去白沙再望路中江南诸山慨然有怀

青山如美人，浓淡各有态。挽之不肯来，乃似孤竹隘。念无千里风，限此一衣带。夏木与藩屏，不畏炎日晒。三年白沙游，借尔宽眼界。脱身尘垢中，一笑终不坏。别君更举酒，未了清净债。虽无丝竹娱，会有诗律快。何如少陵翁，亦为杜鹃拜。吾诗有余欢，此语君勿怪。

赴济阴留别一公

近别君莫嗟，远别君莫惜。往来天壤间，谁为不相识。十年几相别，日月虚弃掷。见君长江口，已作胡眼碧。别君广陵城，妙语摧霹雳。今别知几时，复念驹过隙。坐成千里阻，当有片言益。不劝君爱身，不劝君强食。劝君以勇决，万事要努力。愚夫之所欣，智士之所戚。譬如醉而颠，亦有傍震虢。声色纠缠人，万劫困封植。本自骄堕生，亦以因循得。实唯招侮慢，岂止碍空寂。居然耳目内，反务化勍敌。谁能深山中，弄此无孔笛。芳草变萧艾，每为长太息。如公定不然，此语当谩忆。何妨膏腴地，更论去荆棘。君看一壶用，亦有千金直。

五月五日泊舟北神与关圣功唐充之李元辅作别意殊惘然端午日行次洪泽把酒北望已如异世事矣因念屈大夫之死正是此日慨然有感于心辄成长韵奉寄李民师翁士特来可求和也

麦上蝴蝶飞，水边㶉鶒卧。却望山阳城，已若一梦过。今晨又端午，把酒意亦堕。风回浪蹙船，闸浅沙著舵。故人阻情话，客子且清坐。更念屈大夫，是日遇奇祸。空余后世名，弟子只增些。宝璐与明月，皎皎不受涴。周知汨罗沉，可到首阳饿。还书二三老，此语君可和。

赠唐充之兼简益中

三年白沙看江山，可当中原故人面。今来千里逢故人，笑谈却作江山见。江山故人不相远，平生志愿于群满。唐侯独立一代无，张侯与之来集枯。老松本自岁寒外，良马不畏长途驱。饥年百室仰粟廪，暑路六月悬冰壶。念昔关汪不相贷，视世好爵如机械。上书索去不作难，云我未了平生债。后生少年延颈观，诸公故人思一快。基本未定天夺之，赖有群侯数人在。龙媒已远风驭回，坐叹四海梁木摧。尔来老谢又继往，但觉眼界常尘埃。长江无津出光怪，迥野入夜开风雷。此语不诬君可验，请君更讨防身剑。

夜　雨

梦短添惆怅，更深转寂寥。如何今夜雨，只是滴芭蕉。

出门见明月

出门见明月，入门思故人。故人如此月，一见一回新。明月相见多，故人相见少。问尔何因缘，长似此月好。故人在何处？南北东西路。明月在咫尺，夜夜庭前树〔一〕。明月莫亏缺，故人莫离别。愿月如故人，故人亦如月。

往岁在白沙见江上往来祠神者杀猪羊鹅鸭日夕相属也有感于心后至

济阴因成长韵当托白沙故人投之庙前庶几神少知自戒乎

今日杀一羊，明日杀一猪，问神何所乐，而必为此钦！羊死噤无声，猪死足号呼，伤哉鸭与鹅，闭目颈已朱！问神此何负，神亦何所取，吾知斯民愚，非是神所许。江船一帆风，江田一犁雨。民或谢神劳，尚使相告语。但采涧溪毛，足以荐筐筥。何须污刀几，而后羞鼎俎。于物固无怨，于神亦无苦。更令呜呜歌，时送坎坎鼓。

济阴野次

去年骑马古城西，雨涴鞍鞯一尺泥。今日重来转无绪，强扶衰疾绕河堤。

毛彦谟容膝轩

黄金为楼玉为梯，画旗素锦生光辉。不如一庵醉而归，倒卧侧立无东西。君才于用无不宜，会稽竹箭梁山犀。贾而不售君不疑，亦自不以为珍奇。渊明妙处君得之，万古一首《归来辞》。一庵容膝君所知，不用芥子藏须弥。望风怀想三归依，眼前有睫见者谁？世人纷纷不自治，何异羊质蒙皋比。见豺而战忘其皮，墙头燕雀莫谩肥。汝不仰看鸿鹄飞，伯夷去采西山薇。想渠瘦亦不胜衣，不羡汝曹腰十围[二]。

济阴寄故人

柳絮飞时与君别，南楼把酒看新月。月似当年离别时，柳絮随君何处飞。千书百书要相就，思君不见令人瘦。念君情意只如新，顾我形骸已非旧。朝来有信渡黄河，雁足系书多网罗。城南城北芳草多，明月如此奈愁何！

晁叔用得古镜二一以遗法一上人澄澈可爱底水隐然蜃楼突起又作杯渡禅师像翩然衣动正在中流间也一求记于予因为作歌

晁郎高居卧冰雪，得此悬空两秋月。已将屋角倒魑魅，更与人间洗炎热。一月团团如扇面，一月菱花光掣电。怜君囊中一物无，意欲分君托方便。菱花入袖世莫识，空堂夜留疏雨滴。天生宝气有期会，复恐藏去终无益。君行万里寻剑术，山精唤君君莫出。寒泉百尺傍枯树，狡兔九月投霜鹘。未须潘谓苦哦诗，或自苏公识神物。下有禅和不笑人，须君一照蛟龙窟。

别离行

城头草木日夜黄，九月北风天雨霜。月色入户侵我床，美人乃在天一方。旧游可乐不可忘，恨君不随雁南翔。恨妾块守此空房，晓风忽来吹梦长。梦中与君还故乡，黄金为屋玉为堂。与君更笑亿千场，不须合佩双鸳鸯。

李念七久不见过二绝

不随残暑退青蝇，入眼器尘渐可憎。静里工夫君莫厌，夜窗重对短檠灯。

罗襦襟解烛灭后，喝雉喝卢人散时。愿君莫忘默轩老，少小先蒙国士知。

往年与关止叔相别甬上止叔见勉学道甚勤且曰无为专事文字间也及今五年矣尚未有所就因作诗见志且以自警也

老关别我时，笑我勤苦甚。曰吾与子然，同此一味静。收功粥鱼底，笔墨有讥评。五年念此语，但见日月竞。虽无蛾眉斧，亦有宴安鸩。斯人今何往，想作大树荫。我走足欲茧，始学两鸟噤。君看齐声讴，何异众哭临。繁红成春条，本自其天性。风雨颂系之[三]，不有十日盛。人生亦何聊，共未免此病。乃知镬头通，已胜狗脚朕。洞山会下，有僧法空，具宿命。时有通上座者，刻苦练行，空以水照之，知其前身为魏孝靖帝也。时众中谓通为镬头通云。

六月初三日雨后步至城东

凉秋生郊原，快雨洒庚伏。曲肱访幽睡，朝梦不可续。开门招此山，爽气满岩谷。村蹊没衰草，古院蟠翠木。东行得幽亭，小径来已熟。下有十里濠，暑退万荷绿。恨无沽酒钱，一醉起枵腹。人生要快意，岂止寄幽独。君看后池蛙，声韵故不俗。怡然供清欢，何必丝与竹。

得扬州书

书来每恨日月晚，书去还忧道里长[四]。但得老亲常健好，不辞新岁且穷忙。文章已受尘埃涴，禅观多为疾病妨。趁得残春北归否，近箕临颍是吾乡。

归计未成作诗寄怀

万里田园半有无，十年归梦阻江湖。文章缪忝声名在，气体犹须药饵扶。客路因风起舟楫，水田无雨卧菰蒲。青帘白酒斜阳外，不与行人满眼酤。

阅旧诗卷有怀

好诗无过亦无功，准拟还家赠阿宗。会有江山与湔袚，且无尘土共从容[五]。大汪矫矫云间鹤，老谢森森涧底松。回首百年俱一梦，暮年文采更谁从？

高邮道中荷花极目平生所未见

绿净红深水不流，炎天烈日自然秋。只供野父已无计，便与行人亦暗投。明月不来江北岸，好山应在石城头。何年得映潘妃步，更放君王作意游。

高邮遇大热作

南风极炎暑，赤日不可傍。扁舟在地底，浅水安得强。坐怀长河冰，未尽暍饮状。甚憎食案蝇，意欲不相让。旱苗干欲死，蒲藕秋可望。平生投笔手，中有无尽藏。尔来但深藏，稳着犊鼻上。有如三年艾，更复加百壮。黑云翻日脚，好雨终不放。雷声无事来，殷殷车百两。东街暴泥龙，西街设铜像。利害有不同，未易相得丧。农夫责催租，日夕困大杖。那知清歌前，把酒有余量。

题孙广伯主簿家壁

古木轮囷老岁寒，好花无力便凋残。秋风只在盆池上，但作江湖万里看。

赠孙广伯

人皆笑君拙，我独喜君直。拙则世所无，直则未易识。昔者中丞公，事主以一德。从容进退间，多士所取则。朝廷九鼎重，冠冕万夫特。尘埃困大路，此老难再得。至今门下士，必以身许国。孰知强弩末，而有百钧力。贤孙后来秀，见我好颜色。收功却扫中，欲任门内责。空拳入善阵，匹马见勍敌。不嫌不识察，但恨无此获。欲赤莫如丹，欲黑莫如墨。吾常持此言，以辨主与贼。苟无牛羊害，则有天地塞。君能但拙直，亦莫忘黑白。

与吴迪吉诸人赴晁季一陈塘范园之游因成十韵

春风未寂寞，频枉故人车。客舍轻寒下，村烟宿雨余。晓红留隐映，新绿上扶疏。妙墨悬高榜，残章得旧书。即所谓：白水满时双鹭下。蛟龙忽舒卷，草木自清虚。渺渺登临地，悠悠水竹居。只今那复有，本自不关渠。塘水空遗庙，塘，即陈元龙所开[六]，今有元龙庙在此塘上。鼍淙亦故墟。园面有寺，名鼍淙，唐武宗时所建。寺边有鼍，为水害。同行喜佳士，所到即吾庐。政恐习池饮，风流却未如。

送晁季一罢官西归

少年阅人若邮传，汉廷公卿日千变。故人一蹙便青云，咫尺相逢不相见。丈夫须髯但如戟，黄尘没马渠未识。晁侯文采老不闻，两耳壁塞目为昏。三年刺促簿书里，更觉和气生春温。谁能种兰生九畹，从公不辞堕车蹇。冰霜入眼蚊蚋去，桃李成蹊草茅远。胸中沧海无水旱，眼底浮云看舒卷。顷来江上几送迎，聚蚊成雷公不惊。笙竽沸地不知晓，公但寒窗延短檠。乃知风雨昼窈冥，我亦不废晨鸡鸣。箕山之下颍水边，脱冠便归须壮年。请公先寻买山钱，我亦从今当着鞭。

侯嬴

游士纵横翻复手，山东诸侯望关走。历下邯郸无使来，长城易水非燕有。大梁宾客旧如云，夷门监者未有闻。漫将苦语送公子，市井屠酤虚见存。后来毫发争得丧，纷纷小儿夸跌宕。不知世有公子牟，一生放迹江海上。

昭　君

冻云霾空风折木，乌孙公主歌黄鹄。昭君请自嫁单于，当时各倚颜如玉。雾鬟云鬓胡地尘，帐中谁是可怜人。左抱琵琶右挥手，胡地汉宫能几春。呜呼古来出妇嫁，乡曲何曾肯望秦云哭！

戏呈外弟赵才仲

赵郎风味春月柳，可到阮公青眼边。秋水黏天剧空阔，晓霜挟月作婵娟。比来好句传新雁，一夜客愁如少年。安得琼枝更当眼，沙头同理钓鱼船。

城北别江子之

但觉与君别，孰知归兴长。乱畦分宿雨，老木挂晨霜[七]。未许缘诗瘦，只知如许忙。它年风雨夜，重约细商量。

访晁季一

近人乌雀昆弟语，堆案簿书凫鹜行。是中亦自有佳趣，公但徐之渠自忙。西风忽来凉月晓，枫叶芦花秋意少。劝君多饮莫多谈，截断中流公更参。

吴君求诗因作四韵寄之并简小吴与宁生

文字缚人同束湿，吴君不言如坐忘。知公胸中有余地，万顷亦在一苇航。寒梢倒挂夜来雨，细草已披秋后霜。寄语两吴兼小宁，莫因诗律废相望。

古剑歌

寒江九月雷殷空，落日倒射千山红。江头树木半倾倒，衮衮不尽洪涛风。风中有物如长戟，电光忽来倾霹雳。雨罢晴开不复知，乃是潜蛟倚长石。苍皮半卷颇飞动，涩鲜中开欲跳掷。青荧野火下绝水，夭矫长烟转空壁。天生神物有时出，岁月飘流为谁得。铜花欲尽秋水浑，尚有千年妖血痕。向来天地亦儿戏，俄顷变怪徒纷纭。君不见丰城之来亦不久，宝气何为上牛斗。

初夏即事

歌呼连墙亦任渠，移门宾从又何如。是日西邻置酒会客，甚盛。晴阶仰日卧红药，野水趁船跳白鱼。多病且参箍桶话，得闲时近养生书。平生不尽幽居兴，付与长江拯钓车。

偶　作

鄙夫养病苦不足，诸公觅官常有余。自是闲人不更事，可随云鸟更深居。

癸巳自南京过泗上

昔我往矣天欲霜，今我来思梅已黄。淮山澡雪尘垢面，鱼稻骚除藜藿肠。好风肯伴客帆远，故国不辞归梦长。塔中老人莫相笑，我自寂然渠自忙。

泗上赠杨吉老二首

杯中蛇去无恙，醉里诗成有神。相逢不及世故，长年倍觉情亲。

置王坦之膝上，着陈长文车中。何似维摩丈室，萧然一榻清风。

题宝应张氏草堂

好风残暑不同途，稳看饥蚊自扫除。不谓南轩有佳竹，卷帘相对一床书。

学仙行

长松拂云根合抱，雪虐霜凌不相到。下有千岁老伏苓，化为琥珀光自照。食之便可登广寒，不但无病长年少。浮生溷浊那可言，和气乃为尘务煎。坐看灵药置泥土，五味杂置成薰膻。岂不闻齐天子，黄金丹成不肯仙。且贪人间乐，不能从汝飞上天。惜哉韦郎之妙语，一失毫厘千万年。

冬日访朱深明博士二首

北风迎马入裘茸，来访残炉半日红。败屋数间书百箧，无人知是老龟蒙。

见公便是倚松老，念我不忘担板心。万里江山一尊酒，主人无古亦无今。

校 记

［一］夜夜庭前树 沈度曰：「一作宿我庭前树」。

［二］不羡汝曹腰十围　沈度曰：「一本倒卧侧立无东西下云：小窗容膝君所知，不用芥子藏须弥。君才于用无不宜，医无闾之珣玗琪。会稽竹箭深山犀，贾而不售君不疑。亦自不以为珍奇，渊明妙处君得之。万古一首《归来辞》，望风怀想三归依。眼前有睫见者谁？我生甚穷今则衰。何异羊质蒙皋比，见豺而战忘其皮。恨不与子归同时，君生于书无不窥。文字皆妙尤长诗，令我琢句相追随。墙头燕雀莫漫肥，汝不仰看鸿鹄飞。伯夷去采西山薇，想渠瘦亦不胜衣，不羡汝曹腰十围」。

［三］颂系　沈度曰：「一作摧折」。

［四］道里　沈度曰：「一作道路」。

［五］且无　沈度曰：「一作略无」。

［六］所开　底本作「所闻」，今从四库本、家刻本。

［七］晨霜　沈度曰：「一作新霜」。

东莱诗集卷六

初别清源姑才仲弟过楚丘作

前村后村鸠乱鸣，梨花点雪柳半青。断云忽过楚丘县，骤雨已见龙丘亭。故人愁绪各南北，宿酒别时同醉醒。语离情绪乃如此，故园可归公不听。

宿楚丘怀石子植颜平仲赵才仲

暮行楚丘北，适与寒雨值。旅舍一尺泥，又乏刍秣费。故人渺天涯，客子初夜至。披衣附残火，煮茗当晚馈。昏昏傍晚枕，悄悄入清睡。向来谈笑声，已若异世事。但觉舌本间，尚有宿酒味。鸿鹄乘秋风，意在网罗外。强饭无多谈，此语敢失坠。

发邵伯埭二首

柳外鹁鸠相应鸣，屋头新月半轮生。知公未便为官去，且放扁舟自在行。

晓日烘窗不得眠，夹河高柳乱鸣蝉。西风种种入愁思，更有长亭十里船。

余病不能蔬食惧有五味口爽之责作诗自戒

君不如屈大夫，夕餐但秋菊。又不如颜平原，米尽且食粥。虽知舌本欠滋味，颇觉和气实其腹。痴人要盈余，椒有八百斛，钱有一百屋。鼎俎涴腥膻，杯盘眩红绿。四方采珍异，亦未极所欲。宁知下箸处，但有一饱足。坐偿姓命债，百死有未赎。何如野僧饭，晚菜下脱粟。撞钟击鼓坐高堂，童奴唱饭来相续。竹间新笋大如椽，树头老耳肥于肉。亦不见蟹躁扰，亦不见牛觳觫。石郎爱惜韭萍齑，晋侯睥睨熊蹯熟。以此相重轻，于君未为福。

南　山

南山佳有余，我病不自得。今日饮君家，把酒到曛黑。秋风浩万顷，凉月挂江色。对此不能欢，何以消逼塞？人生少如意，百语输一默。喜逢佳主人，略为解羁勒。欢然有余味，即此是温克。阳春内空洞，隐如一敌国。世贤首阳饿，我爱郑朝穆。却怀三年艾，未尽一醉力。青蝇哄残暑，小雨频败北。渐须把蟹螯，莫计舟摧抑。君看儿女笑，终胜官事逼。残杯盖余沥，慎勿贷鸡肋。要看知我真，不独观酒德。

与诸弟诸李同登塔山愚壁以事不能来因成二绝

李家漾南江漫流，幕阜山前春更愁。无人肯会西来意，且作小诗盟白鸥。
道人不来花满山，蹇驴出没松声间。待约江头今夜月，与渠他日报平安。

春日二首

春日纷纷一段奇，无言桃李任春欺。要须及热芦湾去，莫看风吹雨打时。
谁将旧日狂蜂蝶，误入春风桃李蹊。咫尺风光不相贷，无因乞与上天梯。

东园

暂开还落不停枝，雨湿东园柳絮飞。遥想钓船今夜月，暗随潮信与春归。

即事

经旬无客事亦少，多病闭门身更轻。我自不能知许事，暮江斜雨送蛙声。

和李二十七食蛙听蛙二首

膏香未即输鲑菜，煎和真同食蛤蜊。北人惊叹不下箸，乞与韩公南食诗。

莫惊朋类多惊爆，曾伴中郎鼓吹来。今日属官本渠分，晚江烟雨闹池台。

题秦惇秀才园亭

秦郎重构水边亭［一］，仿佛疏林过雨声。更唤清泉入屏坐，少留他日濯吾缨。

别　夜

薄酒残灯欲别情，暗萤依草不能明。悬知先入他年话，一夜蛙声连雨声。

寄题苏州灵岩

水分西子采香径，山是吴王避暑宫。可惜同来不同赏，落花飞絮晓濛濛。

呈甘露印老

水满南河月满床，市楼灯火隔秋江。无人可会庵前事，一夜北风吹破窗。

璧上人欲行为雨止戏成一绝用前韵

东风不借南舟便，细雨轻寒锁暮江。更想乱山明日路，暮天风雨打船窗。

江口送璧上人二绝

小雨浮江霜送秋，晓山晴绕读书楼。道人不作当时面，万里一帆随白鸥。予夏中数读书江楼上。

今日钵囊南去人，当时雕句作新春。更知自昔相逢意，定是他生骨肉亲。

送朱时发

眼底家乡不自归，痴人争认劫前灰。直饶古庙香炉去，也要披毛戴角来。

送宁子仪

洪波奔放不停尘，万劫茫茫寄此身。毕竟无人会休去，满堂枯木不能春。

唐张瑄书记梁时妇人黄鼎因侯景乱没北齐为小校胡儿所虏生二子后附海舶归闻鼓角得岸知是会稽郡鼎先在梁许嫁张固及归固适为剡令求与相见不可乃遣令送之宣城鼎在齐时作《秋风曲》渡海时又作诗三章瑄书称其词凄怨自瑄时已不传

万里秋风曲，三章渡海诗。绝胜汉公主，略似蔡文姬。故国山河在，荒城鼓角悲。何如觅张固，不用忆胡儿！

夜坐呈吴迪吉

伏暑不能旱，楚天频复阴。疾雷冲雨断，乱草接江深。旧圃可小摘，老盆余数斟。明朝有倾倒，相待沃愁吟。

与李去言诸人分题得之字

人生行乐耳，此去复何之。酒忆徐公圣，月如京兆眉。未须夸敏捷，或恐胜肥痴。不作别离见，却忧儿辈知。

访秦氏北庄

午日城西路，篮舆款旧寻。稻田疏野水，草径接秋阴。饭忆分盘玉，书藏遗子金。不须千里目，枉费百年心。

喜才仲兄弟至偶成四十字

落日下乔木，好风来暮船。径思投辖饮，复作对床眠。寂寂驱愁外，纷纷着酒边。平生五经笥，不直一囊钱。

春 日

数亩幽畦满小园，儿童无事亦嘲喧。水摇日影上檐角，风送花香来鼻根。病去只留花作伴，客来常欠酒应门。城南旱麦尘埃里，不借春江一尺浑。

甲午送宁子仪归洛

异时从公游，颇恨相得晚［二］。同参长芦禅，共听资福板。公今三年病，我亦百事懒。春风广陵城，笑语有未款。嵩阳有归路［三］，河水渐清暖。岂无一言赠，慰此千里远。青松老合抱，意不在俗眼。岂如山上苗，共尽白日短。一身随药囊，万事付茗碗。炉烟袅晴窗，自足了迟缓。奈何孔文举，苦要坐客满。更知苏门公，远效嵇中散。舟行傥见念，此语试三反。

读旧诗有感

但闻微雨响梧桐，不悟高楼尽日风。团扇向人仍有意，短檠于汝渐无功。误游兀者形骸外，恐堕渊源云雾中。剩搅饥肠供好句，为君常占一生穷。

别后寄舍弟三十韵

还家日已短，况此独行情。客路三年别，秋帆十日程。小船携手上，斜柳纵篙撑。岸失乖龙蛰，窗留素月萦。重回邵伯埭，虚住广陵城。破屋仍坚坐，残莺只强鸣。江犹渺莽去，草欲蔓延生。水缩蛙蟆斗，场空雾雨横。土风沾疟疠，民俗混蛮荆。岂识排门入，兼无倒屣迎。好诗思共读，薄酒念同倾。枕席烦团扇，膏油乏短檠。可无道里念，或恐梦魂惊。惟昔交朋聚，相期文字盟。笔头传活法，胸次即圆成。孔剑犹宵炼，随珠有夜明。英华仰前辈，廓落到诸卿。敢计千金重，尝叨一字荣。因观剑器舞，复误担夫争。物固藏妙理，世谁能独亨。乾坤在苍莽，日月付峥嵘。凛凛曹刘上，容容沈谢并。直须用款款，未可笑平平。有弟能知我，它年肯过兄。勿非强点灼，略不费讥评。短句筌篌引，长歌逼侧行。力探加润泽，极取更经营。径就波澜阔，勿求盆盎清。吾衰足欿𡒊，汝大不欹倾。莫以东南路，而无伊洛声。

记夜

残暑薰炙人，客梦不得长。忽蒙千里风，慰此六尺床。高梧舞清影，上悬明月光。初更枕簟稳，未厌尘土忙。中宵有臭虫，其大如蛣蜣。排因触屏帐，怒欲凌空翔。熟视不得名，但见两翼张。《本草》所不载，《尔雅》所未详。夏虫盛百族，此物尤猖狂。东窗不得睡，幸无疾病妨。惜哉有知物，点污此微凉。人生要更事，美恶无不尝。悉除粪壤念，顿悟服食方。去为千丈松，凛然冲雪霜。慎勿学瓜瓠，置身篱落傍。

夜坐

广陵城中听夜雨，倒床不眠问更鼓。西风万里卷长河，遍与淮山洗尘土。淮南米贱鱼亦好，敢复摧颓叹羁旅。重帘复幕懒相负，细字寒灯且如许。漫如《尔雅》注虫鱼，更就篇章考齐古。粗知俯首受寒饿，未暇着意寻豪举。床头有酒不敢饮，况复闺门画眉妩。故人此去今几时，亦有文字相撑拄。东明县前济阳路，每一梦至犹能数。少年不惮道里远，平生未省别离苦。只今多病鬓已白，尚能呼渠醉而舞。田园未还君可恨，岁月渐晚吾何取。饥虫绕壁不自聊，尔独何情促机杼。

寄唐充之二十韵

俗事日相促，吾生常作难。长河已万折，险路复千盘。坎壈深藏步，岑嵚稳转鞍。谁知守樗散，略不误泥蟠。末学多乖谬，微躯实控抟。小儿成顶领，烈士吐心肝。许下少文举，吴中无伯鸾。直须识根柢，始是极波澜。念此欲谁语，想公还自宽。屡成长剑倚，得洗夜虫酸。邂逅终年别，殷勤一笑欢。已除舌本强，仍斫鼻端漫。直节群公念，高名四海看。相期更无事，所祝在加餐。晚日留残雪，春雷续浅寒。欲行殊未必，坚坐只长叹。不厌道里远，敢辞裘褐单。却寻三语掾，重对两蒲团。剩欲洗胸次，先留倒笔端。何须灞陵岸，回首望长安。

竹西亭

十年走尘土，重上竹西亭。草木新容态，江山旧典刑。狂风扫毒暑，落月伴疏星。认取扬州路，荒城一抹青。

邵伯路中逢御前纲载末利花甚众舟行甚急不得细观也又有小盆榴等皆精妙奇靡之观因成二绝

花似细薇香似兰，已宜炎暑又宜寒。心知合伴灵和柳，不许行人仔细看！

玉桧盆榴作队来，异香相趁不相猜。从今闭向深宫里，莫学江湖自在开。

饮秦少方家

秦郎家畔一瓯茶，何处清凉不是家？客子三杯玉泉酒，主人一曲《浪淘沙》。

孙量臣约游乾明借秦少方韵见赠复次韵答之

睦州香火赵州茶，走遍丛林不着家。今日为公拈出也，两桥人语是高沙。僧问睦州，如何是自己州？云：「看香火去。」僧问赵州，州唤云：「吃茶去」。

春晚郊居

柳外楼高绿半遮，伤心春色在天涯。低迷帘幕家家雨，淡荡园林处处花。檐影已飞新社燕，水痕初没去年沙。地偏长者无车辙，扫地从教草径斜。

外姊赵夫人智量以良人没祝发感叹成诗[四]

故人前去家累累，为恨为忧未肯归。纵有青山可藏骨，却无红泪与沾衣。饶三笑汝参禅误，晁四怜渠祝发非。犹胜同侪二三子，枉随秋草闭斜晖。

代赠

十年流落漫西东，想见谢家林下风。晋邑自思栾孺子，鲁儒空望叔孙通。风花已分飘藩外，玉树何情著土中。纵有春梢堪寓目，却无人面与争红。

又代赠

略无归梦绕湖湘，漫逐微阴出建章。月里寒珠一生露，镜中衰鬓十年霜。逢人莫唱相思调，阅世终无却老方[五]。想得扁舟北还路，断云衰草更斜阳。

临川王坦夫故从溪堂先生谢无逸学北行过广陵见余意甚勤其行也作诗送之

王郎别我春已晚，索我题诗敢辞懒。读书万卷君所闻，只要躬行不相反。圣人遗言凛可畏，小事未免书之简。衣冠瞻视有法则，何独文章要编刬。譬如逆风曳长舰，竭力正在千夫挽。君行念此须饱参，即是溪堂句中眼。无逸尝有《送吴君》诗云：「向我句中眼。」

登淮南楼

楼上西风日脚斜，楼前广道更人家。高林稍稍变黄叶，细草重重冒白花。薄酒尚堪浇舌本，故人何事走天涯[六]。蓬笼只系南亭下，乞与寒江整钓车。

题淮上亭子

亭下长淮百尺深，亭前双树老侵寻。暮云秋雁且南北，断垄荒园无古今。露草欲随霜草尽，归樯时度去樯阴。秋风未满鲈鱼兴，更有江湖万里心。

夏夜大雨呈若谷叔并晁叔用江子之一上人

中庭电光垂，四壁雨脚溜。初如单车驰，忽若万马骤。并墙不相语，灯影照圭窦。翻思共按乐，日月不得又。叔能糠覈肥，侄且藜藿瘦。买田嵩颍间，欲往今已后。旦夕呼晁江，把酒且相就。更烦一上人，不语居坐右。

赠一上人

细褥纱幮卧软绫，岂知秋色到襄陵。饥乌乍定门门树，宝塔新晴夜夜灯。晚菜聊充肉一脔，残杯才当饭三升。平生积懒成慵堕，惭愧空房独坐僧。

久雨路绝宾客稀少闻后土祠琼花盛开亦未果一往也

卧闻更鼓涩不鸣，晓窗但有摧檐声。云横不放山人坐，风怒欲倒江神城。东家酒熟花烂漫，折简唤客留娉婷。街头泥潦一尺许，意虽欲往无由行。儒生活计亦不恶，蒲团坚坐到日落。映窗香穗触凝尘，过眼文书开病膜。明朝新晴有佳处，稳看小槛翻红药。无双亭下一枝春，玉沾霜清未寥廓。闭门懒出君莫笑，看汝多愁吾独乐。故人无事傥能来，为君试举舒州杓。

同狼山印老早饭建隆遂登平山堂

尘埃障西风，草木被朝日。篮舆郭北门，未厌来往疾。僮奴懒不进，烦复费呵叱。道人先我行，宴坐已一室。殷勤劝客住，午饭当促膝。炉烟窗纸明，鸟语树叶密。却上平山堂，晚景更萧瑟。澄江渺天际，妙句不容乞。平生泉石念，固自有遗失。何能从儿曹，十事九不实。兹游岂不快，此老固坦率。尚从文殊师，一往问摩诘。

舟行次灵壁二首[七]

往来湖海一扁舟，汴水多情日自流。已去淮山三百里，主人无念客无忧。

小市荒桥贯浊河，故人虽在懒谁何。只因近地经过少，更觉新年坐卧多。

己亥上元数同晁季一叔用清坐不出

北风凛凛吹月高，万木夜作穷猿号。卧听车马赴尘土，爱此一室明秋毫。小炉著火晚收焰，短檠照坐寒无膏。主人忘言客亦懒，更烦赤脚送茗碗。子云事业本清净，维摩方丈常萧散。出游苦畏今日闹，归坐略尽平生款。自知衰病损刚肠，只要文书遮病眼。公能却扫趁闲暇，渠自低头费牵挽。明朝乘兴尚能来，咫尺吾庐不嫌远。

寄李商老

黄尘车马流，金火战残暑。西风迎潮来，密云复无雨。江淮旱已甚，映眼但尘土。田畴杂芜秽，草树翳洲渚。缅怀平生欢，捐弃各秦楚。千言逼胸次，到口不能吐。君非一臂旧，此意复可许。青蝇暗藩溷，有似吓腐鼠。须君济川手，略为虹霓举。念之不能眠，清坐听鸣橹。

晚至城南

来往城南路，今年又作冬。荒林挂落日，古寺叠疏钟。职事日三出，交游时一逢。可怜河上水，唯少暮山重。

校记

［一］构　底本避宋高宗赵构讳，「构」字未出，今校补。

［二］相得　沈度曰：「一作相见」。

［三］有归　沈度曰：「一作眇归」。

［四］量　沈度曰：「一作谅」。

［五］阅世　沈度曰：「一作处世」。

［六］走　沈度曰：「一作各」。

［七］灵璧　底本作「灵壁」，误。

东莱诗集卷七

汴上作

不使西风便解维，且留残暑震余威。累累野水循河下，摄摄榆虫扑面飞。五斗漫随王绩隐，一裘聊待晏婴归。平生事业新诗在，送与江南旧钓矶。

初抵曹南四首

未辨归山计〔一〕，今年学作官。簿书妨好梦，尘土败余欢。但有妻孥累，初无肺腑宽。从来畜鲑菜，不上八珍盘。

久罢摄生术，虚藏种树书〔二〕。病多诗辄废，秋到客仍疏。约带何由缓，穿靴不暇徐。犹胜策高足，辛苦曳长裾。

并足经庭右，褰裳入坐隅。频容著帽进〔三〕，雅称折腰趋。燥吻应难湿〔四〕，残杯莫强濡。平生驷跛鳖，今日更长途。

往时汪博士，劝我便归休。细雨檜花夜，长江枫叶秋。欲行殊未必，高卧恐无由。感叹思亡友，端居可泪流［五］。

言志

冯驩客传舍，弹铗歌不已。托身孟尝君，惟有一剑耳。何事食无鱼？何事出无舆？先生犹有剑，至我剑亦无！一来曹南郡，优游聊自娱。春风吹我衣，春草生庭除。小便胞略转，晚发手自梳。仰面送归雁，低头羡游鱼。幸有薄薄酒，浸渍满腹书。安时待天命，吾心亦何如！长铗莫漫弹，何必忆吾庐。

学道

学道如养气，气实病自除。验之寒暑中，可见实与虚。颓然觉志满，乃是气有余。岂唯暖脐腹，便足荣肌肤。但能严关键，百岁终不枯。道苟明于心，如马得坚车。养以岁月久，自然登坦途。江河失风浪，草莽成膏腴。熟视八荒中，何物有胜予。时来与消息，吾自有卷舒。死生亦大矣，汝急吾自徐。捷行不为速，曲行不为迂。一沤寓大海，此物定有无。谁能具此眼，况望捋其须。学有不精尽，遂至玉碔砆。昔人中道立，为汝指一隅。

千言不知要，徒自费吹嘘。所以季路勇，不如颜氏愚。请子罢百虑，一念回须臾。忽然遇事入，此语当不诬。

和赵承之

十月九日昏梦集，职事向人如束湿。看朱成碧有底忙，燃萁煮豆相煎急。长官抵几入门去，小吏垂头就行立。尘埃上下久可厌，学问峥嵘老难入。平生谬欲师古人，遇事始知吾不及。正须眼底去泾渭，使自胸中无戟级。丈夫盖棺事则已，破屋颓墙使谁葺。要随归雁刺天飞，莫待枯鱼过河泣。

曹州后圃夜行

衣欲生稜梦不成，城头高下打三更。月明如昼柳如画，更向瑶池南岸行。

风吹蒲苇丛三首

风吹蒲苇丛，中有霜堕意。美人天一涯，行子初夜至。[六]。

风吹蒲苇丛，秋色日向晚。美人何时来，行子饥未饭。

行子惜日月，美人轻别离。风吹蒲苇丛，及时当早归。

曹南试院怀向子諲兄弟兼呈张扩

大向金相玉为表，小向坚车取长道，闭门不见今几日，尘埃满城何时好。病夫坐稳百不闻，读书聒人到夜分。朝来雨过凉气足，思与张侯同叩门。

试院中作二首

客梦断复续，角声寒更长。疏篱拥残月，老木犯新霜。闭絷身何恨，驰驱汝自忙。稍知诗有味，复恐道相妨。

诸生未下笔，客子且安眠。老觉文章退，官忧簿领缠。短檠仍有味，高枕自无缘。但愿无他苦，今年如去年。

拟　古

西邻有佳人，开户纳明月。月照衣上缨，同心为谁结。此结今几时，未解心已折。隔林闻捣练，起坐更呜噎。情人在万里，我独音问缺。不闻行路难，但见思妇切。年来契阔草摇新霜白，秋久，烈士或丧节。如何空床居，初未见短阙。胡马与越鸟，本自无离别。君心有断绝，妾恨无盈歇。送池水竭。

正月十五日试院中烹茶因阅汉碑

小炉方鼎蛙蚓鸣，哪知帘外东风惊。乱云初破盘凤影，缺月半堕春江明。已驱簿领出门去，更浇肝肺令愁醒。大碑古字久寂寞，高堂素壁空峥嵘。坐看光焰扫尘土，便觉冰霰临窗屏。文章断绝生气在，妙句直欲无《兰亭》。《峄山》野火烧欲尽，《瘗鹤》半在江中陵。不如此书更奇古，反复厌饫无讥评。山精地神肯爱护，至今欧虞来乞灵。要令《石鼓》举吉日，不必细字临《黄庭》。生平访古少如意，对此自足忘经营。世间儿女争媚好，纸上姓名谁重轻。迩来半月得坚坐，一室当行千里程。南楼灯火漫明灭，北里笙竽频送迎。儒生事业了不恶，故人浮沉吾懒听。更阑更自取书读，唤起奴仆寻短檠。

试院夜坐

急雨翻灯夜不眠，小床欹侧似乘船。平生万事不如意，病后一身私自怜。海中神山渺茫里，方外酒徒憔悴边。本自无心觅余地，问公何苦爱逃禅。

清都行

我昔谒帝白玉墀，独驾翠虬骖赤螭。御风而行过日围，遂登清都游太微。广殿上建明月旗，缀以列宿悬双霓。帝顾而叹怜其痴，寸田不治来何迟。我拜稽首心自疑：世俗逼隘臣所知，黜慢之故还无期。后有美人云雾衣，玉坐交映生光辉。不必翠被缘珠玑，秘文玉简手自持。见我而笑扬蛾眉，问我此去来何时。握手赠我蓝田芝，汝生甚良学则宜。无自轻厌令神驰，一来人间今几时。恍如梦觉不可追，骨肉腥臊颜忸怩。北风吹寒霜露微，想视倒影凌空飞。却从帝居寻玉妃，为汝更赋无言诗。

试院中呈工曹惠子泽教授张彦实

十日虚房罢送迎，不知新雁已南征。忍穷有味知诗进，处事无心觉累轻。残叶入帘收薄暑，破窗留月露微明。知公坐稳无它念，识我阶前拄杖声。

寄知止

近有书来欲见寻，扁舟南下已春深。浊河远贯长淮水，峡岸遥瞻宝塔临。扬子宦游常落拓，茂伦心事转崎岖。云横雪拥蓝关路，总是平生愿学心。

印累累

印累累，缨若若，不如相逢一饷乐。合量牛马斗量珠，不如闭门细读平生书。居闲意气或有余，利害毫发过，不能以手援其躯。风吹月明，落我庭树。宿鸟夜惊，徐又飞去。昼夜有程，汝何不往？前畏弹射，后畏网罗。熟视鸿鹄，云霄可摩。亦如人生，如意少，不如意多，富贵欲长保，执斧不见柯。印累累，如此宿鸟飞去何！

曹南过五丈河堤入城访颜岐夷仲清谈久之乃归

春色不自惜，落花如许愁。晴天一望远，漕水十分流。每绕长堤去，频因好句留。相随觅季主，不必贷河侯。论极文章秘，居兼竹石幽。和风落香烬，晚日泛茶瓯。壮节知无用，诸儒误见收。江山亦在眼，岁月忽忘忧。南郭今丧我，长卿仍倦游。漫成长韵律，胜与小蛮讴。簿领憎频过，尘埃懒再谋。何须五湖口，风雨转船头。

雪夜 政和六年

曹州城南三日雪，半夜疾风吹石裂。先生睡美唤不闻，不信衾帱冷如铁。病妻索火少声韵，稚子哦诗应歌节。残书向人老可爱，旧剑空在磨先缺。未能去寻泉石伴，未用深藏狐兔穴。新正已过今几日？岁事懒复从人说。长江略无千里梦，故人动有十年别。相逢一笑又艰阻，所向端坐成痴绝。城中诸公不相弃，时有妙句扶衰拙。颇知情意在明日，泥深不怕车轮折。便当脱帽过君家，共放南窗看新月。一杯冻酒君莫辞，预借炎天洗烦热。

曹南官舍书事

去岁头已白，今年眼复昏。不忧穷至骨，仍有病伤魂。酒薄如官冷，年丰荷主恩。空庭闲草木，终未答乾坤。

早 出

早出君莫厌，此心吾已灰。严风送月落，晓气挟霜回。疾病冲寒怯，衰迟畏事催。匆匆节物去，衮衮簿书来。破壁诗犹在，荒城菊半摧。还家一樽酒，思与故人开。

寄江端本子之晁冲之叔用

往岁孟秋月，我行东出关。人烟眇归路[七]，风雨转河湾。别恨交游失，心成木石顽。有随妻子叹，无望鸟乌闲。曩事空回首，微官真强颜[八]。旧谙尘土送，频辱簿书颁。日月勤忧患，庭闱实阻艰。自忘身窘束，时得泪潺湲。疾病衰犹活，漂流老未还。误䛕文字癖，虚觉鬓毛斑。苦语终难好[九]，芜辞漫不删。绝知出意表[一〇]，敢复见颜间。二子今怀璧，群公时赐环。寄书常恨草，雕句得无悭。晚照云千叠，新凉月半弯。相忘有道术，那得厌尘寰。圣治先三辅，皇威极百蛮。物能同应瑞，民自不藏奸。薄技宁堪奏，余光或许攀。何须阳翟望，咫尺是箕山[一一]。

两鹤行

西风引湖光，上与月色乱。化为两白鹤，飞来洞庭岸。洞庭无网罗，两鹤愿为伴。鸣声既清好，羽翼又璀璨。一鹤飞上天，久厌俗眼玩。一鹤不能飞，摧颓自悲叹。三年望绝壁，念汝肠已断。昔既薄恩情，今还恨霄汉。未忍学鹪鹩，裁求一枝换。

陵城歌

曹州城北十里有陵城坡冢累然即定陶恭王丁傅陵也余往来过之伤嗟再三因为作歌

北风吹沙秋草黄，汉家故陵当路傍。残基断垅趁风雨，狭径小树行牛羊。当时王子朝未央，飞燕姊弟承龙光。大策已定回朝阳，不知外家诸舅忙。后来变化尤猖狂，佞贤贼莽分行藏。岂知汉运中更长，济阳舍中方赤光。终亦变化随飞扬，何独此地令人伤。人生睹此当自顾，位高金多终此路。君不见五陵佳气且如此，更复何情说丁傅。

早至天宁寺即赵州受业院也

残月晓未落，疏星点寒林。严车城南路，先闻钟磬音。道人迎我入，共步重廊深。瀹盏施净供，水味杂海沉。蒲团近宿火，不受尘埃侵。欲求半日息，簿领勤相寻。东堂老禅师，枯木尚龙吟。一转庭前柏，诸方疑至今。我生晚闻道，所向足崎嵚。谬传无字印，尝恐力不任。淮海罢行役，吾人多滞淫。于焉一枕梦，可见平生心。

曹南寄亲旧

净名居士默无语，翰林子卿虚见寻。半世泥涂催老大，中年诗律费光阴。江湖每有同归兴，酒炙初无独饱心。三尺枯桐取煨烬，断弦遗谱有知音。

大雪不出寄阳翟宁陵

簿书终岁忙，风雪一日静。闭门近残火，稍觉诸事胜。平生汗漫游，已负麋鹿性。微官不能归，但见日月竞。老人去已远，我行复未定。训言实在耳，无因问温凊。归心止阳翟，悲梦识新郑。大女痴无比，有语多未听。小女索乳啼，不与穷屋称。想唤添丁来，与汝相和应。低回坐儿曹，气血安得盛。非无车马心，未忍求捷径。顾自阻饥寒，畴能免讥评。诸郎何时逢，想作玉树映。文章有活法，得与前古并。默念智与成，犹能愈吾病。

与宁陵叔弟别后有怀兼寄赵才仲二首

一别又经月，欲来浑未期。宁知万卷读，难疗十年饥。长物新添女，生涯旧有诗。更伤新况味，不报老亲知。

表弟今何在，中郎亦漫游。平生足艰阻，今日倍迟留。误辱琼瑶报，兼蒙札翰投。南窗五更月，常照别离愁。

大雪不出

晶晶日欲出，翻翻风自横。近阶三尺雪，附火一杯羹。老树春难到，深檐乌或鸣。新春第三日，坚坐若为情。

自曹南至阳翟追怀江上旧游呈叔弟

醉别白沙江上亭，晚蝉高树各秋声。风乘小艇凫鹜进，雨历疏檐环珮鸣。家事不随王事了，新愁常接旧愁生。只今疲病嫌鞍马，十日同居眼暂明。

自阳翟至宁陵与虚己叔诸弟别还曹未久知止复来偶成二十八字

绿遍墙头杨柳枝，小亭春尽阻归期。头昏目暗无情绪，不比少年离别时。

试院中作

职事侵人畏作官，略偷身去不能还。树移午影重帘静，门闭春风十日闲。尚有文书遮病目，却无尘土犯衰颜。故人何处蓬笼底，看尽江南江北山。

去冬试院中尝作诗云衣敝虱可拾发垢栉不下披衣坐墙角尚有微火跨

平生足拘窘今日幸闲暇新文加点窜欲歇不能罢虽微尘事妨颇畏俗子骂出门见诸老此语君可画今年复入试院职事多窘迫者簿书满前如赴汤蹈火也再次前韵

谁令君作官，衮衮簿书下。谁令君不学，陷阱乃欲跨[一三]。缅怀北窗翁，斯人盖多暇。田畴望家远，日月已秋罢。尚蒙诸公怜，未至官长骂。何时归来图，更作一段画。

雨后数与李仲辅兄弟往来且约十七日同过士特因成长韵

邻鸡再三鸣，不改风雨晦。束装向前涂，恐与泥潦会。故人时一来，共此一室内。微言久已绝，苦语或未遂。子生甚奇古，却立有余地。旧从伯氏游，则已闻令季。斯文倘未远，吾今盖憔悴。相期无何乡，获保清净退。收身稠人中，着眼世事外。山空倚岩石，雪立老杉桧。往来相遇难，更自少如意。旦日过城南，把酒公一醉。

首夏二首

生平寡嗜欲，颇愿得少闲。尽读未见书，遍寻云外山。往来二十年，昔者盟未寒。妻子见驱迫，低头言作官。朝翻朱墨案，暮对藜藿盘。岂无一亩宫，令汝得少安。向来栖息地，苔竹奉余欢。何时二三子，共驾牛车还。汝实江海人，误令尘土干。旧游在仿佛，欲往当不难。但去眼界窄，自然心地宽。

空庭下疏箔，乐此树阴美。鸟声相续来，百种皆可喜。日长少文字，俗事不到耳。开窗略须夜，月露欣一洗。颇念闲居乐，感叹投笔起。吾家老清源家姑先封清源君，爱我入骨髓[一三]。还家治场圃，唤我共料理。会同江海去，更欲附船尾。平生跨款段，不敢废鞭箠。谁云马中龙，一日有万里。卜邻吾所知，江晁老兄弟。

校　记

[一]未辨归山计　沈度曰：「一作卧病初无策」。
[二]虚　沈度曰：「一作空」。
[三]频　沈度曰：「一作时」。
[四]应　沈度曰：「一作终」。
[五]可　沈度曰：「一作只」。
[六]行　沈度曰：「一作客」。
[七]眇　沈度曰：「一作满」。
[八]真　沈度曰：「一作直」。

［九］好　沈度曰：「一作就」。

［一〇］绝　沈度曰：「一作定」。

［一一］咫尺是箕山　沈度曰：「一作相期下江海，不敢厌荆蛮。远树出头角，诸峰明髻鬟。与辞肥马健，且就小船跧。桂子犹堪拾，梅梢或许攀。不须阳翟路，咫尺是箕山」。

［一二］乃欲跨　沈度曰：「一作欲凌跨」。

［一三］入　沈度曰：「一作深」。

东莱诗集卷八

问晁伯宇疾二首

晁子卧京城，岁月晚不用。偷身出尘土，闭户忍疾痛。客来不与语，有口吾懒动。今年又请老，气力当少纵。生平厌笔墨，弃去不复弄。颇念白头亲，甘旨须子奉。呻吟在衽席，妙语时一讽。谁令稻粱谋，未答泉石梦。鄙夫托末契，义实忧患共。天定或胜人，寡固不敌众。请公但缩手，保此清净供。因书报安否，兼与问群从。

晁子江海士，老去自窘束。平生取骥伏盐车，更欲絷其足。于物未有害，罚汝则已酷。晁子江海士，老去自窘束。平生万卷书，岂止十年读。随身几箱箧，一一手自录。初无解衣赠，未免操戈逐。仲也抱瑚琏，幼亦好奇服。西堂老弘微，与子同轨躅。过门有江谢，共语喧破屋。弃官吾已懒，复种子未孰。逢人强应接，遇事多诟辱。何时把锄头，得止季路宿。

商村河决

今年河口决商村，远望飞涛匹马奔。曲港定无蛟鳄横，下田甘受雨泥浑。衣裳虮虱藏针缝，头面尘沙露爪痕。犹恐因循葬鱼腹，故人无地与招魂。

新霜行

新霜下幽兰，昔在顾眄间。时过理当尔，敢复致一言。物生无荣贱，悉是君所见。相值有相违，谁能满吾愿。田园弃荒芜，官居走邮传。误寻文字盟，秣马当百战。一饭或未饱，逢人足嫌怨。穷于投林猿，窘若巢幕燕。忍学少年子，羽翼偷绚练。百万买缠头，千金奉娱宴。愿为匣中玉，不作秋后扇。丈夫重许与，正尔未为倦。绝粮有不死，酒肉虚健羡。古人马伏波，吾犹识君面。

将去曹南连得江晁书因叹存殁诸友遂成长韵

西风脱残暑，我病不自聊。吏舍少还往，亦复长蓬蒿。欣然脱帽去，念此非一朝。阳翟未遽往，宁陵虚见招。初无食息地，未免柴水劳。故人数通书，尚有江与晁。穷途感节义，俗耳受风骚。向来相知人，昔盛今寂寥。落日送汪谢，荒山留老饶。关侯最杰立，亦以膏自烧。后生有向子，更尽儿女娇。出门天夺之，不令上云霄。坐看朋友泪，未减春秋褒。怪我但羸疾，误蒙风雨摇。日月费奔走，文章勤琢雕。会须领妻子，更欲投吾曹。耆旧唤归隐，诸公怜久要。刘文器之及颜平仲、向伯恭、韩秉则诸人，皆相约为一州之隐，以便往还讲席之益。出同赴鸡黍，归但守箪瓢。相将访云山，所至杂渔樵。还当古渡口，卧听西江潮。

精卫诗

西山有鸟，其状如乌。名曰精卫，其名自呼。精卫堙海，不堙不止。问谁之报，云帝之子。帝子女娃，往游不还。精卫求之，不敢有安。海流不改，汝堙不迁。嗟哉精卫，志则可怜！我昔读书，唯圣之求。竭力从之，以春及秋。老人宴居，审吾之学。唯时友朋，日就雕琢。圣言甚微，吾意则近。近以识微，退或有进。三年于曹，唯罪之恐。人虽甚厌，子亦不勇。舒舒其云，沄沄其水，子不与归，而曰有以。豕羊在牢，刍秣之恋。烹庖及之，抑又谁怨！予学日远，予道日疏。有愧精卫，其谁与居？精卫之飞，不必戾天。子之不如，宁有智焉。唯作与否，愚智之择。小人作诗，唯一劝百。

宁陵弟相送至南京因成四韵寄季一子之叔用

白发无端巧上头，镜中颜状不能羞。要寻扬子一廛地，未用刘公百尺楼。野竹连阴护苔醉，暮云生雨续黄流。秋风有信鲈鱼在，更约江晁共小舟。

十一月一日步河堤上

簿书纠缠人，欲出不自许。老吏环我前，更作附耳语。脱身上河堤，颇似昼伏鼠。河堤平如掌，下有千岁土。夕阳敛残照，草木过寒雨。游鱼著钩饵，舟子快新煮。煮鱼得放饭，尚叹行役苦。江湖平生心，岁月可逆数。故人书断绝，吾事有去取。归来讨清尊，妙句还一吐。

留侯

留侯下邳时，豪气或未除。晚节欲轻举，效在黄石书。其书本无言，一叹三呜呼。彼公实天人，识此鸡凤雏。良田有芜秽，令子痛自锄。万事不得已，一身常晏如。袖手默无语，四方瞻步趋。不知隆准公，果能知子无？小儿荀或辈，下及崔浩徒。谓能明子心，此语亦已诬。不能处其知，正足杀其躯。所恨生已晚，圣门无坦途。学不尽其才，未免风俗驱。诗书在煨烬，子何不回车。试问礼之本，更观心地初。庄生言：「欲当则缘於不得已，不得已之类，圣人之道。」留侯盖庶几于此。韩非曰：「非知之难，处知为难矣。」此留侯与荀彧辈所以分也。使其亲受业于圣人，盖未可量。故妄作此诗，论其大概，实平昔所粗晓也。

送韩抝秉则赴棣倅

公如玉壶冰，见即离烦热。况当清秋悬，更自贮霜月。中边本无垢，何处觅焚爇。盛以百炼铜，此亦不得折。初蒙一日款，遽有千里别。扁舟转青齐，岁事当雨雪。远行不赢粮，已悟服食诀。古来饕餮徒，颇谓一世杰。唾壶彼何知，便为如意缺。观其所用心，举不异鼠窃。首阳独往人，渠自饱薇蕨。举头公一笑，百虑无以绝。江源初滥觞，末乃流不竭。伤哉韝上鹰，一饱便飞掣。

读秦碑

秦人跨九州，欲以传万世。立石名山旁，往往章得意[一]。至今见遗刻，字体甚雄异。壮哉苍薛文，未改回屈势。风雨所侵蚀，中有千丈气。严如虬龙蟠，深若铁石利。余威到山鬼，谨守敢失坠。汉魏能书人，亦岂可睥睨。未能识藩篱，何止趁姿媚。初无一日雅，但有三舍避。文章又奇古，迁雄盖苗裔。观其所称述[二]，肯为尊者讳。巧言未大失，末乃为俗累。呜呼结绳前，此又谁与记。君臣俱无为，垂拱天下治。《春秋》纪日月，大

《易》垂彖系。嬴氏厌休息，动以衡石计。斯翁变古文，程邈分篆隶。自此更滋蔓，日以趋简易。驰驱千百年，漫有纸墨费。谁能罢烦文，尽扫著天外。此书虽见存，或以少为贵。持此槁木枝，我亦无甚愧。

次韵答曹州同官兼范寥信中

好诗有味终难舍，俗事无功莫羡渠。破历屡翻深瓮酒，短檠时检旧窗书。何年鸡黍先投社，是处田园可结庐。更请二公搜好句，一身苛痒要爬梳。

龚彦承观轩

爱山不能归，常恐山怪责。终岁在行役，感动头已白。高秋强僮仆，路过龚掾宅。蒙君开南轩，除我眼界窄。白波绕青嶂，仿佛见颜色。江上飞来峰，却立对君侧。萧萧蒲苇丛，不受尘土隔。知君有奇趣，笑我常逼仄。人生无穷已，得一乃愿百。床头贮美酒，窗下著好客。请公但默然，岁晚当有获。

画马图

平沙远草春未生，万马夜起争悲鸣。秋云欲坠都护垒[三]，急雪暗下屯田营。胡人却走畏深入，汉家飞将已云集。此时一马直万钱[四]，陇右河湟更供给。边尘净尽今百年，万马潦倒西风前。天生骏骨例艰阻，是处雕鞍蒙爱怜。君家九幅开新帐，欻风骤衰华堂上。长鞭不用羁络远，雾縠云罗倚惆怅。高旌袅袅霜露微，首蓿得雨连山肥。同时战士今不归，曹霸弟子能神奇。毫端妙处君得之，驽骀往来空尔为。

堤　上

落花吹尽不堪忧，只见河堤水漫流。晚日强穿城北市，春风犹驻驿南楼。妻孥转觉为身累，岁月终难忘汝留。万里长江一尊酒，故人何处倚扁舟。

将赴海陵出京沿汴觅舟候送客不至遂行

子行殊未来，我马已再秣。略投故人饭，苦厌从者聒。长河见舟楫，尚恐尘事夺。风翻蝉急噪，雨激岸欲脱。南山已在眼，想望淮水阔。别离古所重，况在交友末。翩然欲行际，所寄一短褐。路长书来稀，何以慰饥渴。四月二十一日，出城至子我家，候子之、民师不至，因简商丈、壮舆、夷行、伯野、季一、由中诸公。

京师新郑与诸晁兄弟往还前后数诗

夜雨不嫌久，凛然天欲秋。客灯吹屡灭，细雨落还休。未许金张并，虚为鄠杜游。江湖少归梦，知为故人留。

我发白已短，公愁安得长。墙根春荠老，瓶水腊梅香。侍立无天女，相随有漫郎。平生湖海兴，今夜宿连床。

发短各已白，眼昏谁复明。残春断花柳，晚日闭柴荆。潦倒书常废，驱驰梦或惊。尚于团聚乐，虽老未忘情。

令弟穷颜蠋，书生老仲舒。相招得共处，何往更安居。岁月尘埃外，桑麻雨露余。送行无别物，圯上一编书。

苦语相留极，虚床会宿频。山东今出相，海内不无人。妇女能尊客，儿童不厌贫。长途有如遇，今日倍情亲。

本中将为海陵之行念当复与子之作别意殊愦愦偶得两诗上呈并告送与壮舆叔用也

斯人如玉雪，可爱不可忘。助以濯沧海，亦复岡余光。今兹困尘土，更伴众翼翔。时来唤我语，共此一榻凉。风雨下颊舌，冰霜清肺肠。我老渐窘束，公才方颉颃。《春秋》有体制，子盖能文章。要当纂微言，不以近故妨。粲然东园花，不登葵藿场。老仆倦日长，羸马困道远。东行数日间，尚欲一再款。我能喻子意，子亦识我懒。追怀十年游，仅得一笑莞。时能煮汤饼，更复下茗碗。晁郎本京邑，刘子盖楚产。江山两秀异，与子日在眼。南风动归兴，感慨毛发短。相寻倘有日，岁月亦未晚。

雁

雁从何方来，云自燕赵北。今当何所往，暖日近旸谷。寒云堕江汉，未见所栖宿。朝忧稻粱少，暮畏罝网逐。惜哉还往频，愈觉岁月促。悔不近藩篱，随群伴鸡鹜。羽干何必好，志愿亦易足。物生有高下，终恐厌摧伏。公看沧海头，万里飞鸿鹄。

赴海陵行次宝应[五]

半升浊酒试莼羹，贱买鱼虾已厌烹。浅水依蒲有船过，淡烟笼月更人行。交游潦倒肠先断，疾病侵陵涕自横。北望中原一千里[六]，故人谁复唤归耕。

海陵杂兴八首

四海今谁托，飘然未有归。先生作诗瘦，稚子食言肥。未忍萤枯死，甘随鹢退飞。故人取坚坐，不为赋《无衣》。

相见各已老，壮怀如昔然。蛟龙夜改穴，风雨暗移船。把酒犹堪醉，逢人懒问禅。还家有余地，留我买山钱。

诸老今无恙，秋来数寄声。尚能无事饮，犹胜不平鸣。行李虚长铗，生涯共短檠。江湖日在眼，恐负白鸥盟[七]。

荒城足风雨，今日更新冬。草木山岚暗，人家水影重。漫看文字过，时有簿书逢。目极横塘路，西楼闻暮钟。

曾子不复见，斯人绝可怜。梦回千嶂里，气夺万夫前。异日文章社，平生香火缘。高楼更南望，霜露倚江天[八]，时曾元似新物故。

万事不如意，自然添白须。极知少余韵，何敢厌穷途。土俗尊鱼婢，生涯欠木奴。东行见李白，谁为致区区。

空山鹤夜鸣，海风令人惊。对月且愁思，看书终眼明。斗酒不为薄，客帆那计程。犹怜它夜雨，曾作打窗声。

轻帆载晓月，和梦到扬州[九]。木落山光寺，江横北固楼。漫抛三径隐，虚有十年游。尚胜刘师命，才因越女留。

往来迎送城南道中二绝

破裘重补却胜寒，暗减头围觉帽宽。数顷桑麻绕城路，每随技吏去迎官。

海气如烟蔽市楼，北风连夜舞梧楸[一〇]。平生事业难夸强，坐守寒灯听晓囚。

家叔舍弟与黎介然会于符离因用两绝奉寄

漫约同归久未偿，只今留滞各它乡。春风有信勤归雁，夜雨何时复对床。

老觉为官百不宜，故人虽在鬓如丝。遥知再踏同游地，更想汪侯曳杖时。余昔与介然、傅操、信民同寓符离。

病中夜闻雪作时充明有广陵之行未归思为数语奉寄久之未就亡日充

明归携诗相过飘然有驭风凌云之气因以前诗答之

公方它山行，我此一室病。拥炉听夜雪，若与风势竞。萧条中疑休，狼藉久未定。平明望屋瓦，入我眼界静。所恨子猷远，无复肯乘兴。想当岩壑间，玉立与辉映。时来有杰句，遂入风雅正。寒威固深避，草木自温凊。公家鹤氅翁，韵与羲皇并。流风及远孙，笔力如此劲。雕缋或过眼，唯我乃弗称。新春上河堤，梅柳当历聘。过从不厌数，荒畴取微径。

次韵尧明贡院诗

忍穷不能归，强饭亦良计。东风频报春，草木可次第。厌为龙头缩，宁作龟尾曳。从来翰墨场［一一］，即有闻见滞［一二］。譬如已耕田［一三］，更欲深种艺。或蒙卤莽报，未肯即弃置［一四］。不闻太仓粟，亦校毫发细［一五］。王卿固倦游，秽浊有蝉蜕［一六］。声名动时人［一七］，我实托末契。泥涂倒屐齿，尘埃涴衣袂［一八］。要为无用用，乃作不事事。下马旧战场［一九］，午日晨庭吧［二〇］。向来槁木枝，忽有红绿缀。来非偶然往，去亦无所诣［二一］。聚蚊著瓯中，得听此鹤唳［二二］。窗前有余馥［二三］，胜韵入松桂。扁舟下淮南，闾里思少憩。熟观昔所历，请与居士戏。江湖要同归，不假木兰枻[二四]。

海陵夜作

夜长夜长天复霜，海陵城中今夜长。夜长夜长冬向晚[二五]，寒阶无人看月满[二六]。路长家远来信稀[二七]，水阔山深归梦短[二八]。堂上书生头已白，朔方健儿十年客。想渠当此夜长时，抚剑虽长酒杯窄。明妃爱惜汉宫衣，乌孙公主终不归。戚姬去视鸿鹄举，更为君王作楚舞。当此夜长谁送迎，此月还如今夜明。[二九]。夜长夜短公莫厌，寒即重裘热须簟。夜长夜短公莫忧，多忧多厌公白头。

校　记

[一]章　沈度曰：「一作示」。
[二]称　沈度曰：「一作著」。
[三]坠　沈度曰：「一作堕」。
[四]直　沈度曰：「一作费」。
[五]赴海陵行次宝应　沈度曰：「一作过白田」。
[六]一　沈度曰：「一作几」。
[七]白鸥盟　底本作「白鸥鸣」，今从四库本、家刻本。

〔八〕露　沈度曰：「一作路」。

〔九〕到　沈度曰：「一作别」。

〔一〇〕舞　沈度曰：「一作雨」。

〔一一〕翰墨场　沈度曰：「一作文字误」。

〔一二〕即　沈度曰：「一作乃」。

〔一三〕耕　沈度曰：「一作耨」。

〔一四〕肯　沈度曰：「一作忍」。

〔一五〕亦　沈度曰：「一作肯」。

〔一六〕有　沈度曰：「一作乃」。

〔一七〕人　沈度曰：「一作流」。

〔一八〕溉　沈度曰：「一作满」。

〔一九〕下马　沈度曰：「一作重寻」。

〔二〇〕陀　沈度曰：「一作砌」。

〔二一〕去　沈度曰：「一作出」。

〔二二〕得　沈度曰：「一作忽」。

〔二三〕窗前　沈度曰：「一作前诗」。

〔二四〕不假木兰枻　沈度曰：「熟观昔所历下一作万变才一戏，沧浪要同归，更整它日枻」。

〔二五〕向晚　沈度曰：「一作向暖」。

［二六］寒阶无人看月满　沈度曰：「一作海陵城中今夜短」。

［二七］长　沈度曰：「一作遥」。

［二八］短　沈度曰：「一作断」。

［二九］还　沈度曰：「一作亦」。

东莱诗集卷九

秋夜行

八月九月啼寒蛩，十月北风天雨霜。客游无聊思故乡，书来不来空断肠。鸿飞何为满夕阳，举头揽取明月光。置我堂上六尺床，满酌玉杯碧淋浪，唤取姮娥来共尝。人间欢乐寿命长，不须辛苦老桂傍。

腊梅

学得汉宫妆，偷传半额黄。不将共俗鼻，愈更觉清香。

牧牛儿

牧牛儿，放牛莫放涧水西，涧水流急牛苦饥。放牛只放青草畔，牛卧得草儿亦懒。儿懒随牛莫著鞭，几年力作无荒田，雨调风顺租税了，儿但放牛相对眠。

洞　庭

尝闻洞庭湖，秋至清皎洁。往来八百里，长风驾明月。中有仙人居，容颜若冰雪。我愿从之游，问渠传宝诀。脱冠着霞佩，长与尘世别。

细　雨

细雨不成雪，北风来解纷。冥冥小江树，漠漠暮空云。谁惜江东弟，今修地下文。西齐千万里，遗恨不堪闻。

王　阳

王阳作黄金，才了车马费。苦身邀声名，未免遗俗累。何如陶渊明，萧散尘世外。公田二顷余，觅酒偿一醉。高风久寂寞，斯文若旒赘。白眼看世人，此意渠不会。

题赵丞瑞《薏苡图》

甘泉殿中芝九茎，不与百草同条生。当时祥瑞已稠叠，薏苡亦未来争衡。汉皇不容矍铄翁，此物乃与明珠同。尔来万物更变化，薏苡宁甘死荒野。故遣根苗霜雪白，炯若微月来清夜。赵郎好事古亦无，俯拾旁观尽图画。画师不辞粉绘费，遇时亦得千金价。君不见古来异瑞与奇祥，何曾不致南宫下！

即　事

清阴庭中槐，绿润墙外草。职事苦见妨，令人恶怀抱。朋从多飘徙，今我独枯槁。高床书数帙，时节岂不好。不能逐尔去，但觉归思浩。人情便久习，世态嫌衰老。闭门了残诗，昔者迹已扫。何时北窗风，清尊为君倒。

寄晁以道

朝辞陉山清，暮涉颍水绿。往来百里间，得此意已足。吾人少如愿，夫子更绝俗。闭门观《易》象，未用伤局促。使我三日留，共此一室独。皎如岭头月，凛若霜后竹。欲为斯文寿，以作学者福。洛阳佳少年，抚事多恸哭。此其于圣学，何异狗尾续。宁知草玄翁，万事不挂目。深湛而雅淡，亦不在反复。吾祖早闻道，晚与夫子熟。相期千载外，未得一世伏。深山窜鼯鼬，晚日度鸿鹄。谁能从公游，岁月如转烛。

轿上口占二首

城北城南柳絮飞，街东街西鹁鸪啼。海陵三月与春别，一夜雨成三尺泥。

风雨属连春事休，十日九日转城头。虽无俗物败人意，可使澄江消客愁。

次韵逊叔直阁见寄兼请尧明同和

纷纷尘土计秋豪，忽送长江八月涛。陶令且为州祭酒，邓公才可掾功曹。但看秋到犹絺绤，即是花时合缊袍。待得公归吾已老，满田荼蓼与谁薅。蒿字同豪字韵收。

再和兼寄奉符大有叔

血气侵凌不复豪，往来欹倒似乘涛。宁知懒过嵇中散，亦有诗如谢法曹。旧稿只堪供酱瓿，故人相赠有绨袍。兖州宾主同风味，恶句烦公更一薅。

雨后至城外

日日思归未就归，只今行露已沾衣。江村过雨蓬麻乱，野水连天鹳鹤飞。尘务却嫌经意地，青灯一盂粥。

则在念，所望一枝足。频蒙故人误，岂有邻可卜。出门虽无车，径自骑黄鹄。重寻置锥

结发在简编，俗事方刺促。往来三十年，未见可栖宿。微官不能去，尚恐遭逼逐。归栖

路，夫子焉不学。

簪领须鬓，不厌朋友数。尘埃向奔走，文字费雕琢。途人有前知，子乃独未觉。出门见大

烹葵去王畿，剥枣在海角。岁序忽已周，月亦频告朔。向来手中扇，今此已倦捉。尚嫌

杂诗三首

将军相继出天山，汉主吞胡意未阑。本自无心接宾客，故人犹有一任安。

卫　青

卧龙雏凤不曾闲，举世皆危子独安。应念桥公无特操，晚将情话向曹瞒。

庞　公

少，故人新更得书稀。鹿门纵隐犹多事，苦向人前说是非。

饥蚊青而化，怒目虬两须。黄昏与我遇，且复少踌躇。肌肤恣啖啮，熟视不可殴。中宵盛徒党，意气若有余。伤哉陷阱虎，有时被囚拘。求食至摇尾，曾此蚊不如。云龙困蝼蚁，此语不可诬。

秋日三首

诸卿谈笑赏先登，我欲从之病不能。门闭日长公事少，只疑身是住庵僧［一］。
尘满文书灯暗檠，荒城相望殷残更。莫言愁罢无佳处，睡正熟时闻雨声。
往来奔走看渠忙［二］，疾病低回却未妨。唤客不须嫌酒恶，隔墙时喜送橙香。

橙二首

西风吹雁欲斜行，小槛寒花却未香。将谓诸公频载酒，枉留橙菊十分黄。
不辞玉露著新行，漫作人间彻骨香。知道输棋偿旧约，故留残菊一时黄。

寄京师亲旧

屋头橙实如李梅，庭下葵花深覆杯。豆田失雨不称意，野菊出苗虚见猜。故人相望一尊酒，问我此住何时回。江山空自污敲扑，笔砚况复生尘埃。交情自昔少同调，人事只今多好乖。欲随明月觅公处，限以白浪摇长淮。舟楫误逢蛟鳄横，岁月苦遭霜露催。侧身西望莫回首，堂上书生心已灰。

和成士珏鹿女泉诗

成子东游十日程，驼裘颠倒帽欹倾。新诗顿数神仙事，病耳忽闻京洛声。去住闲经几尘刹[三]，往来相望一牛鸣[四]。再寻六月山前路，分我寒泉数勺清。

春申君

少年谈笑解秦兵，便欲连从却未成。莫谓江东可长保，暮年无意引朱英。

秋日三首

疲马厌鞭策，征鸿思稻粱[五]。终年在泥土，永路困风霜。慎勿鞍鞯爱，直须矰缴防。吾衰亦已甚[六]，念尔不能忘。

交游太半死，吾亦老相侵。古木十围大，寒泉百尺深。恨犹能切骨，愁或至伤心。寄语南飞雁，君无笑苦吟。狱掾酸寒极，官曹冗长催。真同鹤久住，不学雁轻回。妇女能相笑，儿童忍见猜。犹怜旧耆老，时有一书来。

和成士珏海安道中见寄

成侯老更懒，处世一虚舟。暂脱尘埃梦，还寻江海秋。从来仙圣宅，不数凤麟洲。有意相随否，因公更一游。

送虞澹季然之官京师

车如鸡栖马如狗，劝公莫笑循墙走。车如流水马如龙，不如还家行御风。以尻为轮神为马，世人计出车马下。出门险阻道里远，只今谁是能行者。海陵事剧俸则薄，得公相从亦不恶。小吏相欺官长怒，我自作烦公笑乐。庾公故是丰年玉，道儿更自见不足。断崖独立老松柏［七］，青天何处飞鸿鹄［八］。汴堤六月尘自障，请公登高更南望。马烦车怠早归来，且从夫子濠梁上。

海陵病中五首［九］

病知前路资粮少，老觉平生事业非。无数青山隔沧海［一〇］，与谁同往却同归？
先生高卧了残冬，我亦年来不讳穷。夜半打窗人不会，满天风雨角声中。
客游历历都如梦，身事悠悠略似僧。只么随缘作官去，不知从古更谁曾？
往来车马闹泥涂，一室萧然百事无。语默二途俱不涉［一一］，不劳辛苦对文殊。
久谙罢卧懒呼医［一二］，剩读文书不疗饥。数有故人来问疾，更烦耆旧与传诗。

次韵李叔友贺尧明登第叔友丹阳人也本中得其人之详于王尧明恨未之识也尧明擢第叔友作诗贺之尧明令继作既喜叔友能不妄许可又嘉尧明进退取舍皆中乎道也三首

柴桑无复陶元亮，谷口虚传郑子真。二子风流知有在，且留余味及吾人。
澄江虽近不容亲，亦是人间可喜人。枯木岩前有岐路，一杯浊酒自成春。
二子深居笔吐虹，从来气节万夫雄。欲知圣主求贤意，不为相如词赋工。

次韵尧明见和因及李萧远五诗

小阁才堪置一床，病躯虽在鬓苍浪。随身行李无长剑，犹胜堆钱与窟郎。
交游潦倒漫虚名，误结它生文字盟。踏尽尘埃公莫厌，不应因酒爱江清。
故人飘散各穷途，诸老交情却未疏。赖有清诗在书案，时时翻读伴更初。
万里星河指顾间，此中何自著江山。精金百炼终无用，才与佳人照指环。
阮公游宦喜东平，贺监从来忆四明。但得从容饱粗粝，不须辛苦办肴鲭。

西归舟中怀通泰诸君

一双一只路旁堠，乍有乍无天际星。乱叶入船侵破衲，疾风吹水拥枯萍。山林何谢难方驾，诗语曹刘可乞灵。酒碗茶瓯俱不厌，为公醉倒为公醒。

寄马巨济察院时监泰州酒得宫祠归南京

新春款南园，积雨寒不歇。起望海陵城，幸未还往缺。闻公得安还，未放车轨折。毫端倒江海，胸次湛明月。东风片帆来，乃复为此别。田园到荒芜，岁事有曲折。不见南山松，高卧拥霜雪。须髯凛可畏，此岂念容悦。愿公考其然，一向鼻头说。

寄赵十弟

叔度季明学问甚勤而求于余甚重其将必有所成也因作两诗寄之

十年流落各西东，再见初非旧阿蒙。晋邑自思栾孺子，鲁儒空望叔孙通。宦情潦倒三荒径，世味衰颓一秃翁。石室度筹吾岂敢，且看鲜健胜庞公。

两章后来秀，头角固崭然。但语强弩末，不争驽马先。寓言有十九，曲礼至三千。所要在守节，未言能与权。世之学者，忘近而趋远，忽近而升高，虚词大言，行不适实。虽始就学，则先言，言不必信，行不必果。达节行权，由仁义行。而不知言必信、行必果、守节共学、行仁义之为先务也，故修其身。荒唐缪悠之说，施之于事，则颠倒悖乱而卒无所正也。念我少年日，结交皆老苍。曹南见颜石，甬上拜饶汪。颜平仲、石子植、汪信民、饶德操。敢幸江海浸，得霑藜藿肠。诸郎但勉力，余事及文章。

与李宏子植同过信中饮薛荔亭下夜深乃散别后奉怀遂成长韵

残花无言卧风雨，小亭寂寞延初暑。范侯置酒呼我来，共坐阶前洗尘土。坐间问有李与韩，文字峥嵘各奇古。起卧逡巡失杯杓，笑语澜翻杂歌舞。满城车马闹侵淫，谁解墙阴看樽俎。薛荔扶疏出枝叶，老气横空君一吐。人生此会不可常，昔者各在天一方。簿书相急如探汤，好风吹我来君旁。莺啼燕乳各自忙，明日酒醒空断肠。

秋日呈颜夷仲

老去身已衰，事过意愈懒。斯人未寂寞，吾此归亦晚。疏篱带落叶，秋色忽已满。南窗可炙背，唤妇同茗碗。旧读无新功，亦复费编纂。凝尘乱朱墨，妙句折编简。往者荷蓧翁，实具世外眼。不能与之游，只有兴尽返。曹南二三老，夙昔荷推挽。平生万卷书，未尽一日款。微词绝端兆，自怪识者罕。愿闻片言佳，庶用收褊短。

谢任伯夫人挽诗

幽兰在深山，无人终自芳。岂伊桃李颜，取媚少年肠。高氏有潜德，奕世被辉光。自其父祖来，低首不肯昂。夫人生既贤，岂止秀闺房。出身事夫子，和鸣更锵锵。笙镛列两序，圭币罗中堂。云何去日远，遂弃陵风翔。伋也奉慈训，将见久必昌。瞻彼汝南路，松柏泣新霜。凄然马鬣封，千岁终不亡。

赠笔工安伋

昔人三年学屠龙，技成不试身已穷。安生不愿洴澼封，嗜好乃与屠龙同。使世淬砺磨其锋，侧出逆曳求新功。伋也中立无适从，随所欲用吾能供。歙溪孕石南山松，四方万里时一逢。病夫乍闲百念空，败毫破管尘埃蒙。明窗净几聊从容，恨无列宿罗心胸。使汝得见文章公，展卷略书吾已慵。

寄共城贾秀才

万里归来四壁空，旧游浑在默然中。明年我欲江南去，何处留诗可寄公？

题大名官舍

宿昔尚残暑，晚风吹欲无。不知留此住，更白几茎须！

校　记

［一］只　沈度曰：「一作却」。

［二］奔走　沈度曰：「一作驰骋」。

［三］闲　沈度曰：「一作同」。

［四］来　沈度曰：「一作还」。

［五］征　沈度曰：「一作饥」。

［六］亦　沈度曰：「一作则」。

［七］独立　沈度曰：「一作百丈」。

［八］何处　沈度曰：「一作万里」。

［九］海陵病中五首　沈度曰：「一作寄刘器之丈五首」。

［一〇］沧海　沈度曰：「一作江海」。

［一一］语默二途俱不涉　沈度曰：「一作本自无言亦无默」。

［一二］久　沈度曰：「一作饱」。

东莱诗集卷十

秋日即事四首

瓦炉香烬欲凝尘，小槛黄花更一新。络纬戒寒鸠唤雨〔一〕，世间哪有自由人。

鬓发苍然雪欲垂，问君何苦读书为。旁人不会回头意〔二〕，犹记田光盛壮时。

簿书尘土乱蒙茸，无复江船万里风。卧听秋声满檐溜，不知墙下有梧桐。

何处螳螂欲捕蝉，主人初未觉鸣弦。稍知东里能堪事，一任神龙斗湒渊。

闰月九日政和戊戌

疏林渺渺下新霜，留得黄花小槛香。莫道穷秋少风味，一时顿有两重阳。

恶　木

恶木不忍伐，留我窗户前。人皆笑我拙，我独为汝贤。共生天地间，谁不愿长年。如何枝叶内，便纵斤斧穿。人或甚于斯，同被恩爱缠。燕昭与汉武，所享固已偏。乐极未肯休，更欲求神仙。孰能以此心，扩为无尽泉。大哉周文王，尚结枯骴缘。伤生有禁止，亦具《月令》篇。好木虽云好，不须公爱怜。恶木虽云恶，莫自生仇冤。岁晏霜雪稳，夏深雷雨颠。扶疏有震落，与公常晏然。

江上二首

南山稍疏阔，病眼不能明。月挟清霜下，风随细浪行。未蒙青鸟信，虚负白鸥盟。不见台城路，年年春草生。

甚欲从此去，作烦渠未休。风期竹万个，活业橘千头。汉水觅二老，青门寻故侯。情知作寒士，不解杀袁刘。

寄外弟蔡明善

相见还须未白头，只今君是富春秋。莺花与梦飞腾去，甲子如川日夜流。白酒可浇千卷读，青山欲唤十年愁。无因早辨归耕计，更就深公买沃洲。

秋夜

鸣鸠唤雨入西楼，草树虫声旋作秋。明月自如常夜好，晚山仍发去年愁。久抛诗酒寻思去，胜与儿童作队游。辜负禅心多少事，石城看渡木兰舟。

蛇

山云楼起风旋磨，百毒乘阴出相贺。中庭夜夜蛇作堆，草堂病夫愁欲破。时须兵子设符咒，更遣狸奴旁坐卧。虽非当道白帝子，恐是多年老书佐。蛟龙变化未可量，草莽连冈足逋播。农夫催租正苦辛，莫向零陵作奇货。

谢新酒螃蟹

提壶满送小槽春，尖团未霜亦可人。略借毕郎左右手，为公一洗庾公尘。

寄诸子

南国旱愈甚，西郊雨复休。蝇蛆作残暑，蛙黾斗清秋。草暗黄沙尽，风吹白日愁。只应有相忆，时倚仲宣楼。

湘　水

湘水一番竹，下有千亩阴。宁知竹上泪，是妾一生心。

顷与知止相别于曹州西门外盖今十四年矣闻尝自澶渊过此感叹

昔别是兹土，今游还偶然。似闻尝少憩，犹自未真传。所过有陈迹，相逢多少年。长途守病马，何敢更争先。

双　庙

唐四叶孙德下衰，久厌坐稳思奔驰。外由骄胡内艳妻，杨李气焰相夺移。太宗之业甚整齐，尔曹忽来撞掊之。旁人为之掩涕悲，处之甚安渠不疑。贼风忽来吹白陂，翠舆走避弯弓追。倒立却视千熊罴，猛将不解河北围。睢阳失守东南危，城中月余析骨炊。两公奋髯死不回，鼎镬在前唯恐迟。蜀中消息未可期，此辈未易折箠笞。念公不量势力微，本自不辱国士知。大厦又非一木支，何必感慨如此为？往时开元全盛时，公胡不念鲈鱼归，亦不往吊湘江累。死后声名何足奇，商山老人吾所归。

归自成园

新春今几时，忽有檜外朵。病眼久不明，念此岁月颇。桥南数亩园，风雨与关锁。主人厌敲门，荆棘生道左。还家续残章，妙句仍帖妥。虽无炉锤工，亦有盘礴裸。归帆渺江湖，宿疾眩风火。扶犁伴老农，此语当自我。君看乡闾斗，则有闭户可。慎无学春蚕，作茧自缠裹。

与诸舍弟游董村

来往无十里，颇能妨昼眠。疏篱董村水，远树洛成烟。酒薄诗牵强，身闲病接连。荒田点残雪，知在甬山前。

见信民旧书有感

蜗涎狼藉阁残书，仿佛黄公旧酒垆。试问东山谢安石，不知能似此人无？

同叔用宿子之家

老足交亲薄，江晁尔独贤。文章未遽绝，岁月或堪怜。薄酒宁非道，寒灰却会禅。犹须五湖口，风雨夜同船。

堤　上

落花吹尽不堪忧，只见河堤水漫流。晚日强穿城北市，春风犹驻驿南楼。妻孥转觉为身累，岁月终难望汝留。万里长江一尊酒，故人何处倚偏舟？

游西池归

偶为池上游，入郭天尚早。香尘入晚雾，柳色映驰道。我马亦未疲，归路贪月好。还舍了无事，百念纷未扫。近店酒可沽，重当为君讨。

出顺天门归阳翟二首

迟明出都城，夹路多柳色。行人半歌哭，莽不见阡陌。西池已春晚，我复道里迫。枯田甚渴雨，久作龟兆拆。屡遭人马饥，更悟坡垅隔。微官恋升斗，恐负朋友责。初无秦楚遇，亦有陈蔡厄。沉忧能伤人，今汝头已白。渊明在柴桑，意亦惮远役。岂无好事人，助子了耕植。还家赋《归来》。颇自悔平昔。向时经由地，风雨晦行迹。欣然倚南窗，谓此可容膝。孰知刘檀辈，生有五鼎食。流风未遽远，此士真有力。伤哉谢太傅，辛苦至折屐。

新郑路中[三]

柳絮飞时与君别，南楼把酒看新月。月似当年离别时，柳絮随君何处飞。落花寂寂长安路，陌上十人九人去。准拟归鸿寄得书，回头已失秦州树。丈夫薄情多可念，尔独何心守贫贱。劝君以金屈卮，赠君以长短歌。城南城北春草多，明月如此奈愁何！

离新郑

荒村更柳色，节物近清明。去国三年恨，还家一日程。故人投晓别，羸马傍山行。何事逢寒食，春来苦要饧。

宿颍昌范氏水阁

溪流残无声，月色初到竹。主人中夜归，客子睡已熟。向来湖海兴，岁事方窘束。云何蟋蟀歌，更自伤局促。相寻觅旧约，见子故未足。悠然解衣卧，高枕被数幅。贤哉五年别，有此一室独。我须日已白，子发良未秃。尚怀平生欢，歌呼声彻屋。何须豕腹胀，更伴狗尾续。明朝寻故人，戏语公一读。

闻南寇已平欢快之甚作诗五十韵

日月开南极，山河拱上都。圣朝频决胜，贼党莫狂图。驿道传烽燧，官军下舳舻。弄兵心已壮，喋血气犹粗。腊月杭州破，欢声歙县屠。迹虽连劲越，势欲动全吴。剑戟排空上，刍粮夹路输。予方在衰杖，意不保头颅。岂谓除关传，都非验汉符。坐看前乘没，谁救左轮朱。守将仍安枕，乡豪肯弃躯。百川归巨浸，一命仰洪炉。抚事思同辈，低头失壮夫。风雷蛰龙卧，名字列仙癯。遇寇来淮口，迎家傍海隅。未随霜雪死，甘伴甲裳趋。每有妻孥问，宁知道里虞。荒城补泥土，旱水著菰蒲。交友多流寓，人烟乍有无。相逢可恸哭，掩泪只长吁！羽檄邀锋数[四]，江船取路迂。艰难脱纷扰，润泽到焦枯。屡辱分金送，兼容折简呼。同群见鸷鸃，猛曾伏于菟。往往投僧饭，时时就客厨。苦留春骀荡，勤对色敷腴。不有沟中断，其如屋上乌。身犹访安佚，意独离囚拘。行李催归疾，生涯与旧殊。裹粮违战地，举足值穷途。误厌韩城僻，虚随颍水纡。旧书犹酱瓿，破屋但绳枢。蒋诩空三径，扬雄更一区。生平从学圃，老复厌为儒。爱草骑驴稳，看云借杖扶。几年供坎廪，尽室付崎岖。触热医频唤，倾囊酒漫酤。素冠穷逼仄，白发鬼揶揄。侧转骥絷足，往还狼跋胡。众怜东郭困，自学北山愚。取别方摇扇，成诗欲断壶。疏篱倒禾黍，骤雨落楸梧。苦语终难好，清谈却未须。家犹近坟墓，晚或望桑榆。今日祆氛涤，新秋暑气苏。如闻旧巢覆，尽伏逆臣诛。遣卒宽平贾，令民内半租。文章元典则，刑赏旧规摹。杰恶先函首，渠魁已献俘。书来问安否，尚足慰驰驱。

还韩城三首

乍喜全家脱，虚疑匹马奔［五］。乾坤德甚大，盗贼尔犹存。稻垅秋仍旱，溪流晚自浑。素冠兼白发［六］，愁绝更谁论？

老有幽禅着，穷知俗事疏。渐谙深屋病，无复故人书。日月驰驱后［七］，江山疾病余。新凉有佳句，端为述离居。

读《易》初无说，言《诗》既有功。客游千里异，心事一尊同。药裹难休老，经函可御穷。江淮足知遇，耆旧忆徐公。

秋日至孟明庄

野色幽花静有余，好山虽近不同途。荒村被雨泥三日，草具留僧饭一盂。断垅入秋频放水，老农垂手怕催租。平生粗识田园兴，更复何门可曳裾？

韩城记事五首

老耻为儒不学禅，还家常欠买山钱。成州太守怜衰病，时有书来说《太玄》。晁以道守成州。

糠豆犹悭不到盘，小儿寒至尚衣单。虽无事业传惇史，或有声名托稗官。

稳看飞虫着网粘，炉香欲尽不烦添。未嫌秃项如壶赤，何处香醪似蜜甜。

病来每有为僧兴，老去初无涉世心。它日三江五湖口，断云寒水有知音。

老不谋身望子公，少年豪气想元龙。倚松庵下香严路，今日书来第一封。

阳翟冬夜[八]

便往吾何敢[九]，长闲力未能[一〇]。寒炉夜篝火，急雪暗翻灯。唤客初无酒，敲门尚有僧。不嫌空四壁[一一]，相对倚枯藤。

孟明田舍

未嫌衰病出无驴，尚喜冬来食有鱼。往事高低半枕梦，故人南北数行书。茅茨独倚风霜下，粳稻微收雁鹜余。欲识渊明只公是，尔来吾亦爱吾庐。

雪　后

漫遣儿童扫雪开，却穿篱落看春回。溪山冷淡泥三尺，故旧飘零酒一杯。近买芒鞋供踏雨，更收藜杖与寻梅。玉川老去生涯在，时有怜僧送米来。

宿田舍

饥肠不贮酒，冻粟自生肤。旅枕三年梦，荒村一事无。不愁风折木，时有火添炉。尚想崔夫子，冬来体更臞[一二]。时崔德符居郏城。

除日

我食已并日，子来能隔年。溪山出城路，风雪探梅天。纳息初闻妙，缁经旧有缘。相陪得清坐，不敢叹无毡。

将游嵩少题石淙石淙，在嵩山之东三十里，下临绝壑，有流水焉。奔腾纵放，适与石会，蛟龙之所畏避，风雨之所出入，骇目奇异之观，少有能过此者矣。作石淙诗。

南山吐云柳絮飞，北山之外烟草微。南山北山日在眼，问公此去何时归？石淙山水更奇绝，水怒决石山崩摧。长空无声晓色静，忽听万壑悬惊雷。珊瑚缺折玉破碎，月落倒卷从天回。中流险绝不须道，笑侮滟滪怜离堆。平生好事心突兀[一三]，时于图画见仿佛。褰衣度水公莫畏[一四]，何须苦避蛟龙窟。明朝更作嵩少游，五更绝顶看日出。

登太室绝顶

生平仰嵩丘，今日上绝顶。苍天不能高，星斗閟光景。风云乍起伏，雷雨半苏醒。下看飞鸟背，错乱松柏影。神龙不深遁，偃蹇卧半岭。旧闻飞石斗，不受悬瀑梗。大河东北流，渺渺黄数顷。五更看日出，平地涌金饼。谁能啜其华，夜气初未冷。诸峰环而立，一一皆秀整。中居此丈夫，众象不得骋。巍然万物表，独阅百代永。同来有奇士，可得一笑领。不用贮微言，区区吊箕颍。

与崔得符田元邈别后奉寄

处避犹多事，陪公得暂闲。直缘怕酒去，不为忆家还。苦语知无策，微官直强颜。高城更南望，林断有青山。

出　游

日日春浓病不知，偶游僧寺送春归。长年误跨将军马，渐老空悲游子衣。山路有泥知雨过，村场无酒验人稀。今秋定作江东计，趁得鲈鱼八月肥。

董村归路马上口占暂归阳翟

水声高下竹回环，薄酒无功不耐寒。白塔忽从林外出[十五]，青山常在马头看。

嘲拄杖

王郎赠我桄榔杖，三岁庵中伴我闲。只为懒行常靠壁[十六]，不能随我过嵩山。

术煎

断苗取灵根，斸石不到土。道人扫落叶，闭户手自煮。晴烟溜窗几，初夜过风雨。老盆酌天醴，春瓮发膏乳。担囊到城市，馈我一勺许。中年血气败，令我饮此醑。色如胶饴重，味有荷心苦。京城旧交游，醑醢乱鼎俎。谁能供此饮，远视鸿鹄举。一洗肝肺尘，但咽公勿吐。

有客

燥砚渴水不濡笔，浊酒欠钱长卧瓶[一七]。此中定自有佳处[一八]，纸帐蒲团增眼明。故人江南江北岸，千书不如一见面[一九]。人生欢会不可常，画梁已送西飞燕[二〇]。

李文若季敌访余高安留连累日临行赠之

十年奔走风尘中，学殖不进身愈穷。梦断江南不得往，坐叹岁月如惊鸿。君家政当匡庐路，时有僧行附书去。每念君家草堂好，便欲移家就君住。当时气象已参差，今日情怀况迟暮。斯文未丧欲谁托，交游十人九不乐。百川东下障狂澜，伯兄嶷然如断山。苍苍在上久无意，空使妙句留人间。两季只今名籍籍，北方人士所未识。未歇中原胡马尘，且喜沙头风浪息。高安相遇一长吟，盛夏苦雨成淫霖。顾我无能甘畎亩，如君岂合在山林。豫章老矣栋梁在，莫厌它时斤斧寻。

木芙蓉

小池南畔木芙蓉，雨后霜前着意红。犹胜无言旧桃李，一生开落任东风。

校记

按：此卷诗五十二首，与四库本、家刻本、吕抄本无一首相同，而四库本、家刻本、吕抄本卷十则与《东莱先生外集》卷一篇目同。据傅增湘《藏园群书题记·宋江西诗派本东莱先生诗集三卷外集三卷书后》云：「余以私意测之，此集年代旷远，展转移写，此卷适亡。幸其时外集尚存，无知市估，遂移取首卷（即外集卷一），以弥其阙。」

［一］唤雨　沈度曰：「一作唤妇」。

［二］会　沈度曰：「一作悟」。

［三］新郑路中　按：此首与卷五《济阴寄故人》首四句末二句同。宋曾季狸《艇斋诗话》云「『柳絮飞时与君别』

有两本者：东莱少时作，后失其本，在临川，因与学徒举此诗，亡之，遂用前四句及结尾两句补成一篇，已而得旧诗，遂两存之。『落花寂寂长安路』者是旧诗，『千书百书要相就』者是追作」。

［四］锋　沈度曰：「一作风」。

［五］匹　沈度曰：「一作万」。

［六］白发　沈度曰：「一作皓首」。

［七］日月　沈度曰：「一作岁月」。

［八］阳翟冬夜　沈度曰：「一作冬日抒怀」。

［九］往　沈度曰：「一作死」。

［一〇］长闲　沈度曰：「一作同归」。

［一一］不嫌空四壁　沈度曰：「一作犹余四壁立」。

［一二］冬来体更　沈度曰：「一作箪瓢却未」。

［一三］平　沈度曰：「一作半」。

［一四］莫　沈度曰：「一作勿」。

［一五］林外出　庆元本《东莱先生外集》卷三《董村归路马上口占》作「云外出」。按：此首与外集卷三系重出。

［一六］靠壁　沈度曰：「一作倚壁」。

［一七］长　沈度曰：「一作常」。

［一八］定　沈度曰：「一作故」。

［一九］千　沈度曰：「一作百」。

［二〇］西　沈度曰：「一作双」。

东莱诗集卷十一

食笋

穷乡未寂寥，五月富笋茁。近山新得雨，此物晚亦发。初看数寸出，意有千尺拔。长条不成鞭，乃以美见伐。锦绷罢骈头，玉指已不袜。坐令藜藿口，如受淯随滑。连年江海病，未免鱼蟹罚。甘津到齿颊，恐此或未察。居闲快一饱，我已久断杀。更莫厌比邻，时时听羹戛。

白须

不作韩城住，虚为河朔行。白须镊更出，知为阿谁生？

宿刘固寺佛殿下即刘伶坟也

刘伶坟上土，佛殿古崔嵬。坐久野僧出，天寒饥雁来。千年醉里魄，一锸死前灰。未尽先生意，空留数字回。

怀卫道中寄京师诸友三首

客舍冷如浆，客梦甘若饴。初无远行念，况有徂年悲。平生好交游，太半走路歧。不如亭前月，所到长相随。何时脱身去，共采西山芝。有儿当似公，尚能传我诗。

直莫如两王，清莫如两方。孙谢岂不美，久滞尚书郎。黎子老归国，只今须鬓苍。邵子住山云，欲出未肯忙。高子出林壑，坐看天际翔。

人谁不小康，李赵常窘束。穷阎衅温火，老未饱饘粥。它长未遽数，此事已绝俗。为人死不厌，自奉一米足。

河堤

平田接长河，眼界起突兀。今日并堤行，麦垅青已出。客行不知晚，但感此节物。新霜被西山，久厌尘土没。坐怀故人面，于此见仿佛。

寄浚州张掞

张卿留客酒如渑，我欲从之病不能。忆过公家更东望，断崖高树雪层层。

田家乐

东家西家蚕上簇，南村北村麦白熟。小儿腰镰日早归，大儿去就田间宿。斗酒相邀不为薄，邻翁相对且斟酌。圣主当阳亿万年，年年岁岁田家乐。

梅

独自不争春，都无一点尘。忍将冰雪面，所至媚游人。

寄崔德符

江城昔还往，耆旧各能文。暂别犹相忆，虽忙亦见存。好诗能愈疾，浊酒不胜浑。它日经行地，相寻夜叩门。

还　家

解鞍歇马倦西游，过眼文书且罢休。薄酒向人殊有味，长年于世已无求。常情未语沟中

复往真无策，兹行亦漫游。尘埃走剧暑，风雨占新秋。便欲还家去，其谁为汝谋。尚怜

复往大名三首

借余乔。

是则入精义，吾生晚闻道。岁月今少憩，遗经日在眼。似足了一世，临流濯垢衣。尚勿

枝叶，或自足旅繁。孰能言语表，能使意独至。空中本无华，眼病因有翳。沉思忽有得，

纷若众说，行各半途辨。大言累千百，杂解记一二。坐令天人分，复以小大计。或强出

春温疣疥繁，衣敝虮虱细。颓然坐南轩，读《易》初有味。初看象数殊，忽此文彖异。纷

读《易》

里，白发栽培疾病余。更有腐儒穷事业，夜窗残烛一编书。

晚松早韭老不厌，夜鲤晨凫多见疏。地僻难寻野僧饭，路长时枉故人车。青山出没尘埃

即事

木，俗眼能惊海上鸥。何处云山不堪隐，更谁辛苦访菟裘。

苏季子，虚敝黑貂裘。

我老不自得，每为饥所驱。漫抛青箬笠，空负白髭须。见贼犹堪斗，逢人莫问途。窭区足秀句，山泽有癯儒。

地湿频经水，田荒亦未收。断云催雨过，涨水没桥流。半世想高卧，十年悲远游。藜羹不用挟，尚足涎饥喉。

开德道中

五更发荒村，小憩草市北。披衣度积水，月落天正黑。豆苗半委地，野父厌匍匐。我马则已饥，泥土污羁勒。翻思在家时，一饭亦假贷。小儿不解事，笑语颇自得。一官走道路，此责久未塞。速行勿迟留，有手须击贼。

阳翟道中

不为伤离别，其如渐老何！只应从此去，转觉白须多。

长葛道中遇周原仲

羸马冲寒骄不驶，积雪残冰杂泥滓。长葛县中日落时，举头忽见周夫子。下马相看两惊怪，各喜南归此身在。僧房夜语久不眠，更摩枵腹偿诗债。子行四方尚谋食，我亦年来倦行役。枥下骅骝世得知，海底珊瑚人未识。长安公卿富贵客，谁能日在子思侧。洛阳年少未宜轻，看子重陈《治安策》。

简叔易益谦兄弟

秋来归兴复何如，李范声名更羡渠。它日买田吾有策，两家兄弟要邻居。

赠益谦兄弟

范郎走微官，清固不绝俗。家常四壁立，腹有万卷读。尔来所为文，深若泉万斛。纡余风过水，宛转虫蛀木。诸弟况可人，不但好眉目。丹穴固出凤，蓝田自宜玉。行扛九鼎重，顿使一世伏。圣朝急用士，如子尚穷独。乃知德在躬，不必富润屋。我病拙文词，笔钝如发秃。时逢子兄弟，未语心已足。长空绝纤埃，何处著凫鹜？朝来秋气清，伫看飞鸿鹄。

题芦雁扇

雁下秋已晚，江天风雨微。宁为聚沙立，不作旁云飞。

游西宫有感

种种不如意，悠悠无复听。漫寻村路好，似得片时醒。水隐城坳白，山来树杪青。晚田收䅟䅳，残日度笭箵。兴入山阴道，诗如历下亭。荒原子胥庙，千载想仪刑。

送一书记杲公作天宁化士

田家得米输官仓，一粒不得囊中藏。天宁化士去如雨，此亦未易能低昂。因官乞取民始病，况复妄邀檀越敬。纵令不得半钱归，堂中圣僧应自知。

京城围闭之初天气晴和军士乘城不以为难也因成四韵

贼马侵城急，官军报捷频。民心皆欲斗，天意已如春。魏阙方佳气，王畿且战尘。不妨来往路，经月绝行人。

守城士

北风且暮雪，一雪三日寒。不念守城士，岁晚衣裳单。衣单未为苦，隔壕闻战鼓。杀贼须长枪，防城要强弩。炮来大如席，城头且撑拄。岂不知爱身[一]？倾心报明主。报主此其时，一死吾亦宜。未敢望爵赏，且令无事归[二]。寄语守城士，此言君所知。

闻军士求战甚力作诗勉之

今春贼来时，军士怖而走。今冬贼来时，决拾揎两肘[三]。愤然思出斗，不但要死守。仰怀吾君仁，愈觉戎虏丑。欲以占天心，于焉卜长久。暂劳何足道，富贵要力取。行看斩贼头，金印大如斗。

丁未二月上旬四首

丞相忧宗及，编氓恐祸延。乾坤正翻覆，河洛倍腥膻。报主悲无术，伤时只自怜。遥知汉社稷，别有中兴年。

厄运虽云极，群公莫自疑。民心空有望，天道本无知。野帐留黄屋，青城插皂旗。燕云旧耆老，宁识汉官仪。羽檄从天下，于今久未回。如何半年内，不见一人来。周室仍遭变，宣王且遇灾。犹存九庙在，咫尺得祈哀。主辱臣当死，时危命亦轻。谁吞豫让炭，肯结仲由缨？洒血瞻行殿，伤心望虏营。尚留仪卫否？早晚复神京。

兵乱寓小巷中作

城北杀人声彻天，城南放火夜烧船。江湖梦断不得往，问君此往何因缘[四]？窜身穷巷米如玉，翁寻湿薪媪爨粥。明日开门雪到檐，隔墙更听邻家哭。

围城中故人多避寇在邻巷者雪晴往访问之坐语既久意亦暂适也

雪泥春既融，晓日初破雾。出门寻故人，来往不数步。共谈江南胜，闭眼想去路。松风被茅屋，稻垅立白鹭。行看贼围解，春水即可渡。先当上钟山，次第入庐阜。生平泉石念，久受尘土污。况今九死余，转觉处事误。预怀岩壑里，所至陪杖屦。可行君莫辞，行李我已具。

胡虏安知鼎重轻，祸胎元是汉公卿。[五]襄阳耆旧唯庞老，受禅碑中无姓名。

无题

江北江南公不归，人言公懒笑公痴。闭门端坐读《周易》，直过新春围闭时。

读《易》

塞水须塞源，伐木须伐根。子真笑短拙，荆蛮生伍员。

城中纪事

生平足艰辛，可叹不可言。两遭重城闭，再困群盗奔。今兹所值遇，我岂不与闻。脱身保儿女，恐辜明主恩。彷徨不忍去，敢计生理存。昨者城破日，贼烧一东郭门。中夜半天赤，所忧惊至尊。是时雪或作，疾风飘火云。十室九经盗，巨家多见焚。至今驰道中，但行胡马群。翠华久不返，魏阙连妖氛。都人向天泣，欲语声复吞！我病未即死，尔来春既分。剥床供晨炊，两眼烟已昏。岂无好少年，可与共殊勋。志士或不耻，有身期报君。

怀京师

北风作霜秋已寒，长江浪生船去难。客愁不断若江水，朝思暮思在长安。长安外城高十丈，此地岂容胡马傍。亲见去年城破时，至今铁马黄河上。小臣位下才则拙，有谋未献空惆怅。汉家宗庙有神灵，但语胡儿莫狂荡！

读司马公集解《太玄》

京城半年围，道路三月病。轻舟过江来，所向复未定。客房夜凉冷，气体亦粗胜。月穿窗罅白，风入桐叶劲。挑灯读《太玄》，爱此顷刻静。物数极三甲，此理本天命。首赞则分行，故未及世应。古历汉则亡，《易》实更三圣。哀哉扬子云，上与数子竞。虽云耗心力，固自有捷径。后来司马公，独敛众说盛。锱铢判讹谬，一宗蒙是正。读《玄》则知《易》，此实公所证。如何少年子，便欲献讥评。我老未知学，读此知不称。掩卷坐搔首，一洗肝肺净。明朝寻故人，此语殊未竟。

黄池西阻风

乌云衔日日不出，骤雨飘风吼三日。扁舟寸步不得行，坐叹轻鸥如箭疾。我行去家秋复冬，故园回思春梦中。客愁茫茫若江水，生计渺渺随征鸿。三年京城共憔悴，一杯此地难从容。长溪卷浪雪花碎，远山横空眉黛浓。故人别我上江去，亦有书来唤同住。破屋数间君有余，太仓五升吾已具。严霜未放鹰隼击，盘涡恐致蛟龙怒。片帆欲挂任篙师，君但徐行莫深惧。

景德北窗

云横树阴浓，雨涨溪水白。故人唤我出，已度蒸暑厄。北窗非不佳，尚苦眼界窄。小楼隐床后，自与尘雾隔。更怜昭亭山，相向有佳色。君能具鸡黍，略不厌须索。我能知子穷，子亦能爱客。人生要如是，一举乃讽百。我病思远引，未塞交友责。便当约诸公，归耕作长策。囊无一钱赢，岁晚会有获。

昭亭广教寺

故人唤我去[六]，久雨值新晴。草暗鼯鼠出，山深鹎鵊鸣。斋厨半盂粥，草具一杯羹。尚肯频来否？门前春笋生。

昨日之热一首赠赵彦强

昨日之热未为热，凉风颇随团扇发。今日之热不可言，西山火炎尘障天。高楼坚坐若燔炙，常恐秋到无寅缘。与君相从今几日？欲度一日如长年。忆昔京城值秋雨，人家邂逅得细语。不愁归舍少薪米，且喜尊前好宾主。去年君自云中归，隔巷寻君相劳苦。是时强虏在城下［七］，耳犹厌听贼营鼓。岂知丧乱到江南，同向宣城过残暑。晚来一雨天遂凉，便思约君来对床。床前适有新酒熟，君醉可舞吾能狂。醉中谈天亦未妨，回船吴中君勿忙。

又　赠

日日住叠嶂，君能同此游。黑云才映日，白雨忽穿楼。盗贼何时定，溪山且自幽。炎蒸不须厌，俄顷是新秋。

题泾县水西

江东住已厌，又却过江西［八］。急雨投泾县，穷秋渡赏溪。稻田犹少水，山路已多泥。珍重高僧意，求诗索自题。

宿秋霜阁后方丈

秋霜阁后山屈蟠［九］，行人冲泥脚未干。正是水西佳绝处，不辞风雨夜深寒。

水西与李彦恢相从余将取旌德趋徽州彦恢先归旌德相候彭元任亦自太平县来相送遇于三溪驿遂同过旌德道中呈二子三首

水西投宿近秋霜，起听晨钟厌束装［一〇］。尚惜故人轻作别，乱山深处过重阳。

村场路僻多无酒，野菊寒深亦未花。底事中原归不得，又扶衰病过天涯。

白头懒入少年场，二老追随却味长。预喜尊前听清话，夜窗相对一炉香。

休宁县与汪致道诸公别后晚宿黟县界鱼亭驿二首

竹密如云不见天，好山无数簇溪田。只应黟县溪山胜，尽在鱼亭驿舍前。

故人相继别休宁，山路篮舆睡复醒。所恨溪山正佳处，不能同我到鱼亭。

寄宣城故旧

宣城经岁无它事，尚喜交游不弃遗。叠嶂楼头纳凉处，宛陵堂下探梅时。君今尚要一囊粟，我去亦无三径资。归卧云山更深处，因书烦报故人知。

祁门道中四首〔一二〕

去程归雁两悠悠，行到荒山尽上头。试问中原何处是？只言东北是宣州。

风落千山雨夜鸣，时因归梦识宣城。欲知溪路行多少，已过徽州第五程。

宣城人物未全衰，四士风流世不知。别后略无佳语寄，道中才有数篇诗。

詹郎逸气今谁似，李令清言久不闻。独立共传摩诘后，隐居还见伯仁孙。

桂林别珂首坐二首

故人相望马牛风，世事波涛晃漾中。漓水东边两年住，往还才有一珂公。

北归我已办行缠，久约相从却未然。何处云山堪著子，乱松回首岭南天。

答赵祖文陈梦授

岭海畏深入，江湖成远游。犹怀不活怖，少为故人留。苦乏琼琚报，虚蒙札翰投。因来问消息，不必记沉浮。

寄赵十一弟

亲朋虽近懒追寻，湖岭归来病至今。寄语洪州赵从事，忍令无酒过冬深。

校　记

［一］身　沈度曰：「一作君」。
［二］且　沈度曰：「一作幸」。
［三］拾　沈度曰：「一作射」。
［四］因　沈度曰：「一作禽」。
［五］祸胎　沈度曰：「一作指踪」。
［六］久　沈度曰：「一作出」。
［七］房　沈度曰：「一作穹」。
［八］却　沈度曰：「一作复」。

〔九〕蟠　沈度曰：「一作盘」。

〔一〇〕厌　沈度曰：「一作促」。

〔一一〕祁门　底本作「祈门」，误。

东莱诗集卷十二

浮梁道中见小松数寸者极多然皆与蓬蒿杂出不能即长也余伤之作诗寄范四弟

青松数寸根，意出千丈外。如何蓬蒿底，此志久未遂。朝为牛羊践，暮受尘土翳。虽云岁寒姿，当此亦憔悴。今年虽小出，尚与凡草类。会须扶其根，与作梁栋计。大厦千万间，匠石所睥睨。世或未尽知，慎勿伤汝志。

自祁门至进贤路中怀旧二绝

雨歇路逾滑，山空鸟不飞。却思无事日，骑马踏泥归。
汴水夹榆柳，今留胡马踪。如何进贤路，只是见青松。

离洪州渡西江至翠微寺紫清宫

平明渡西江，西山正崔嵬。中流欲浪作，细雨随风回。促棹赴前浦，颇为风雨催。寒沙引细路，人家山半隈。密云荫修竹，久旱无莓苔。晚入翠微寺，诸峰环抱来。其西洪崖居，百代所仰怀。何年蛟龙怒？更击深山开！悬瀑泻洪井，喷噫藏风雷。客行少休息，暂此得徘徊。城中二三老，咫尺不得陪。岂无陵风翰，邀致山中台。涧水清且寒，可以当余杯。独来不敢久，恐为神物猜。

宿翠微寺

西山今夜雨，不为故人留。泥滑淹行李，风声欲送秋〔一〕。中原且多事，吾党敢无忧。明日经由地，江南更几州？

发翠微寺

古殿突兀风有声，粥鱼欲打鸡三鸣。披衣起坐问行李，仆夫屡报天阴晴。昨日路长频雨阻，今日东风得无苦。杉松连山寒欲动，橘柚隔篱香半吐。却忆京城无事时，人家打酒夜深归。醉里不知妻子骂，醒后肯顾儿啼饥。如今流落长江上，所至盗贼犹旌旗。已怜异县风俗僻，况复中原消息稀。

送宋仲安往虔州

已流之水不可以复回，已往之日不可以复来；唯有野外篱边之黄菊，年年岁岁见花开。君如此菊不我厌，处处相逢同酒杯。三年丧乱那可说，君头已白我齿缺。高才抑塞久未用，坐守松桧凌霜雪。君今又作章贡游，我犹少忍住筠州。破屋不忧遭鬼瞰，端坐或恐贻神羞[二]。求田问舍古所叹，敢有远去唯身谋。为约岭南三数子，明年乘兴欲东流[三]。

与仲安别后奉寄

出门送君时，一步再徘徊。虽云非远别，念与始谋乖。欲求连墙居，故作千里来。君今不我待，欲跨洪沟回。我独滞一方，后会良未谐。冬初风浪息，蛟龙深蛰雷。其如中原盗，所至尚扬埃。子行莫夷犹，恐致狼虎猜。胡人更远适，畏死投烟霾。皇天久助顺，似不及吾侪。独以智力免，宁有此理哉！因书寄苦语，亦以谢不才。新春好天色，指望妖氛开。即当候归艎，取酒寻瓿罂。欣然得一笑，便足禳千灾。豫章百里远，可以慰客怀。

须君起我病，同上徐孺台。

题筠州僧房

客来无语坐禅房，共赏西窗一榻凉。山路雨余新笋出，江城春晚杂花香。厨烟已逐钟声远，树色初随塔影长。敢道闲居便安稳，今年更欲下湖湘。

离筠州

旧日闲居日，无惊已倦游。如今避地走，不复为山留。淮甸初经夏，江西复度秋。今朝小亭望，东北是筠州。

题圜悟与惇兄法语

杲公昔踏胡马尘，城中草木冻不春。胡儿却立不敢问，其谁从之惇上人。袖手归来两无语，如今且向江南住。云居老人费精神，送向高安滩头去。

建城道中

建城南路入袁州，怪石纵横水乱流。尽日衣冠在图画，百年心迹付林丘。中原未作重归计，胡马能令此地忧。浪踪江湖亦吾分，运筹帷幄有留侯。

行至醴陵寄故人

浅溪沙碛寒，月白树影疏。我行天一角，所至尚踌躇。偶逢胜绝地，不异嵩颍居。临流遂忘归，默坐数游鱼。宁知胡马闹，江县已丘墟。故人亦未来，一旬三寄书。不必问浅深，但当胥子车。新霜随北风，惨惨度重湖。相寻近五岭，慎勿厌长途。

将至南岳先寄演公禅师善公华严

胡马扬尘烽燧作，我行乃在天一角。江西茧足过湖南，本赴郴阳故人约。中途群盗又蜂起，所至往往为囊橐。迟回改路心自笑，隐忍畏事人所薄。不因此去渡湘水，更欲何时到南岳。山中况有二老人，万里同来且安乐。遥瞻见我应大笑，白须黑面都如昨。平生故旧几人在，不早从公老丘壑。自经丧乱可过从，每一思之怀抱恶。请公更说因地初，一解人间因慧缚。

避寇南行

何处田园不是家，尽扶衰病过天涯。山村酒熟人人醉，客路春浓处处花。敢道岭南无贼马，侧闻江左尚胡沙。囊空甑倒君休笑，亦有新诗伴齿牙。

贞女峡

欲上贞女峡，江险未敢行。岂是畏江险，愧此贞女名。时经丧乱后，世不闻坚贞。烈士久丧节，丈夫多败盟。宁闻闺房秀，感义不偷生。穷荒礼法在，尚此留佳声。时事有通塞，江流无浊清。欲行勿惮险，为君先濯缨。

山水图

君家茅屋低蓬蒿，客来颇厌蛙蚓号。何得有此山突兀，气压太华陵嵩高。坐看远涧受悬瀑，似听跬步鸣秋涛。槎牙老树半枯死，上倚绝壁缘飞猱。我行日畏盗贼逼，敢厌瘴疠同腥臊。偶逢坐稳懒归去，豁达眼界无纤毫。岭南山水固多异，恨无中州清淑气。对君图障心恍然，便如太华嵩高前[四]。君但对此能高眠，当有好句令君传。

连州阳山归路三绝

苍黄避地出连州，邃谷深岩懒转头。归路始知山水好，少留村驿当闲游。

稍离烟瘴近湘潭，疾病衰颓已不堪。儿女不知来避地，强言风物胜江南。

岭外从来不识春，青梅年后已尝新。深山忽有残花在，知与清明待北人。

阳山道中遇大风雨暴寒有感

岭南二月春已尽，百花委弃随风吹。山前山后绿荫满，已过中原初夏时。不知何气忽乖沴[五]，风雨夜作雷乘之。鞭笞宇宙蔽日月，万象倒错藏光辉。岩倾涧绝水府现，捕搏虎豹擒蛟螭。百围老树不须说，忍冻欲厌摧其枝。峥嵘屋瓦走飞雹，如战初合麾旌旗。我行避地更值此，闭目但听儿啼饥。仆夫噤死者数辈，牛马惧不存毛皮。长途三日断还往，况有鸟雀凌云飞。只今胡尘暗江路，盗贼往往乘余威。良民虽在困须索，四海万里皆疮痍。天公忍不一顾此，反更震动穷荒为。此方亦是神所主，我欲告诉心先疑。明朝风定寒亦解，收召魂魄寻归期。涧毛自可荐筐筥，试出苦语令神知。

答朱成伯见赠四首

三年转东南，足迹不得息。新霜未厌瘴，已畏贼马逼[六]。苍黄度岭去，山路枫叶赤。慨然念平生，谬自有欣戚。交游半鬼录，在者费相忆。朱卿早闻道，一见如旧识。新诗入要妙，如射已破的。我行囊贮空，所至但四壁。岂如投异县，忽枉和氏璧。斯文得未丧，岂不系人力。出门仰高山，此道如矢直。

我适苍梧野，君来洞庭岸。相逢迫盗贼[七]，一笑未得款。欣然望眉宇，于我意自满。天寒道路长，岁晚日晷短。僧房肯再来，晴窗自妍暖。

入林恐不远，入山恐不深。城市有深远，不必在山林。隋珠不自宝，岂在须渊沉。断弦得遗谱，千载有知音。

昔在中朝时，每从贤俊游。酒酣握手叹，预怀今日忧。两经岭峤春，三度江湖秋。朱卿抱奇节，好语忽见收。我无济世策，君有活国谋。相寻不相笑，夜光犹暗投。道丧师友绝，宁有民不偷。风波极浩渺，欲济能无舟？

连州行衙水阁望溪西诸山

峤南气常昏，终日如雾隔。我来已经时，初不辨山色。纷纷翳犯眼，默默悸动魄。今晨忽晴快，如语见肝膈。群峰插天青，野水恣意白。深窥木杪静，细数鸟道窄。天心岂无意，直欲慰北客。才经盗贼扰，更脱瘴疠厄。湖湘虽未定，势已初夏迫。颇闻胡虏远，不复更追索。我归当何时，俗事累千百。便拟衡山前，今年饱新麦。忧虑则未已，四海方逼仄。群公献纳际，或肯任此责。先当肃区夏，次用及蛮貊。岂容胡虏暴，岁必有大获。天虽未悔祸，世岂无良策。生人苟未尽［八］，狐兔当有宅。

赠欧阳处士

爱君年少便知足，今君虽老更无欲［九］。闭门不出动经时，保此无穷清净福。黄衣弟子杂僧徒，共守荒郊数椽屋。门前山水各有态，君但疏篱对修竹。直如季路耻有闻，清似之推不言禄。坐看世事云变化，一任儿曹手翻覆。上皇龙飞三十春，临轩亦尝思异人。诏书屡下广搜索，当时几人能识真？君时声名动天子，高卧不起空逡巡。漫收符篆养丹火，一旦四海生风尘。我来见君斛岭下，识君无营真静者。殷勤爱我莫遽行，尚肯相从结茅舍。时当丧乱足淹留，豺狼恣横空山夜。它年有意过匡庐［一〇］，更许渊明入莲社。

岭外怀宣城旧游

中原未敢说归期，却忆宣城近别离。叠嶂雨来如画里，敬亭秋入胜花时。每憎卑湿尤多病，苦爱风光屡有诗。今日衰颓那可说，须鬓经瘴总成丝。

余避地逾岭寄书宜章孙氏贼去则尽失之感叹有作

贼马踪横未说归，草间梁上借余威。布帆此去应无恙，银碗从来亦解飞。世事只堪开口笑，主人空有食言肥。自惭学道工夫少，坐觉文书到眼稀。

过岭将至江华先寄朱成伯二首

自怪匆匆来往忙，又携儿女过湖湘。敢言此地能安稳，且道新年离瘴乡。

岭下微阴已自寒，早行山路觉衣单。故人见我应惊笑，疾病衰颓怯据鞍。

端午日北还至斛岭寄连州诸公

岭上逢端午，随家更北征。隔村闻贼斗，通夕畏蛇行。厌病初辞瘴，冲泥却胜晴。犹怜昌歜酒，不与故人倾。

山居素饭

豆苗可淪瓠可羹，僧厨早饭蒸香粳。道人得此清净供，下箸已胜肥羊烹。平生为腹不为目，偶逢一饱心自足。晚菘早韭旧所知，五鼎百年未为福。

寺居早起

山深夜无人，竹密风露集。长空新过雨，尚觉星斗湿。避地走天涯，如何免拘絷。朝忧粟粟尽，暮恐贼报急。荒城兵火后，所至复未葺。古寺半颓垣，枭啸鬼亦泣。感事念平生，徘徊近阶立。

寺居即事二首

瘴疠过庚伏，庶几其少瘳。甘心忍残暑，指日是清秋。汴水他年别，郴江此日留。如何理归梦？只见岭南州。

因循过岭表，忍复到湖南。气力浑非旧，情怀老不堪。无钱供痛饮，因病废清谈。尚有寻书僻，穷搜未免贪。中原是何处，敢道几时回？一夏无书读，经时畏贼来。老松犹偃蹇，病鹤久摧颓。莫怪论兵少，吾今心已灰。

赠夏庭列兄弟

披沙简金勤乃见，读书何止须百遍。如君心期已不凡，况有长兵可鏖战。一寒湿薪熏病目，君但读书声彻屋。僧房夜永灯火足，更肯幞被来同宿。

墨梅

岭南十月春渐回，妍暖先到前村梅。问君何处识此妙？一枝冷艳随霜开。长江凛凛欲崩岸，乃见好事移墙隈。初疑渗漉入瘴雾，更恐寂寞埋烟煤。微风不动暗香远，淡月入户空徘徊。坐看粉黛化膻恶，岂但桃李成舆台。我行万里厌穷独，疾病未已心先灰。对此不觉三叹息，恐是转侧同南来。异乡久处少意绪，破壁相对无根荄。古来寒士每如此，一世埋没随蒿莱。遁光藏德老不耀，肯与世俗相追陪。轮囷离奇多见用[一一]，牺尊青黄木为灾[一二]。含毫吮墨去颜色，况自不必须穿裁。岁穷路远莫惆怅，此去保无蜂蝶猜。

贺州闻席大光陈去非诸公将至作诗迎之

五年避地走穷荒，岭海江湖半是乡。欢喜闻君俱趣召，衰颓如我合深藏。晓寒已静千山瘴，宿雾先吞万瓦霜。日日江头望行李，几回驱马度浮梁。

送周灵运入闽浙

青松著尘市，不辞尘土侵。忍耻半桃李，不言归故林。交游在贱贫，始见平生心。周侯客异县，屡蒙金玉音。殷勤不我厌，自昔以至今。使其少富贵，未必能相寻。岂谓子诚然，此风今则深。子欲转岭海，岁暮足愁阴。路经盗贼窟，往往未就擒。加鞭策驽马，欲行无滞淫。故人散天涯，所在亦崎嵚。相寻倘见及，道我病难任。

次韵钱逊叔见寄

异时文物汉庭臣，公是中朝第一人。忍使闲行犯山瘴，不令疾去扫胡尘。情怀纵老原非病，时运方隆只暂屯。顾我衰颓已无用，尚烦新语访沉沦。

赠宗真上人

到处相逢是偶然，浙江湖岭屡经年。赠君颂子君休笑，我已新来不问禅。

校记

［一］欲送 沈度曰：「一作送晚」。

［二］贻 沈度曰：「一作为」。

［三］欲 沈度曰：「一作却」。

［四］如 沈度曰：「一作似」。

［五］诊 沈度曰：「一作戾」。

［六］迫 沈度曰：「一作逼」。

［七］迫 沈度曰：「一作逼」。

［八］生 沈度曰：「一作主」。

［九］更 沈度曰：「一作转」。

［一〇］匡庐 沈度曰：「一作庐山」。

［一一］离奇 沈度曰：「一作蹉落」。

［一二］木为 沈度曰：「一作为木」。

东莱诗集卷十三

全州与解子中向伯恭相会

五年流落判西东，尚喜交游一再逢。但得低头拜东野，不妨下卧见元龙。中原极目山千叠，往事伤心酒一钟。如我支离久无用，敢因穷约废过从[一]。

初至桂州二首

连年走遐方，所至若邮传。未论道艰阻，先问米贵贱。贼势来未已，行役我已倦。解鞍憩空馆，敢叹此异县。清泉上短绠，一洗尘垢面。瘴疠非不深，美酝良可恋。

胡沙久冲突，贼马亦驰骛。我行不得息，终岁在道路。敢言更事多，尚恐与时忤。低头访殊俗，何处可放步。江流下沧海，日惨蛟鳄怒。出门寻故人，风雨已断渡。

桂林邂逅拜见仲古龙图吉父学士别后得两诗书怀奉寄

所至艰危里，如何更别离。只看山似戟，已合鬓如丝。汤尉徒增病，文章不疗饥。端居渴余论，苦语自成诗。

折老久高卧，曾卿仍倦游。同为万里走，肯避数年留。贼帜江湖晚，岚烟岭峤秋。相逢得安稳，乘兴莫东流。比闻二公皆欲为广东之行。

次韵吉父见寄新句

词源久矣多歧路，句法相传共一家。良贾深藏宜有待，大圭可宝在无暇。长江渺渺看秋注，孤雾悠悠伴落霞。盛欲寄书商榷此，岭南不见雁行斜。

桂州水西

隆隆而雷风乘之，断霓落日江东西。江头古寺颇岑寂，僧檐正与南山齐。我来端坐已寒暑，终日看山默无语。盗贼连村那敢问，藜苋充肠未为苦。早禾已旱心所知，正待前山一犁雨[二]。

断桥三月中作

桥断客逾少，春深花已休。闭门尤省事，于世转无求。来往只诸老，相期非壮游。欲知身所住，同寓訾家洲。时独范叔器季平、裴梦覡，数相过从也。

赠岭东陈秀才

风吹贺江浪如雪，浮梁左右行人绝。病夫坐稳懒出行，破屋只愁吹瓦裂。东县陈卿忽叩门，笑语欢然相暖热。怪我长贫走道路，所至不安宁有说。邻州贼报又警急，欲泛扁舟穷百粤。如君长材亦未用，独守区区负奇节。未能俯首效儿辈，肯便出门探虎穴。马群时致千里足，烈士宁无一时杰。我复何人敢言事，一世摧颓甘短拙。幸君无事时一过，喜听高谈健其决。瘴疠参差畏久留，岁月峥嵘惜轻别。

衡州逢解子中别后奉寄

我来筠水阳，君亦发章贡。相逢潇湘门，及此兵未动。卧闻羽书驰，起已行者众。匆匆不及款，尚辱苦语送。慨然念平生，相从已如梦。交游半生死，所至多罅缝。我衰学不入[三]，君亦老未用。孰知一世中，有此九鼎重。子贱则君子，闵子言必中。师门未遽绝，斯文实天奉。别离又几日，坐想发孤讽。衡州逼南岳，湘水寒不冻。颇传江西扰，盗贼已放纵。往从田苏游，此乐不得共。

范县丞惠双鸡

羸病不能除肉味，每逢斋钵愧余生。双鸡未可为公膳，留与山僧报五更。

王抚干失去毛裘

王郎随身一驼裘，偷儿遽作壑失舟。春初未免霜露迫［四］，岁晚可无迁徙忧。客房夜坐薪当烛，不怕近江风裂屋。马平编户更艰难，君行莫忘民号寒。

四十二弟将还宾州相过夜话

兵戈久未歇，所至转抢攘。万里逢吾弟，三年走瘴乡。春风入古寺，夜雨暗浮梁。尚肯留连否？僧庐可对床。

呈折仲古四首

市酒酸甜久绝沽，湿薪熏眼坐僧炉。尚怜诸老无机事［五］，不待愁人折简呼。

龙阁老翁流落久，如今辛苦去朝天。向来岭海经行地，分付蛮溪著钓船。已无厚禄故人书，尚有相寻长者车。所至纷然兵火里，不知从此更何如？疾病侵凌百不能，只今全是住庵僧。谢安肯为苍生起，早与吾君了中兴。

次韵王抚干见惠

新春忽忽到庭除，短褐经寒病却苏［六］。漫以诗书教儿子，懒将薪水倩童奴。天涯每觉人情薄，眼界何知风景殊。万里相逢君莫叹，好山无数簇城隅。

次韵王漕见赠并寄曾吉父二首

前贤去则远，今代不无人。小出已无敌，深藏恐未仁。两章知思苦，一语见情亲。径欲忘衰病，知公笔有神。

曾子住南国，端居无所思。逃禅不用酒，投笔漫成诗。敏捷忘千虑，纵横又一奇。于中有佳处，莫待折肱医。

次韵折仲古见赠

未有丝毫补县官，几年流转但求安。江湖自称嵇康懒，故旧空嗟范叔寒。顾我初无食肉相，喜公复著侍臣冠。新诗不忘东山志[七]，敢作寻常禁近看。

再用前韵奉和

自昔支离畏作官[八]，只今犹望一枝安。饱知时态病良已，心喜故人盟未寒。所至军书销日月，几回戎马污衣冠。公归定有安边策，不学愚夫静处看。

夜坐有感

五更月落鸡未鸣，小炉残火犹晶荧。道人强起理衰疾，不闻松声闻雨声。跏趺坐稳百念去，岂有宿梦令神惊。平生于世万事懒，况复今兹饱忧患。中原北望四千里，三年不见南飞雁。著身天涯未为远，所至风沙莫深叹。时寒但趁僧房火[九]，日暖可赴邻家饭[一〇]。岭南无瘴便可老，江头有酒犹堪唤。惜哉宁子不自休，辛苦饭牛过夜半。

送密上人归江西

轻舟君先行，羸马我继往。湖山已在望，南岳行可仰。不忧盗贼繁，渐喜草木长。密也负奇气，少已离尘网。饱参诸方禅，所至被称赏。独留末后句，未肯付吾党。径寻卓锥地，更足以自养。囊空脚颇健，体俭心甚广。喜谈江西胜，妙处犹指掌[一一]。未见频寄书，悠然发遐想。

送常子正赴召二首

属者居闲久[一二]，今来促召频。但能消党论，便足扫胡尘。众水同归海，殊途必问津。如何彼黠虏，敢谓汉无人[一三]！

疾病老逾剧，交亲穷转疏。唯公不改旧，怪我未安居。日月干戈里，江山瘴疠余。因行见李白，亦莫问何如？

颂送山上人游南华

二浙三衢未说归，且从岭路访曹溪。卢公若问南来事，但道江湖尽鼓鼙。

山颂送谭师直归湖南

人事日翻覆，昔同今不然。于心苟有用，与世自无缘。剩结官田社，饱参云盖禅。已胜高鸟尽，徒泛五湖船。

送能化主还法轮

岭外三年避贼忙，法轮元不下禅床。君归却说岭南事，瘴暑作时君自凉。

送夏少曾兄弟

处处人家避贼忙，数因行李问舟航。江横晚照凫鸥乱，春到空山草木香。我未有缘离岭峤，君今决策下湖湘。定知此去添贫病，不及相从气味长。

本中将为江浙之行念当与梦叹远别感叹伤怀因成长韵奉呈

客行已无聊，况此忧虑集。颓然念远役，未见勇可习。虚庭觉气润，远视萤火湿。故人不我厌，踏雨相劳揖。朝餐共饥饱，夜语同坐立。问我去此邦，何用如此急？干戈与瘴疠，未见可出入。何殊知二五，而不知有十。俯首谢勤意，此非愚所及。天涯重离别，所至方橐岌。感怀平生旧，忍效儿女泣。胡沙蔽中原，道路满荆棘。世事古则然，临分暮于邑。

赠日者张直夫

因循避世不求名，潦倒江湖过一生。贾谊定能寻李主，子云先已识君平。独行市肆口无
语，懒踏权门身自轻。看甑生尘只坚坐，世间宁有不平鸣［一四］。

永州西亭

旧闻西亭胜，独盛湘潭间。山秀水亦好，千里在凭栏。今来乃不然，眼境故未宽。环城
但独木，满目唯荒山。如何柳司马，肯为此解颜。始知忧患久，方觉所遇安。我从避地
来，山水亦饫观［一五］。初不厌岭峤，况敢嫌荆蛮［一六］。徘徊念昔人，亦作故意看。所
断二三子，来不倦跻攀。开轩纳微凉，共享一日闲。说诗到雅颂，论文参诰盘。快若箭
破的，圆于珠在盘。此乐固可乐，此盟安得寒。天暑畏道路，时危安阻艰［一七］。相逢得
少款，莫问何时还。何须待杯酒，始尽平生欢。

浯溪

五月行人汗如雨，意绪昏杂尘土。浯溪一见《中兴》碑，便有清风涤烦暑。中兴之业

诚艰难，敢作汉武周宣看。纷然大历上元间，文恬武嬉主则孱。但知追咎一禄山，袖手不作如旁观。天亦未使庸夫干，故生李郭在人间。一时节士张许颜，其谁不知唐已安。道州落笔风雨寒，鲁公大书镇百蛮。呵叱水怪摧神奸，有臣若此世所叹。而不能使君心还，我来转岭逾千盘。对此凛然清肺肝。想见群小遭讥弹。尔曹何心犹诞谩，至今怒发常冲冠。

送元上人归禾山

长器而寂，方作而息。如射破的，初不以力。子居深山，又处绝顶。避嚣不作，二事俱屏。往来临川，道里且千。一见我喜，如旧交然。我欲属子，重于发言。子请则坚，之子之贤。遍寻诸方，不主先入。唯是之从，何拘何执。唯昔善财，我曹之师。其心广大，谁能间之。山高海深，德则不孤。不深不高，培塿潢污。奚必深山，惟静之守。求寂念昔，以阅永久。

赠一上人

偶从岭峤转江东，得向疏山见一公。所至共游常草草[一八]，尔来相遇更匆匆。晁郎埋骨虚无里，壁老收声苍莽中[一九]。二十余年往还事，半随秋雁落寒空。

赠玤公杲公四首

北归住江西，尘事日窘束。两公时踵门，高谊已绝俗。空房拥残火，更许相就宿。不嫌寒无毡，肯厌饭脱粟。

杲公玉壶冰，所至自清净。玤公出林鹤，肯与鸡鹜竞。吾穷得两公，颇觉意气盛。未能出艰危，犹足起衰病。

杲固昔所熟，玤亦旧闻名。江西一聚首，遂觉南去程。扫除文字习，追寻香火盟。期君向此道，隐若一长城。

堂头老居士，我识盖自早。声名从少年，闭户今却扫。公能为少留，尚可慰枯槁。欲知主人贤，但看此二老。

次韵钱逊叔《清江图》后二首

公但一室坐，我方万里还。共作十年清梦，同寻五岭名山。

作清江三两曲，胜大厦千万间。若保此中安坐，不必中原遽还。

次韵钱逊叔《独鹤图》三首

长颈疏身懒不前，此宁有望更腾骞。懿公爱尔非无意，要压曹人三百轩。

粉墨半销翎翅短，正如衰发不胜簪。可怜少保功名误，写此凌云意不堪。

眼明见此出笼鹤，似我北归辞瘴岚。慎勿低头待收养〔二〇〕，人间欣戚尽朝三。

次韵钱逊叔画图

西风著人尘满襟，江山纵近难追寻。当年写此数幅妙，坐使几案频登临。断云黤惨出古寺，远岸杳霭连荒岭。渔舟荡漾江路晚，烟雨濛笼山店阴。已知落笔气象古〔二一〕，一任世间消息沉。最怜霜干倚长石，不待岁久成枯林。知公此中兴不浅，此画故能留意深。只今燕坐一室里，尚费从来长短吟。诗成掩卷坐秋晚，一唱三叹求遗音。

送一上人

我齿久已摇，君发日向白。相逢不相笑，共被老境迫。周旋三十年，近乃多间隔。伊昔无事时，日夕望颜色。此道要琢磨，苦语费思索。不能如宿心，每负朋友责。别我宁陵

校记

浑欲白，残炉因客尚能红。正须混迹师元亮，未忍低头学敬通。

万里重归旧老翁，笑谈聊复与君同。鹪鹩所愿一枝足，鼯鼠从来五技穷[一五]。短发自梳

和邢子坚韵

可读，小臣愿继《车攻》诗。

鼓之文公所知，正是周室中兴时。庶几我皇亦如此，一扫狂虏随风飞[一四]。石鼓之文尚

浮游转湖岭。汉碑秦篆已么麽，况复钟王敢驰骋。后来颇供儿女弄，神物有知当远屏。石

文，令我琢句要春回。篱落风云走蛟蜃[一三]，百虫久蛰闻惊雷。钱公自是力扛鼎，持此

江头羽书相续来，城中草木冻不开。腐儒坐视了无策，但守寒炉吹死灰。烦公送我石鼓

钱逊叔诸公赋石鼓文请同作

贼暗阡陌。公其无遽行，待我有良策。

乃天地窄。凉风吹秋深，江湖动行客。谁能于此时[一二]，出语见肝膈。胡尘蔽中原，盗

县，随我昭德宅。所期无一二，可恨已千百。交游太半死，况值兵火厄。举首望八荒，无

［一］废过从　沈度曰：「一作费相从」。

［二］前山　沈度曰：「一作山前」。

［三］入　沈度曰：「一作及」。

［四］迫　沈度曰：「一作逼」。

［五］机　沈度曰：「一作几」。

［六］经　沈度曰：「一作轻」。

［七］东山　沈度曰：「一作平戎」。

［八］畏　沈度曰：「一作怕」。

［九］但　沈度曰：「一作可」。

［一〇］可　沈度曰：「一作但」。

［一一］犹　沈度曰：「一作如」。

［一二］属　沈度曰：「一作昔」。

［一三］汉　沈度曰：「一作世」。

［一四］世间　沈度曰：「一作似君」。

［一五］亦　沈度曰：「一作日」。

［一六］敢　沈度曰：「一作复」。

［一七］安　沈度曰：「一作多」。

［一八］所至　沈度曰：「一作畴昔」。

［一九］声　沈度曰：「一作身」。苍莽　沈度曰：「一作莽苍」。
［二〇］勿　沈度曰：「一作莫」。
［二一］落笔　沈度曰：「一作笔下」。
［二二］时　沈度曰：「一作除」。
［二三］走　沈度曰：「一作写」。
［二四］风　沈度曰：「一作灰」。
［二五］从来　沈度曰：「一作真成」。

东莱诗集卷十四

戏呈东林云门二老

几年湖岭费追寻，尚喜归来听足音。御虎已知吾有命，问禅方见子无心。风尘黤惨病如昨，岁月峥嵘穷至今。犹觉相逢有余恨，老盆盛酒不同斟。余常以谓：可与共饮者，至难得也。二公超然之韵，可与共饮也。而不得共饮，为可痛惜，晓此语者，许伊具一只眼。

佛日纵步相寻索归甚苦戏成绝句

相逢不用苦相催，只到更深月上回〔一〕。莫怪室空无侍者，夜窗相对有寒梅。

东林珪云门杲将如雪峰因成长韵奉送

东风被泽国，君有千里行。送君不能远，宿昔春水生。胡马污中原，旁淮多贼城。即今江南岸，盗贼犹纵横。颇闻闽粤静，农民方及耕。雪峰佳主人，况欲屣履迎。两公与谈道，正欲平其衡。但见演若头，自然心地明。云何未览镜，便欲其流清。君行可语此，勿忧儿女惊。鄙夫牙齿缺，苦遭尘事婴。七年在奔走，一饱费经营。野鹤出笼飞，尚须完翅翎。今者与君别，故乡它日情。新诗见万一，庶用托同盟。

赠童尧询蔡楠谢敏行

七年避胡尘，无复少年事。适从岭外归，眼病不识字。尚幸戎马间，得见此数士。蔡童南城杰，所养盖有自。两谢名家子，学已前作似。相逢眼暂明，已足慰迟暮。如何舍我去，使我起千虑[二]。江深羽檄繁，况此日月骛。犹余大谢留，与我相近住。风霜眇墟落，泥土暗道路。得无经此别[三]，各复走它处。期君则甚远，苦语不厌屡[四]。微言恐遂绝，其谁与调护[五]。要当发愤求，不欲侥幸遇[六]。圣门极坦平，渠自有回互。河清倘有期，未死或可俟。

和范仲熊舜元游橘园见梅

橘林经雨未全衰[七]，归路人家已见梅。风物粗知江左胜[八]，瘴烟新离岭南来。笔头有眼方知妙，句里忘言始绝埃。但得一寒无事过，与公还往胜衔杯。

答钱逊叔[九]

北风吹霜夜如雪[一〇]，江城草木冻欲折[一一]。病夫袖手无所为，一坐临川已三月。忽蒙妙句起衰惫，顿觉和气生毛发。公能忘机我亦倦，不待曼殊见摩诘。画图是非久未解，况保长年不摩灭。请公置画莫多求，要与时人除爱渴。

与钱逊叔饮酒分韵得鸟字

客游等浮萍[一二]，岁事如过鸟。逢公得一笑，不厌古寺悄。雨声喧客耳，烛影吹半袅。宿酲未及解，更觉恶韵扰。时方足艰虞，身未识要眇。如何一杯酒，便出万物表[一三]。别公愿一言，使我意易了[一四]。

赠别范一哥

相送不嫌远，诘朝当语离。文词知子进，道路觉吾衰。力疾终无补，徐行敢厌迟。临分更回首，苦语漫成诗。

送谦上人回建州三首

子来不惮千里远，我病可无终岁忧。相见匆匆又相别，主人无恨客无求[一五]。

平生苦节胡元仲，老大多才刘致中。为我殷勤问消息，十年坚坐想高风。

遥山渡口晚犹寒，道路奔波未许闲。颇恨独来不同赏，竹舆穿雨上疏山。

与范益谦炳文叔仪步月[一六]

岁月忽已过，羁穷非独今。稻塍分白水，月影上清阴。畎亩平生事，江湖它日心。相过无百步，犹觉费追寻。

陆庭元绍意斋

圣人毋意物我同，大贤庶几其屡空。今君胡为用此意，乃欲酬酢万化参天工。客来无穷君不厌，所施不同皆有验。风寒燥湿互相伐，一理驱除无顿渐。衡门端坐一事无[一七]，众皆劫劫君有余。见贤不避忘其躯，肯与俗子争锱铢。知君此意久已绝，为尔病生吾有说。待储百乐待百病，任尔纷纷强分别。君但守此心如铁，偏与众生除众热。是则名为无意诀，剩放南山著秋月[一八]。

病中口占示益谦四弟

病来全少静工夫，药裹关心计已迂。纵使君来亦无语，更无余法待文殊。

竹夫人

与君宿昔尚同床，正坐西风一夜凉。便学短檠墙角弃，不如团扇箧中藏。人情易变乃如此，世事多虞只自伤。却笑班姬与陈后，一生辛苦望专房。

郊居

纷纷俗驾不容攀，尚喜郊居绝往还。野寺并冬终日雨，客房无事一秋闲。平生谈说舌犹在，病起雕疏鬓已斑。始悟庄周太多事，处夫才与不才间。

送杨蒙秀才往乐平

我有闽粤役，君成江浙行。穷途一回首，岁晚倍伤情。佳气占行在，妖氛是贼营。如何抱奇策，不一请长缨。

寄题暨尚卿双莲亭

异亩同颍久未出，双舶共抵复何物？今君何以得此花，和气所致无它术。双莲共蒂中连理，相映同心出秋水。秋水池塘晓自凉，双莲中含风露香。飞燕姊妹不相妒[一九]，并骋逸艳来昭阳。自然容质见高韵，不必粉黛呈新妆。君家孝友闻近县[二〇]，故使奇祥眼中见。一洗东南战斗尘，小人知之亦革面。我来崎岖山岭间，忽闻双莲能解颜。请君更画作图看，无使恶木讥雕残。

简范信中钤辖三首

交游契分如君少，湖岭溪山似此稀。夹路梅花三十里，故人虽病莫先归。

海角相逢又一奇，更怜朋旧得追随。满堂举酒话畴昔，疑是中原无事时。

它日曹南十日雪，访君寻酒不能回。梅花此日怀安路，更有清诗入坐来。

次韵李仲辅签判

晓晴破雨却寒天，海上风光绝可怜。更欲陪公了春事，不须乘醉始逃禅。

西施舌

海上凡鱼不识名，百千生命一杯羹〔二二二〕。无端更号西施舌，重与儿曹起妄情。

和秦楚材直阁韵

胡马南来议击球，忽闻羌虏斩杨犹〔二二三〕。虏中欲谋举事，则先为击球之会。汉宣帝时，羌虏斩首恶杨玉、犹非二人首〔二二三〕，降服。一年春事妖氛退，万国欢声佳气浮。台阁如君须强起，林泉容我且归休。汉家基业无穷尽，早晚留侯与运筹。

和展钵诗

纷纷未了向来因，同在浮沤寓此身。顾我久拼庵外事，知公曾是个中人。斋盂已厌五鼎食，诗卷初无一点尘。今代王孙能乐此，中兴祥瑞不缘麟。

鼓　山

危栏不知高，下瞰万里路。沧海近咫尺，大舶不敢度。风云递舒卷，川原更回互。如何此道场，乃倚绝壁住。得非化人居，无乃仙圣寓。断崖石倒悬，绝壑水暗聚。我行天一涯，胜处时一遇。衰病九死余[二四]，已乏济胜具。登临兹忘返[二五]，尚足慰迟暮。山林与膏壤，未到已心悟。

王傅岩起乐斋

人生各有乐，所乐故不同。吹竽与击缶，同在可乐中。孰能识至乐，不计穷与通。颜子在陋巷，肯忧家屡空？朝从圣师游，暮归无近功。忽然若有合，此乐固无穷。当时二三子，因之开蔽蒙。君生百世下，久已闻其风。端居有遐想，客至聊从容。四壁倚蓬蒿，万卷蟠心胸。回视世所求，失道迷西东。此乐既不远，欲往吾其从。

寄范四弟十弟[二六]

俗事纷纷如乱麻，又扶衰病转天涯。文章老矣思吾弟，头角崭然胜外家。异味几回占食指，远书终夕望灯花。何时更住城南寺，共听春池两部蛙。

春日纪事寄内外诸弟三首

水生溪涨欲容舠，疾病因循厌作劳。莫道深居便无事，午窗苛痒费爬搔。

自闻贼报离扬州，准拟春来泰出游。所恨溪山最佳处，不容老子便归休。

长闲渐化读书癖，远道聊因避地行。安得薄田了饘粥，便相依倚过平生。

寄诸弟

九年在奔走，一饱费经营。此日穷居意，它乡独往情。相忧只有病，所至但论兵。尚喜吾诸弟，形模远胜兄。

游风池

远近诸山翠作堆，风池北望更崔嵬。青松夹路搀天去，白鸟翻云旁海来。喜有故人同出郭，属因衰病阻衔杯。犹怜不赴对床约，独上篮舆日暮回。

题孙子绍所藏王摩诘渡水罗汉

问渠蹇裳欲何往？彷徨徙倚沧波上。至人入水固不濡，何以有此恐怖状？我知摩诘意未真，欲以笔端调世人。此水此渡俱非实，摩诘亦未尝下笔。孙郎宝藏今几年，往来周旋兵火间。世人险阻更百难，彼渡水者安如山。请君但作如此观，莫更思维寻笔端。

送笋与何晋之

年来念念欲深藏，颇觉看书气味长。莫怪囊空无一物，犹能分笋送何郎。

次韵李伯纪园亭

昔者翱翔雨露边，已将勋业画凌烟。便寻松菊同元亮，不访丹砂学稚川。可但海山胜绿野，颇知风物似平泉。小园只在虚窗外，佳处常当几杖前。

本无俗事可装怀，药圃花栏应手栽。乘兴聊陪野僧坐，赏心时许故人来。顿令此地成三绝，不为它乡赋《七哀》。钟鼎山林两无碍，豫章须是栋梁材。

送林之奇少颖秀才往行朝

我为福唐游，破屋占城市。城中几万户，所识一林子。蓊然众木中，见此真杞梓。未为栋梁具，且映风日美。子之于为学，其志盖未已。上欲穷经书，下考百代史。发而为文词，一一当俊伟。夫岂效鄙夫，念彼不念此。今来赴行朝，学已优则仕。穷通决有命，所愿求诸己。圣贤有明训，不在拾青紫。丈夫出事君，邪正从此始。

郑昂用岑参《太白胡僧歌》韵作《楞伽室老人歌》寄杲老

楞伽室中绝皂白，去天何止三百尺[二七]。只今更住最高峰，斋无木鱼粥无钟。已将虎兕等蝼蚁，更许蛙蚓同蛟龙。闻道说禅通一线，为尔不识楞伽面。一生强项吾所知，气压霜皮四十围。世人未辩此真伪，敢向楞伽论是非。诸公固是旧所适，郑翥从之新有得。欲将此意向楞伽，但道鹄乌同一色。

赠王周士诸公

空房夜气清，落月傍檐明。念我平生友，相望隔荒城。我老未厌书，破窗犹短檠。君亦不奈闲[二八]，默坐数残更[二九]。共结香火社，同寻文字盟。王子潮州来，一笑冠欹倾。午饭展僧钵，村醪倾客瓶。相逢但谈道，绝口不论兵。未免俗眼笑，屡遭时辈轻。人生各有趣，小大俱有程。譬彼涧底松，难伴池中萍。云鹏与斥鷃，已矣两忘情。一洗瘴海耳，此言君可听。

异时携客醉公家，蜡烬堆盘酒过花。万里溪山隔春事，十年风景困胡沙。郑庄好客浑如昨，何逊能诗老更佳。但得尊前添一笑，莫言漂泊在天涯[三〇]。

赠范信中

会稽石道叟教授南剑兵火抢攘之余兴治郡学尺椽片瓦皆其所自经营也未期月而学成远近赖之又祠前辈谓陈了翁也贤者以风励多士使游其间者望之而心化由是而入尧舜之道不难也古之教者盖多术矣五帝宪三王有乞言宪贤于乞言也道叟知之矣吕本中为作诗叙本末云

圣远道则微，世久学欲绝。区区续微言，未易胜邪说。石侯东南秀，睹此心欲折。分教南剑州，意在补亡缺。焱令兵火后，复见俎豆设。庙貌甚尊严，上下有区别。先生默无语，风化动闽粤。斯文自明白，如仰见日月。坐令穿凿误，不待汤沃雪。不知旁祠谁，今代古豪杰。孰能与之齐，共此岁寒节。入门日在望，未返意已竭。由来正心术，不在费颊舌。乃知薰陶功，自与闻见别。参鲁回不愚，亦岂有优劣。此理倘可求，万古同一辙。

寄计议弟张彦实钱元成夏庭列

远书来稍稀，叔也经月病。微官自拘束，归兴复未定。谁能相劳苦，颇亦奉朝请。安身子有道，可保在不竞。宁闻郑子真，肯待当世聘。张钱平生欢，未贵渠有命。旧交余此人，岂减昔日盛。夏郎来几时，问学当转胜。高风陨寒梧，想助笔锋劲。同归定何日，不必有三径。相从说平生，保此一室静。

寄内弟并示仲辅诸公[三一]

江浙音书绝不闻，每逢时序叹离群。一秋多病常嫌客，短日无聊只闭门。浅学未容窥《易》象，旧书懒复诵《玄》文[三二]，莫言耆旧雕零尽，海内交游尚数君。

简范信中

诗人例穷君不然，画堂绣户罗婵娟。当时乘醉出三峡，至今妙句留西川。底事新来多退缩，梅花满眼看未熟。便期载酒约来冬，似要恶诗相抵触。晓来寒凛似中原，君忍闭门清昼眠。我病犹能相追逐，知君心期终不俗。但携二妙唤诸公，一醉落花吾亦足。

校记

［一］只　沈度曰：「一作直」。
［二］使　沈度曰：「一作令」。
［三］经　沈度曰：「一作惊」。
［四］苦　沈度曰：「一作告」。
［五］与　沈度曰：「一作知」。
［六］不欲　沈度曰：「一作未可」。
［七］经　沈度曰：「一作因」。
［八］知　沈度曰：「一作如」。
［九］答钱逊叔　沈度曰：「一本有访藏图三字」。
［一〇］如　沈度曰：「一作飞」。
［一一］欲　沈度曰：「一作未」。
［一二］等浮　沈度曰：「一作如藻」。
［一三］物　沈度曰：「一作事」。
［一四］使　沈度曰：「一作令」。
［一五］恨　沈度曰：「一作厌」。
［一六］与范益谦炳文叔仪步月　沈度曰：「一云与诸范步月」。
［一七］端　沈度曰：「一作宴」。

［一八］山　沈度曰：「一作窗」。

［一九］妹　沈度曰：「一作弟」。

［二〇］近　沈度曰：「一作郡」。

［二一］生　沈度曰：「一作性」。

［二二］杨犹　底本作「杨酋」误。今据《汉书·赵充国传》改。

［二三］杨玉、犹非　底本作「杨王、酋非」，误。今据《汉书·赵充国传》改。

［二四］病　沈度曰：「一作颓」。

［二五］登临兹　沈度曰：「一作兹游欲」。

［二六］寄范四弟十弟　沈度曰：「一无十弟二字」。

［二七］何止　沈度曰：「一作未到」。

［二八］奈　沈度曰：「一作得」。

［二九］残更　沈度曰：「一作长更」。

［三〇］莫　沈度曰：「一作勿」。

［三一］内　沈度曰：「一作家」。

［三二］懒　沈度曰：「一作聊」。

东莱诗集卷十五

再简范信中兼呈张仲宗

昨日之游乐不乐，主人爱客亦不恶[一]。梅花远近遍川谷，雨练风揉未全落[二]。明日之游复如何？城南城北梅更多。对酒我不饮，把盏君当歌。酒炙虽勤主人费，且幸吾党频相过。梅花纵落君莫叹，与君同住海南岸。花开花落都几时，君醉我醒人得知。相逢一笑俱有诗，如何不饮令君嗤。

寄晁恭道郑德成二漕

二年住闽中，不识建溪茶。处处得残杯，顾未惬齿牙。饥肠拥滞气，病眼增昏花。故人持节来，怜我病有加。会当饷绝品，不但分新芽。苍璧月堕晓，宝胯金披沙。一洗肝肺净，兀坐如还家。阴雨久不解，天气复未佳。持诗寄两公，请为交旧夸。便续北苑谱，即日定等差。

连得夏三十一[illegible]兄弟范十五仲容赵十七颖达书相与甚勤作诗寄之

闲居病亦侵，世务每绝念。犹怜二三子，从我久未厌。书来不改昨，意苦辞亦赡。问我来何时，期我早会面。我行但谋食，欲去复未便。要当相就居，同止山水县。读我所传书，亦足满素愿。开卷忽有得，如饮醇酒酽。吾闻古志士，学也盖有渐。欲升夫子堂，不摘屈宋艳。倒篱望青天，岂必在窥觇。它时倘从容，此语子可验。

送钱子虚抚干往洪州赴新任二首

君不求时用，居然如病夫。经过阅岁月，相伴走江湖。白玉终无玷，寒松保不枯。同官多胜士，总为致区区。

老矣吾无用，归欤子未宜。端能出奇策，略为济斯时。闷有书遮眼，闲须笏拄颐。西山有爽气，当报故人知。

题晁恭道《善境界图》

畴昔相从三十年，如今休去不逃禅。知君参见法轮老，始悟苍苍便是天。

境界本来无善恶，人间何处有新图。欲知个里真消息，腊月寒松永不枯。

简乾元珪老

问讯乾元老，江头几日回？还应舣船待，不作御风来。漫有经旬别，频思一笑开。庭前荔子熟，尚要著诗催。

赠杨绍祖

城东往还者，相近得杨卿。处世如无事，为官不近名。匣藏防身剑，案有读书檠。此外唯尊酒，时时唤客倾。

谢宇文漳州送茶

暑气侵人病逾剧，虚堂坐调出入息。漳州太守送茶来，玉圭小凤俱无敌。太守怜我病无语，故遣此茶相劳苦。千金一饼君未许，百金一盏如泼乳。其它斗芽未足数，下视纷纷等尘土。病夫未饮病先愈，坐觉爽气生肺腑。城中车马闹如雨，更有乐善如君否？

夏日

暑雨遂经月，客来因稍疏。闭门观《易》象，反复看如何。妙处元非画，微言不在书。故山初未远，举首是吾庐。

过刘忠显公乡县作

疾风知劲草，世乱识忠臣。自古有此语，今代岂无人？刘公生东南，节义迈等伦。时危出一死，以捍胡马尘。遂令天骄子，稍知吾道尊。至今生气在，凛凛凌层云。我行崇安野，瞻望彼高坟。流泽既未远，有子贤而文。会当广德业，早为建殊勋。此意苟不泯，楚人生伍员。

夏日深居二首

匆匆车马未言还，因病深居未得闲。更为故人留一夏，稍移行李过东山。

故人多住城东寺，还许相过结净缘。海寇求降荔枝熟，是中风月可忘年。

乾元副寺欲还云门

子有四方志，云门寻旧游。溪山往时梦，江海向来秋。物态随高下，生涯任去留。闲将问庵主，如此是禅不？

庆尧侍者以诗相赠偶成绝句谢之

满城车马杂尘埃，所至如云拨不开。只有西禅尧侍者，肯冲剧暑送诗来。

渴雨简张仲宗二首

强读文书不补饥，只今一饱尚难期。薄云未肯苏禾稼，细雨才堪湿荔枝。

雨湿平林松桂香，断云苒苒拂疏篁。江山故自可人意，从此归休策最长。

谢杨绍祖惠玉友

我来闽中居，中热久断酒。端居苦无事，神气思内守。故人怜我病，小缸送玉友。极知此不凡，岭海见未有。感君意则重，纳约况自牖。欣然洗盏尝，不待捧素手。空杯贮玉色，一洗市沽丑。坐令百疾去，敢复望升斗。从今破酒戒，可以入道否？

与李似宗别后奉寄

昔者相过今几时，心期虽在事多疑。滞留江海君先病，怅望云山我欲归。老境犹存作诗苦，故人多有食言肥。汉阴老父如无事，肯复逢人论是非。

作雨不成旱暑愈甚未能就道

三日阴风雨不成，坐嫌冲暑作宵征。敢因贫故累公子，尚欲闲时寻友生。兵甲未休心已醉，诗书颇废眼犹明。便须准拟庵居用，拄杖绳床折脚铛。

闻　鹊

一夏病如此，它乡闲未回。疏檐闻鹊喜，知有远书来。

荔　子

南征未苦厌关山，荔子今年已厌餐。时有野僧来献供，每烦佳士约同盘。门前炎暑三伏旱，坐上冰霜六月寒。它日一尊须念此，中州传买半梨干。

乾元真歇数约它日同庵居

与君俱自走天涯，何处云山不是家。城市少留真梦事，林泉高卧亦空花。久无佳句雕肝肾，漫有微言到齿牙。它日一庵如可必，愿分斋罢半瓯茶。

将发福唐[三]

尽此一囊粟，我行当有期。凉风吹天涯，增我别后思。结束向行在，问子还何时[四]？初无济时策[五]，处事多参差。环视中所有，无一施可宜。形骸久已病，敢徼当世知。不蒙朋友责，定遭儿辈嗤。矧此世外人，劝归常恐迟。相寻有如日，请盟吾此诗。

听雨

日数归期似有期，故园无语说相思。芭蕉叶上三更雨，正是愁人睡觉时。

末利

香如含笑全然胜，韵比酴醿更似高。所根海滨出太远，初无名字入风骚。

闻二弟召对

晚来忽雨已如秋，竹枕欹眠得自由。忽报诸郎例升进，颇容老子便归休。人传胡虏三年旱，势合山河一战收。顾我迂疏最宜病，只应随处是菟裘。

夜凉早起寻李贻季随庆长所惠诗有作

夜长忘阴晴，忽听檐雨滴。空房闭重门，凉气通枕席。欣然欲揽被，如觅旧相识。那知庚伏内，得此睡通夕。起寻两君诗，令我生气力。成蹊长桃李，已自除荆棘。远游得数士，舍此百无益。挑灯视皮肤，不顾蚊咬赤。因之不复寐，为子增叹息。

闻大伦与二曾二范聚学并寄夏三十一四首

我思临川居，欲往意未慊。每怀二三子，岁月多荏苒。后生慎所习，正是丝在染。未须极轩昂，且须就收敛。举动思古人，此志岂不远。才虽有高下，事亦要强勉。愿为江海深，莫作盆盎浅。

世人争锱铢，未语色已变。居然面颈赤，自处亦已贱。宁知烈士胸，渠自有志愿。一介不妄取，万钟吾亦倦。古人有伯夷，名冠太史传。见人辄有求，所以百虑非。但能守箪瓢，何事不可为？愚夫饱欲死，志士固长饥。出门万里途，其亦慎所之。莫惜一日勤，而忘终生忧。农夫力耕作，其必岁有秋。月前不卤莽，久亦有倍收。少年不努力，长大复何求！

别法一上人

我有江浙役，子能乘兴来。便同汤院浴，却为故人回。此道恐遂绝，后生良可哀。试寻钥匙子，一一与重开。

别后寄珪粹中［六］

海上相逢雨过秋，飘然乘兴亦悠悠。送行百里还归去，同是江湖不系舟。

哭王元迈

纷纷举手争毫末，砥柱当河独不流。一夕便随波浪没，天涯黄叶更悲秋。

别林氏兄弟

二年住闽岭，所阅足青紫。那知万众中，得此数君子。相从不我厌，但觉岁月驶。高论脱时俗，如风濯烦暑。出处虽未同，气味固相似。人生有离合[七]，所畏为物使。要当啜英华，不必计相滓。它年肯相寻，在彼不在此。

本中欲谋它日复来福唐之东山林少颖请作诗以记因成两绝

老大驱驰百不宜，敢将筋力蹈危机。它年更欲眠云住，同过东山尝荔枝。

更作东山住，寻盟尚有诗。看君腾踏去，及我未归时。

谢人送陈家紫

烦君惠我陈家紫，万里漂流合得尝。莫道闻名不相识，旧随笾实到吾乡。

闲居感旧偶成十绝乘兴有作不复诠次

四海交游一信民，后来情份更谁亲？可怜相伴溪堂老，一去尘寰三十春。汪信民、谢无逸。

一世声名高与关，亦知不合住人间。不令整顿乾坤了，虚逐松声半夜还。高茂华秀实、关沼止叔。

璧老投冠去学禅，堂堂一鼓阵无前［八］。平生老伴唯均父，马病途穷不著鞭。饶节德操、夏倪均父。

屏医却药病良已，绝学捐书我又休。却到旧时行履处，五湖烟水上渔舟。

万里飘然不系舟，老来专忆旧交游。西风日短中原路，虚度江湖数十秋。

唐子直心绝可怜，夏侯苦节更谁传。诸晁事业风流在，各有残诗数十篇。唐广仁充之、夏侯鬯节夫、晁载之伯禹、咏之之道、贯之季一、谓之季此、冲之叔用。

平生亲爱独诸晁，叔也相亲共寂寥。半日不来须折简，暂时相远定相招。叔用。

病夫长病合长饥，岂复轻随世上儿。云雨覆翻渠有分，江湖潦倒我无知。

曾郎学行冠姻亲，赵子才能又绝伦。仲弟故应同二妙，一时先后委埃尘。曾元似、赵才仲及余仲弟也。

便欲长休老未能，尔来频愧住庵僧。直须弃尽人间事，始见从来一点灯。

温　泉［九］

海上秋来早晚凉，客愁苏醒似还乡。归途尚欲撩疮疥〔一〇〕，剩乞温泉一勺汤。

将去福州

委曲随人久未甘，翛然午枕睡方酣。功名到此终无分，身世从来百不堪。为己功夫今初晓，住山活计旧相谙。它时不用求三径，投老才须住一庵。

初　秋

凉风惊木叶，意欲作深秋。客病浑如昨，囊空却自由。因闲得饮酒，端坐胜封侯。寄语平生友，当能为我谋。

奉呈鼓山云门二老

汝水相逢今几年，只今同住海南偏。月明本自无亏缺，山色何尝有变迁。它日会逢昆弟语，一时惊叫野狐禅。倘因居士闲开口，却作冲和二月天。

从叔巽叔觅茶

疾病侵凌转不堪，时思一室奉清谈。嗣宗已饷兵厨酒，当有新茶惠阿咸。

福建界首寄福州亲旧

海上秋风吹客衣，屡烦亲旧送将归。今朝更入江东路，便恐书来即渐稀。

严州九日座上赠胡明仲常子正

今年得旧交，九日会严州。城角风云暮，天涯景色秋。功名有长铗，行李付扁舟。苦恨三年别，聊因一笑留。病添文字懒，老耻稻粱谋。活国须公等，吾生便可休。

方允迪挽词二首

已矣儒林老，今为地下郎。空山留几杖，遗稿漫文章。径狭风霜远，溪深草木长。伤心钓台路，千载閟幽光。

惟君好兄弟，少小共声名。岂止千人杰，俱为一代英。云何卧丘壑，不使至公卿。恸哭松风远，悲云咽暮声。

程伯禹母夫人挽诗二首

久矣闺门秀，端如玉在渊。相夫成令德，教子作名贤。遽逐秋色尽，空令暮景迁。伤心江左地，松柏闭新阡。

旧随贤子后，每得熟严规。未获升堂拜，空成相挽诗。爵频赐汤沐，寿不至期颐。它日家声在，流传世未知。

送范师厚宣谕四川

老境侵寻久废诗，送君宁复似当时。胆随病马犹长路，偃蹇寒松只旧枝。想得山川瞻使节，便令父老识家规。忠宣公尝使成都。圣朝本意惟宽大，网漏吞舟始合宜。王导尝遣八部从事之部，顾和在下传还。从事见导，人人各言二千石长短，和独无言。导问之，和曰："明公为政，当使网漏吞舟之鱼，岂可采听风闻，察察为政？"导咨嗟其言。

赠了老

前年见公沧海上，法会堂堂万骑将。今年见公淅河东，犹是当时旧老翁。送行更有天童老，骐骥齐驱猎霜草。野狐射干胆欲破，不但独喷群马倒。我衰且病百念绝，便得从公不为早。忘情循迹亦未是，言与不言俱一扫。世人扰扰不归家，公行问渠有何好？

校　记

［一］亦　沈度曰：「一作客」。

［二］练　沈度曰：「一作冻」。

［三］将发福唐　沈度曰：「一云别李叔易兼简士珪」。

［四］还　沈度曰：「一作来」。

［五］时　沈度曰：「一作世」。

［六］别后寄珪粹中　沈度曰：「一作鼓山」。

［七］离合　沈度曰：「一作低昂」。

［八］一　沈度曰：「一作三」。

［九］温泉　沈度曰：「一作福州汤院」。

［一〇］撩疮疥　四库本、家刻本作「疗疮疥」。

东莱诗集卷十六

送杨晨当时赴夔漕

杨侯从旧名籍籍，吴中一见如旧识。怜我衰颓病已侵，怪我辛勤百无益。今君遽作巴蜀行，江头宿昔春水生。路经三峡不艰阻，遍与疲氓问疾苦。随身长剑莫轻舞，试伐蛟鼍斩豺虎。北来人士众如雨，得君此行慰羁旅。君但垂情一笑许，胜使区区入州府。百城因之遂安堵，亦胜无事闲坐否？

送徐林稚山赴江西漕

总角相从四十年，如今衰病已华颠。久无耆老可访事，尚喜交游不乏贤。未使从容持从橐，却令辛苦上江船。百城编户皆疲瘵，日望公来与息肩。

将发金陵奉怀张彦实

老矣君何往，翩然我欲归。文章晚未用，岁月事多违。江接鄱阳路，风吹游子衣。不应蘧伯玉，独悟昔年非。

初离建康[一]

尝忆它年出旧京，汴堤榆柳与船平。宁知此日钟山路，亦是东行第一程。
纷纷车马未言还，我独支离便得闲。尚有同门二三子，肯同今夜宿钟山。

寓会稽禹迹寺

阴雨静不出，端居还自由。客衣从短褐，天气已深秋。所在兵犹斗，中原乱不休。庙堂如有意，更与万人谋。

会稽初秋四首

今来留滞浙河东，想见闽山荔子红。虽有故人家在彼，可无方便托西风。
张侯问舍复何时，我亦留连去未期。便欲为君草堂客，几时先寄落成诗。
故园回首但斜阳，所至奔波避贼忙。天下何曾有定处，越南燕北是中央。

病来每有居山兴，老去初无住世心。三尺枯桐无旧谱，始知三叹有遗音。

钱逊叔侍郎奉京师旧坟改葬天柱谨成挽诗一首

钱氏霸吴越，功德在斯民。逊王早退居，身退道益尊。至今二百年，盛事传后昆。文采震本朝，岂唯光一门。后来翰林公，又以直声闻。累叶其外家，家世悉殊勋。善恶久乃效，其报于此分。裔孙杰立者，迎丧自中原。遂令扰攘后，得安久旅魂。依依天柱山，不必京洛尘。死者如有知，当言吾有孙。小人托末契，所恨老不文。睹此一时盛，忍终无一言。越水流不竭，越山旱不昏。孝子亦不匮，锡类到仍云。

重阳日西兴寄临安亲旧

我来西兴口，居在龙山旁。如何阻一水，不共作重阳。别浦潮犹白，深秋菊未黄。遥知对杯酌，不记是它乡。

范伯言药隐〔二〕

烈士故徇名，中民但荣官。宁知陋巷士，坚坐有余欢。出从圣师游，归坐守一箪。出门视天壤，密迩心自宽。范侯懒仕宦，决意归西山。西山有药隐，此地可盘桓。誓将从古人，上追孔与颜。有田可以耕，有屋可以安。宁能伴儿曹，日夜不得闲。我亦倦游者，世味更百难。梦寐想君家，父子兄弟间。便当卜邻居，一生长往还。相依得情话，出语清肺肝。后生有郢质，更为斫其漫。君行问安否，此盟当未寒。

题赵祖文《盘谷图》

赵郎落笔写盘谷，正是太平无事时。今日太行那有此？满川樵采尽胡儿！

送胡明仲知永州

君行西游浮沅湘，洞庭岳麓天一方。岳前老人望君久，岁晚不嫌归路长。晴天万里去鸿鹄，韫玉未售犹深藏。远行固是君素愿，多畜奇谋羞自献。后生纷纷了目前，大策定非凡所见。簿书汩没渠自忙，道里崎岖吾不倦。百川东下倒狂澜，要君嶷然如断山。我老无用逢多艰，敢复著脚尘埃间。胸次逼塞良未宽，日夜矫首须君还。运斤成风君不难，不使世人漫鼻端。

孙肖之短堂

孙郎囊空意自满，自谓身长才则短。以短名堂堂未成，长短是非俱不管。严州一见鬓苍浪，赠我新诗如夜光。何时到君短堂上，更话如今归兴长。

赠孙肖之

子穷非一时，所历固长久。自从太平时，以至戎马后。今兹益穷甚，所至但缩手。遂令甑生尘，不止襟见肘。未能脱身去，且作避地走。金盘贮火齐，熟视不一取。溪船下涛江，亦未远南斗。固知松柏生，必不在培塿。见我严州城，世事懒到口。念子抱奇才，有节空自守。箪瓢在陋巷，世亦如此不？乖离勿重言，寒甚且饮酒。

朱成伯秀野堂

客愁固多歧，我怀亦萧散。连年寻故人，见子二水岸。官居少闲暇，岁月忽已换。有堂名秀野，未入俗眼看。得名自君子，可当清静观。未能艺桃李，且自饱藜苋。荒凉城一隅，初不越门限。脱身少年场，今此已熟烂。嗟予老病侵，阅世盖多难。相逢默无语，自足洗忧患。穷冬足雨雪，近市乏薪炭。时来上子堂，尚得一笑粲。

次秀亭韵二首

忽见新亭起废基，暮云疏雨两霏霏。凭栏一望长空远，凿石新开小径微。治世从今可招隐，至人何苦更藏晖。使君不厌宾朋集，正为飘流到眼稀。

舟车来往闹回环，今日陪公得暂闲。渐喜著身人迹外，胜如随众马蹄间。萦纡细数溪头路，苍翠遥看雨后山。正恐朝廷须旧物，不容常此面孱颜。

甘棠楼

高楼面面好，举目是溪山。急水泻湍濑，诸峰呈髻鬟。聊为半日出，得伴使君闲。作者风流在，承平气象还。身虽住世网，心已离尘寰。未厌陪游数，唯愁觅句慳。高风虽在望，逸韵恐难攀。咫尺蓬莱路，惟公指顾间。

师奴病化二首

伴我闲中气味长，竹舆游历遍诸方。火边每与人争席，睡起偏嫌犬近床。能与儿童较几许，贤于臧获便相忘。他生尚欲随吾在，要奉香炉漉水囊。受戒不捕鼠，听经如欲噟。谁知两溪畔，今日送亡僧。

舟行至桐庐

乘舟待潮发，一日到桐庐。物色寒初甚，溪山画不如。往来真是梦，亲旧不须书。犹胜鸱夷在，时容托后车。

示儿

忍穷吾有味，雕句汝无功。客舍嚣尘里，春愁浩荡中。初无买山费，真与住庵同。更想颜回宅，箪瓢亦屡空。

陈朝奉坐化

东风吹雨欲翻盆，杏树前头柳暗村。试问老人何处去？夜来新月又黄昏。

严州春晓

居闲病常婴，出郭春已老。微阴净新绿，转觉原野好。故人各漂散，颇恨来不早。尚有壁间诗，犹堪写怀抱。是月足阴晦，暮春常苦寒。闭门犹疾病，春物岂相干。坚坐客已少，长贫心自安。幽兰有花在，尚有结余欢。

予将为三衢之行下塔僧惠道求诗留题因成绝句遗之

欲过城东病不能，飞檐高栋想层层。半年梦作严州住，一首诗留塔下僧。

将适三衢而七弟欲往临安临行作诗奉送

弟要题诗别，人还劝我留。如何南去路，更送北行舟。处事须远略，择交当广求。秋风理归棹，为我上衢州。

椿阁二首

往时椿阁老，盛德传乡闾。至今风流在，遗芳殊未疏。有孙仁者静，远近伏其贤。定知建德民，祝令如翁年。

弋阳魏令赏音亭

高亭已寂寞，山水自清音。主人去亦久，此意谁复寻？梦回还旧观，川上有微吟。与焉继前作，因见平生心。

建安熊述之为令建德不言而民治将适三衢留诗美之二首

熊卿治建德，隐几心若水。民肥吏干枯，亦不用笞箠。问子何能然，此岂力可使？建安今多贤，于子可见尔。

建安故多贤，故人刘与胡。山川古秀润，珠生崖不枯。我病日已懒，触事见迂疏。行当脱身去，一廛从子居。

拟古乐府

高堂陈八音，同听不同乐。狂飚送鸿鹄，万里翔寥廓。一去三十年，事事非前约。当时绿绮琴，尘埃无处著。时节非不久，此意但如昨。

己未重阳

病无佳思只深藏，漫绕东篱菊未黄。最是一年秋好处，可能无酒过重阳。

李城拙轩

念彼巧者劳，知此拙者安。拙者固无营，一生长得闲。子岂真拙者，托此以自安。何尝曳长裾，顾肯卑小官。世人极变态，翻手覆手间。子独如不闻，默坐安如山。九衢走红尘，本自不相干。我老始见子，古井久不澜。赠子拙轩诗，留子静处看。当蒙一笑许，敢言愁肺肝。

清慎轩

清慎轩中一事无，午窗高枕似吾庐。世人称意何须道，乃祖风流正不疏。

将往城南观音阻雨未果

野寺它年别，溪山浪作秋。初凉颇宜出，小雨故妨游。僧老浑无念，田荒近不收。犹思五更忏，清切胜蛮讴。

余迪漫浪斋

颜子在陋巷，无一当其心。日惟圣之学，正自惜分阴。子生千载后，此意尚能寻。斋虽名漫浪，迹岂计浮沉。文字浩今古，不受俗务侵。端如贮美酒，妙处当自斟。临卷忽有得，如奉君亲临。即此是圣域，子行无滞淫。

无题四首

我病无能到处穷，子才安得尚漂蓬。如何共饮重阳酒，相对无聊似乃翁。

重阳共采东篱菊，却似乃翁年少时。顾我无能甘老病，相寻唯有向来诗。

闻钟即起待天明，客舍无聊坐五更。何日长风破巨浪，看渠万里出门行。

平生随我饭脱粟，静夜不眠寻细书。可见乌衣诸子弟，从来志业不如渠。

边愁二首

胡人吹短笛，一半是离声。想得南飞雁，云间亦厌听。

愁声晚来急，边塞乍寒时。不似江南日，愁多只自知。

招范四弟

凉风忽满箧，江汉有归心。顾我病如昨，怜君穷至今。苦嫌归梦短，不厌酒杯深。试问玉川老，何时许降临？

衢州路中

今日衢州路，师奴不共行。阿童浑似汝，只是太粗生。

忆福州旧居菊花

问讯阶前菊，如今属阿谁？只应风露底，犹记摘残枝。

求赵表之墨

超然堂中墨如戟，支撑宗门渠有力。参得诸方一味禅，以此示人人不识。病夫见之喜折屐，便欲投诗恐无益。主人不吝是家风，会见琅琅送圭璧。

陋　巷

陋巷客自稀，短日寒未到。感君时一来，得以慰怀抱。论文有根柢，落笔清且奥。如歌五弦琴，促轸有余操。黄花开正繁，薄酒可相劳。请君寻此盟，妙处同一造。

示闻生

形容落魄犹须酒，疾病因循久废诗。忽见闻郎七字句，却如王谢少年时。

简何居厚

我乏济胜具，子怀经世才。寒窗得一笑，陋巷绝纤埃。白酒难充醉，黄花只强开。更怜无事日，时有好诗来。

谢人送酒

它乡逢故人，已觉意气盛。得君双榼酒，起我终日病。清如两龚洁，气出徐邈胜。乃知无功乡，欲往有捷径。一杯吾已足，不必待历聘。扁舟下东阳，此计或未定。尚欲寻旧盟，短拙恐未称。先生肯降临，时扫一室静。

校记

［一］初离建康　沈度曰：「一云钟山寄范十四弟诸人」。

［二］范伯言药隐　沈度曰：「一云送范彦行归西山」。

东莱诗集卷十七

闻蔡九弟十四弟到行在

苦怀吾表弟，别久费相思。爱客能忘酒，长贫不废诗。每蒙高士喜，终少贵人知。试问游吴兴，何如在蜀时。

赠蔡九弟十四弟

年来疾病日衰颓，忽报山中两弟来。径欲相从营一醉，未须辛苦便轻回。

病　中

贷米供晨炊，尚欠数束薪。平生甘此味，此去未为贫。新霜已严厉，况我病经旬。但守此心足，无为思古人。

疾中曾端伯见访

不见仓曹十五年，江城相遇各华颠。何时更践邻居约，判断诸方五味禅。浮生扰扰乱初定，久疾昏昏闲始便。欲问小童寻大隗，胜于猛将画凌烟。

无　题

一任衡门可雀罗，时容欹枕听悬河。因君小试屠龙手，要与午窗降睡魔。

送曾吉父

吾道从来到处穷，八珍常与一箪同。子房固是青云士，圯上乃逢黄石翁。圣学有传为可喜，宦游少味自无功。亦知湖岭如江浙，尽在先生指顾中。

次曾吉父兰溪三绝

夜窗相对不成眠，苦为离愁定不然。政以苍生未苏息，思君日夕望回船。

春信先寻岭上梅，两年零落待君开。非关使节须重到，自是溪山未遣回。

久觉藏身不厌深，旧游风物要追寻。书来肯附铜鱼使，记我今年病不禁。

穷腊有怀

冰霜底穷腊，伏枕久亦倦。思公如和风，咫尺未得见。人生无贤愚，各自有志愿。但得所趣同，公固不我贱。何须肱九折，始见金百炼。平安望中原，栖息各异县。尚欲从公游，衰年保穷健。

病中闻诸范日赴饮会

诸公相随日酣饮，我病昏昏困衾枕。人生苦乐故不同，世味再寻如拾渖。良医更在肱九折，曾子从来日三省。不离方丈走诸方，万事只如驴觑井。

深　居

深居如山林，初不远城市。尘凝喜事少，犬吠知客至。生涯付衰疾，日力破昏睡。欣然一笑足，自省甘若荠。收身当在早，过是恐少味。

庆大悲阁成

自离闽岭罢参禅，疾病深藏不计年。尚得闲人相印可，隔门唯有白衣仙。

赠人

坚卧因循欲过冬，故人无复马牛风。得君好句能忘病，笑我长饥不讳穷。清梦肯嫌斋舍冷，破囊常伴酒杯空。新正所愿长穷健，剩作歌诗准备公。

送广东漕范子仪

我为三衢居，君作番禺行。君行我方病，岁序仍峥嵘。岭海未寂寞，斯民则憔悴。得君镇临之，固可以卒岁。嗟君盛德后，穷独与我同。比年数见之，长在寒苦中。番禺盛宾僚，莫如元帅贤。君行问安否？道我如昔然。

夜闻诸生读书因成寄赵十七侄

纷纷药裹了新正，北望兰溪不数程。且喜诸生会勤苦，夜窗如子读书声。

夜坐

所至留连不计程，两年坚卧厌南征。荒城日短溪山静，野寺人稀鹳鹤鸣。药裹向人闲自好，文书到眼病犹明。较量定力差精进，夜夜蒲团坐五更。

简李巽伯

爱酒旧无敌，能诗新有声。荒城时过我，长句屡寻盟。厌病时招客，因行不计程。只应有余暇，未肯赋《闲情》〔一〕。

追记昔年正月十日宣城出城至广教

尝忆它年在宛陵，好山松竹面层层。江城气候犹含雪，草市人家已挂灯。每怪愁肠难贮酒，时随拄杖出寻僧。如今转觉衰颓甚，病坐南窗冷欲冰。

病中上元

病久仍多事，深居未识春。殷勤今夜雨，且为阻游人。

三衢上元

俗事纷纷避作烦，梦中时厌雨声喧。但看闲客时来去，胜说群儿手覆翻。事业不同俱可笑，形骸如此尚何言？他年更有相逢话，同是三衢过上元。

赠人

剩作闲官不计年，得公相近转翛然。饱谙文字能生病，始信虚空不住禅。水涩船回休进棹，路长马倦莫加鞭。漫成拙句为公寿，要作新正第一篇。

官闲赠人

自喜闲官不计员，月叨微禄胜归田。药囊往往充诗稿，米券时时当酒钱。忍病作劳吾不厌，对人无语子差贤。不须更见卢溪老，会得安心即是禅。

正月十七日

令节今安在，晨钟奉夙兴。空庭留素月，广殿有残灯。笑语已难记，经游如未曾。吾衰得坚卧，差胜住房僧。

病中得舍弟信

频通婺女讯，兼得会稽书。岁月呻吟里，文章困睡余。百年判憔悴，万事付迂疏。尚欲身强健，相从得定居。

疥

瘙痒挠肤无春冬，为害略与恶疾同。只有疮痂不相负，夜阑长满寝衣中。

正月十九日暴热

一夜飞蚊绕鬓鸣，都忘时节是新正。只应朝暮须风雨，便作疏檐泻竹声。

即　事

十年不调张廷尉，一字拔人山巨源。万事重寻已陈迹，此公相对可忘言。故人久已音书绝，古寺终嫌市井喧。更欲移家近深僻，漫留书册教儿孙。

送向仲吉往江西

纷纷车马闹如云，膏火煎熬只自焚。亦有故人来问疾，苦无佳思与论文。江湖老矣频搔首，毛发翛然政似君。它日卜邻犹有约，静中风景要平分。

寄临川亲旧十首意到辄书不复次序

偶从行李转江湖，所至翛然一物无。午枕久拼闲事业，夜窗新有静工夫。

少小交游不乏贤，二三豪俊聚临川。自从老大飘零尽，独有残诗数百篇。

屡试吴中千里莼，闽中荔子亦尝新。独游每恨无佳思，正好溪山少故人。

故人自失嵇中散，疾病衰颓转不堪。犹喜闲居有贤弟，且随长铗住江南。季平

张卿别后且郊居，无复黄公旧酒垆。试问今年有闲暇，亦随书剑入城无？文叔

交游畴昔住临川，博士高风世不传。饶谢得名三十载，当时已道小汪贤。叔野

故人子弟唯汪谢，每一思之忘寝兴。莫道临川便寂寞，后来相继有诸曾。

吏部声名动一时，中原人物未全衰。低摧不用还归去，坐守遗经可疗饥。子礼

金溪比岁复何如，二董风流却未疏。闻道移家远城市，欲携书籍更深居。彦先、彦远

爱贤如渴吴夫子，不染世间儿女尘。老病不逢终不悔，后生谁复记斯人！吴迪吉

奉怀季平范丈戏成两绝句录呈

形骸已病尤宜懒，岁月长贫屡有诗。犹得深居少尘事，只如同在岭南时。

新年为况复何如，尚有心情打酒无？只恐后生行乐处，转嫌吾辈白髭须。

病中寄胡原仲刘致中

累月不寄书，我病亦在床。仰视出林鹤，如睹二子翔。冰壶贮秋月，所至有辉光。僻郡足风雨，深春犹雪霜。闽水远而清，闽山深且长。何时一尊酒，更复议行藏。

才元相过三衢偶成近体诗一首奉呈

纷纷俗事起如毛，病起南窗厌作劳。正欲往来求饭饱，敢将辛苦治名高。长闲似称三冬卧，旧学虚蒙一字褒。它日相逢有余地，尚容衰晚斗坚牢。

无　题

衾裯尚冷知春早，意绪无聊觉病深。夜半改诗缘底事，向来余习正关心。

寄人三首

世久无高识，斯人我独知。子行吾羡子，虽病敢忘诗。

念昔无事日，同升夫子堂。江湖晚相见，犹喜共行藏。

世久趋浮末，于时尔独贤。闲游众目外，却立万夫前。老骥空伏枥，长琴有断弦。伤心共隐地，回首更茫然。

寄祁居士

闻道祁居士，抄书手未停。艰难走异县，辛苦抱遗经。野寺犹堪隐，人言懒复听。十年事夫子，今日得仪刑。

赠人四首

病欲相寻久未能，虎丘山下在家僧。诸方本末须君记，拈出丛林旧葛藤。

昔年曾侍老姑旁，悔我全身只退藏。长恐风流便疏远，子犹它日及升堂。

跬步无功已厌迟，后生谁复肯从师。无人识子闲居意，手冷深藏只自知。

三江古路更深居，白首穷经一丈夫。借问新年入城市，亦曾频到虎丘无？

寄朱希真

幕下诸侯老，微言众不听。只应有余论，时复注前经。郡古疏还往，官闲任醉醒。主人鹅可换，更为写《黄庭》。

寄向县丞

念子它时两颊红，十年奔走变衰翁。耐官丞相风流在，坐守箪瓢不诉穷。

病　中

药裹关心老不宜，只今筋力已全衰。何由更得身无事，却似它时把酒时。

山　城

山城雨雪繁，春气来不早。思君如和风，未见意已好。时蒙枉车骑，笑语得倾倒。我能知子贤，子亦怜我老。旧交半鬼录，在者迹已扫。慨然念平生，令人恶怀抱。相从饱吃饭，此计或未保。东游有前约，预恐别草草。岂无一言赠，妙句写默稿。出户仰高山，犹堪慰枯槁。

病夫

病夫坐稳懒出门，底事逢春作癯瘦。故人相寻不惮远，欲以一杯为我寿。铺张古昔引大义，劝使忍穷如忍诟。感君意气但如昨，顾我情怀已非旧。平生甘作蚁旋磨，万事只如船放溜。十年参差故乡梦，一心守待灵芝秀。辱身窃比柳下惠，疾恶幸逢朱伯厚。它时城市望云山，岁晚何由数相就。

无题

心广体故胖，意肃气自屏。颓然万物表，乐此一室静。念君久安坐，转觉此味胜。疏篱过野马，破牖行日景。但令此意真，不必费讥评。想当溪山横，更有松竹映。隐几得昼眠，此固可补病。

偶成两绝句奉寄文若庭列

强欲驰驱老不宜，故人虽在费相思。只应大府多还往，职事虽忙不废诗。

夏子经时不寄书，十年奔走尚穷途。不知自到高安县，亦有心情记我无？

寄闽中亲旧

浓阴蔽烈日，小院有余凉。顿觉枕簟好，时闻芰荷香。秋成今可必，衰疾未相妨。径欲闽中去，寻僧不裹粮。

廖用中世彩堂

廖氏居七闽，土俗变齐鲁。子孙仁且寿，每继先父祖。作堂名世彩，此意天所予。近者得矜式，远者快先睹。今公怀直道，邪正有区处。还家上此堂，父祖当笑许。小人慕清风，想象濯烦暑。孰知少年场，有此毛发古。何时望世彩，得听公笑语。老松卧岁寒，亦以蔽风雨。人或不予知，亦莫予敢侮。

剧　暑

剧暑先庚伏，经旬在炮燔。今夕骤雨过，我病亦少安。凉风醒病骨，好月上更阑。尚恐贼报急，凌风无羽翰。闽中故人书，日夜望我还。无车载家具，欲往故不难。所恨去已晚，不及荔子丹。家家有白酒，自足解愁颜。

即　事

经旬困炮煮，今夕有微风。市井嚣尘外，溪山啸傲中。凉秋亦不远，吾道恐终穷。准拟闽中士，今年一笑同。

秋　日

斟酒莫辞酒盏宽，酒盏少宽令心安。客游无聊思旧欢，旧欢新愁千万端。如何不饮空长叹：岁云秋矣风落山，白露应节衣裳单。南游并海当不难，雨雪欲下何时还？

怀　秋

秋风日夜至，念我少年时。新凉喜欲舞，至今心未衰。心虽未遽衰，老病则已甚。颓然坐前阶，乃若两鸟噤[三]。子病少则尔，衰羸非独今。徘徊以彷徨，何以异夙心。死者各已死，空费子百虑。在者亦已老，契阔少相遇。洗心西方观，子复未肯然。胡然竟日力，今年如去年。

赠范十八

君去留不得，我穷前未闻。如何出笼鹤，更送离山云。岁晚逢同志，人稀莫离群。肯思临别语，只用十年勤。

秋　日

少年固长贫，长岁复多疾。闭门取坚坐，到此多事日。不嫌冷如浆，所要甘似蜜。旧书堆几案，老眼厌涂乙。不如壁角坐，万事付以实。况今雨泽足，已觉忧患失。秋成日在望，所至有梨栗。贼报虽未衰，一饱良可必。

读　书

老去有余业，读书空作劳。时闻夜虫响，每伴午鸡号。久静能忘病，因行当出遨。胡为良自苦，膏火自煎熬。

宿　昔

宿昔尚烦暑，平生悲远游。长贫不贳酒，虽健懒登楼。晚节劳千虑，经年走数州。新凉事事好，只是迫防秋。

谢人送诗

坚坐少愉乐，欲行还滞淫。时蒙七字句，可慰十年心。岁晚日晷短，天寒霜雪侵。主人不厌客，敢辞酒杯深[二]？

水仙二绝

淡绿衣裳白玉肤，近人香欲透衣襦。不嫌破屋飕飗甚，肯与寒梅作伴无？
破腊迎春开未迟，十分香是苦寒时。小瓶尚恐无佳对，更乞江梅三四枝。

校　记

[一]未肯赋闲情　沈度曰：「一本后四句云：往事十年梦，生涯三尺棨。却怜陶靖节，着意赋《闲情》。」

[二]辞　沈度曰：「作避」。

[三]两　四库本、家刻本作「雨」。

东莱诗集卷十八

处　暑

平时遇处暑，庭户有余凉。一纪走南国，炎天非故乡。寥寥秋尚远，杳杳夜先长。尚可留连否？年丰粳稻香。

教授郑国材挽词

松桂在荆棘，所趋故不同。虽云被剪伐，所至仰清风。念子行古道，箪瓢生屡空。我来则已病，不复能从容。平生务躬行，圣处久收功。坚坐想颜子，欲往吾其从。丹旐忽已远，暮霭千山重。论文一尊酒，坚坐更谁逢。

无题二首

柴门罗雀懒频开，喜有新诗到眼来。闻道系舟城脚底，莫乘溪涨便轻回。

入秋多病浑无酒，学道无成却读书。莫谓穷居便寂寞，天凉犹枉故人车。

潘义荣惠木犀二首

年年无酒对新秋，辜负凉天懒出游。想得故人怜我病，故分岩桂洗穷愁。

扫除炎暑脱氛埃，色似菊花香似梅。知是西风要清赏，少留阴雨候晴开。

次潘都尉富季申冬日探梅韵二首

暑退园林物物新，过溪风好日初晨。酒壶茶具偏宜坐，细草残花别是春。但得主人令客醉，不辞秋冷和诗频。从来礼节空疏放，见我狂歌意自亲。

开府新从日下归，却寻山水对烟霏。剩披诗律留花住，不使亲知到眼稀。但见鲲鹏常远举，应怜蜩鷃只卑飞。此游尚恨还家早，未许溪头送落晖。

次韵木犀二首

折送幽花与做秋，溪头风物未重游。已怜多病逢三益，更喜成诗拟《四愁》。

洛阳车马走尘埃，一岁颠狂自探梅。还识此花风味否？年年秋后两番开。

谢潘义荣送菊二首

经旬霖雨足莓苔，忽喜双盆送菊来。已似风霜憔悴损，主人云是待晴开。

渐开粉白间微黄，肯与新橙一例香。送与衰翁元未称，且留青蕊作重阳。

畜 犬

主人长年闲，柴户终日闭。虽云伴我懒，常有跋扈志。端如在笼鹤，又若伏枥骥。举首望道路，久欲从此逝。恨无陆探微，写此师子戏。如何尚摇尾，更作求食计。

疥

刺刺龊龊疥欲坐，今年去年只如昨。人生纵病莫病此，此病虽微更作恶。寒窗夜长灯烬落，败人禅观妨人乐。安得壮士挽天河，尽洗此疮闲处著。

潦 倒

潦倒心犹在，衰迟分独深。如何一朝泪，空费百年心。好月思同步，清樽懒独斟。惜哉王子敬，谁复叹人琴！

赠人

它年好兄弟，见我峤南时。相对能忘病，清言可疗饥。后生宁复有，末俗漫相疑。尚想闲居处，疏灯守破帷。

无题

疾病侵凌我亦衰，后生谁复更相知。可怜日落长安路，不见骅骝整辔时。

寄京口使君

使君镇京口，隐若一长城。诗律有同社，溪山聊主盟。嚣尘不挂念，鸥鸟自忘情。曾记贫交否？衰颓判此生。

再赠

婺女胜京口，公来岁已秋。闲云出山寺，好月挂星楼。往事付情话，故人多倦游。十年浪奔走，今日为公留。

赠友

子来已冬深，仅得数夕款。寒窗听谈道，未厌白日短。从来不饮酒，万事付茗碗。别去今几日，荒阶月犹满。

岁暮

岁暮少欢愉，况复婴病苦。闭门每厌客，幸此连日雨。寒炉火复焰，乃若相媚妩。披衣坐壁角，妙处时一睹。风声耿初夜，有句或未吐。还书问故人，可复一笑许？

戏成二绝句

老读文书懒不前，亦无余地可逃禅。闭门省事群嚣远，唯有狸奴附日眠。

病犬尩隤唯附日，懒猫藏缩尚逃寒。宁知两马霜风下，更有长途不道难。

久病二首

久病畏人事，长闲增道心。宁贪风日好，不避雪霜侵。跼蹐身犹在，高低手自斟。酒杯休厌满，茗碗向来深。

未愈俱生疾，空怀宿昔忧。时因发孤笑，尚足慰穷愁。月落初无念，花开不自由。如何雁南乡，不共水东流。

偶作二绝

不嫌羸病守绳床，世念纷纷久已降。一夜月明如白日，骤闻急雨打天窗。

膏火从来只自焚，何曾野鹤驻鸡群。如何死亦无公论，地下犹存卫府勋。

谢滕尉送梅

破帷冷落不禁风，疾病深藏称懒慵。忽有梅花来陋巷，喜闻春信出初冬。未须趁雪争先睹，尚恐冲寒不满容。会约君家好兄弟，他年尊酒更相从。

游山

世味日可厌，兹游那得忘。稻田疏宿雨，木叶犯新霜。潦倒交游在，追随气味长。僧窗有净供，茗碗侑炉香。

李丞相挽词三首

旧学邈难继，相期从少年。初看骥伏枥，遽作鹤冲天。烈所平生志，高名万代传。如何事未济，此老下黄泉！

兄弟俱英妙，声名萃一门。论才无不可，于道独为尊。未定千年策，终嫌万丈浑。天乎乃如此，不使拯乾坤。

事业怀萧相，胸襟识谢安。流风有余烈，志士只长叹。淮海他年竭，冰霜此夜寒。向来交友泪，南望不曾干！

以一缣寄范四弟

中原厌胡马，所至是贼窟。念君室悬罄，何以备仓卒！穷冬霜雪繁，欲救乃无术。儿号君莫厌，婢怨君莫恤。平生师颜子，于此见仿佛。此缣君所知，自我机杼出。

江　梅

江梅消息未真传，微露芳心几杖前。不信冰霜能作恶，要令桃李便争先。斜枝似带千峰雪，冷艳偷回二月天。准拟从君出城去，竹舆仍胜百花鞯。

鼓山颂法眼语在里即求出云大家合眼跳黄河戏成四韵奉答

合眼跳黄河，未有过得者。岂唯不能过，身亦须判舍。告君过河妙，止要具船筏。乘时等风去，过此无别法。

夜深归家闻邻家小儿读书可喜有作

还家更寒三鼓余，邻巷小儿犹读书[一]。侯王将相乃无种，纨袴绮襦宁似渠。北风飕飕霜被草，听汝读书声转好。莫言翁媪惜膏油，有儿如此可无忧。

梅　花

野水依城竹映沙，江梅开处又人家。天晴径欲花前醉，只恐衰颜不称花。

无题二首

德盛不狎侮，玄谈多类俳。居然少庄语，无乃近齐谐。恨此达者趣，犹乖壮士怀。故当先复礼，方得尽梯阶。圣学邈难继，斯文当望谁？还能养志气，且务摄威仪。曾子但三省，子长徒爱奇。从来要功处，本不在多知。

赠李元亮之子季子

往时诸李在江都，文采风流一代无。每得清诗如鲍谢，已闻前辈许封胡。好松久已埋深涧，老马今犹忆旧途。令子相逢初未识，尚容衰晚见规摹。

二月七日与群从游陈氏园

平居羸病每相妨，今日寻春有底忙。何似主人常不出，看人冲雨度浮航。
桥北桥南花乱开，小园和雨扫莓苔。不嫌拄杖冲泥入，更许乘闲着屐来。

怀许子礼

寒松厌庭院，老马倦维絷。翛然出尘去，粗免朝夕急。我友隔湖岭，尚作一日葺。平生学道心，择善有固执。岂不在行路，自远霜露湿。百川灌河来，砥柱乃中立。何时一樽酒，更与交旧集？

雪

穷巷无人对雪，小诗自可逃禅。看取一年三白，喜欢共入新年。
坚坐正宜养病，开门便当幽寻。一夜雪深一尺，与谁取酒同斟？

报晖庵

寸草仰生活，春晖常照临。不知欲报德，何以见此心。江汉有时竭，此心无浅深。魏氏有令德，传家非独今。结庵在山阿，日瞻松柏林。仁风被远迩，猛兽不敢侵。令子守直道，意往无崎嵚。遂令此乡人，得闻金玉音。我行时序晚，回望西山岑。延颈长太息，聊为纯孝吟。

赠庄季裕

老矣庄夫子，居闲肯厌贫。盛诗更读《易》，忧道不无人。记往诗犹在，相逢意倍亲。尚期香火社，文字约遗民。

李尚书挽词

李氏三吴秀，尚书一代英。立朝唯直道，守己但纯诚。报国心虽在，忧时病已成。人推四兄弟，气压百公卿。未就养生术，独收强谏名。伤心旧游地，城郭漫溪声。

李器之履斋

人履履险巇，君履履平地。平地信可履，行稳居亦易。责已不责人，为道不为利。孰视履险者，岂不心有愧。君家天台守，学固有余味。微言化子侄，自足警一世。初无举足劳，宁有半涂滞。君能识其然，我亦从子逝。

野寺

晓窗日未融，野寺雨欲作。经旬少客到，静坐差可乐。平生遭病扰，今更不如昨。囊空畏高医，何以致良药。所幸秋已至，所在身可着。洗耳听凉风，不待一叶落。

辛酉立春

中原扰扰尚胡尘，坚坐江南懒问津。漫读旧诗如昨梦，都疑往事是前身。子桑自了经时病，原宪长甘一味贫。剩忍雪寒君莫厌，土牛花胜已迎春。

雪 夜

破屋除灯雪自明，案头无用读书檠。老慵已惯跏趺坐，昏梦尤便松竹鸣。知有故人来问道，久无佳句与寻盟。明年更有闽山兴，但办行缠莫计程。

谢方倅惠炭

寒压新春雪不融，布衾如铁坐衰翁。烦君又送南山炭，更放残炉一夜红。

即事四绝

老来于世转无求，事业声名种种休。伴得邻僧忍饥惯，闭门无饭读《春秋》。

匆匆和梦别星楼，扰扰随缘住信州。尚笑长江少方便，只教溪水暂西流。

问柳寻花懒不知，登山临水病难为。日长客去松阴静，强课儿曹学和诗。
经旬却怕酒杯深，野寺虽闲病至今。莫谓闲居厌医药，未妨随证检《千金》。

赠　人

中表多离隔，情亲子独贤。心游众目外，气出万夫前。米贱犹堪饱，官闲不记年。春风上严濑，为我略回船。

辛酉之冬周提宫堃惠竹隔

深冬坐穷阎，未厌风日恶。今晨起浓阴，正恐雨雪作。故人怜我寒，垂意到丘壑。虚堂排竹牖，已觉暖胜昨。初无穹窒劳，渐有闲适乐。我生甚易足，所至况旅泊。不为御冬计[二]，敢复备陨箨。偶蒙仁者念，僻处未萧索。从今作新年，对酒且斟酌。

寄张仲宗

闻道张夫子，今年已定居。偶缘荔子债，遂绝故人书。岁月足可惜，溪山莫负渠。它年得相近，不必远庖厨。

周仲固尚论斋

周侯不出何所为，闭门读书心自知。箪瓢陋巷君不厌，读书万卷能忘饥。上参羲黄下秦汉，采取英华几脱腕。是非荣辱姑置之，忽若乘船到彼岸。古人之学有传授，君生寂寞千载后。问君何以识古人，袖手无言坐清昼。以此读书为尚友，是事渺茫人信否？人信不信君不问，松柏固难生培塿。朝来落叶满荒城，青山照人溪水横。往来车马作尘土，想君深夜读书声。

吉州段秀才粟庵

大千非有余，一粟岂不足。须弥纳芥子，岂复论盈缩。今君住世网，何以得此独。始知陋巷居，已悟不远复[三]。

自如斋

朝为事所夺，暮为饥所驱。不知六合间，何人能自如？求新段夫子，屋小心有余。教子有家法，逃禅犹作书。

醉经堂

纷纷入醉梦，一语令渠醒。段子闭门居，云何犹醉经。其醉盖非醉，初无能解醒。问经何所说，明善故能诚。

题焦寺丞诗册三绝

一世奔波在别离，君家孝友独天知。已令好梦传消息，更有宾鸿效羽仪。

路旁来报定何人，物理潜通自有神。想得三衢相见地，至今草木亦长春。

河朔家人堕渺茫，江南风日正舒长。已知原上鹡鸰处，更入云间鸿雁行。

暴物

暴物看日景，顷刻未尝停。随景移暴物，目示众心惊[四]。寓此不停景，乃复望长生。匆匆驹过隙，悠悠池泛萍。况兹兵火中，而每疾病婴。野寺过毒暑，旱气浮高城。出门君莫厌，宿昔已秋声。

次叶守喜雨

群嚣寂寞已收声，预怯秋房独夜情。忽听僧檐鸣宿雨，定知田舍舞安氓。尽消积暑经时旱，不厌新凉数日晴。更喜此邦贤太守，乐为诗颂教诸生。

无　题

学诗渐老转销声，末路蒙公此日情。尚有文章能起疾，岂唯田里解蚩氓。近郊粳稻成秋熟，远郭溪山入晚晴。剩绕长廊和新句，不知庭下薄寒生。

次韵曾宏甫木犀

风吹旱暑未成秋，辜负江村事事幽。岩桂敢烦先折送，好诗仍不待邀求。自怜疾病常高枕，坐想风流换此州。它日出门寻旧约，未嫌疏懒作人不？

赠郑侍郎二首

便欲深居过一寒，破窗重觅旧蒲团。暮年生活如何做，仔细烦公指示看。

几时不过西禅寺，直自初秋到晚秋。闻道主人怜我病，天寒犹未送新刍[五]。

校记

[一]邻巷　底本作「邻卷」，误。据庆元本改。

[二]计　沈度曰：「一作具」。

[三]复　沈度曰：「一作此」。

[四]目示　庆元本、吕抄本作「目视」。

[五]犹　底本作「酒」，今从四库本、刻本。

东莱诗集卷十九

次曾宏甫九日韵

僧园晓色散栖鸦，强起新诗整复斜。正想故人披宿雾，忽蒙佳句洗昏花。旧游往往违心事，老病昏昏漫岁华。辜负重阳一尊酒，且来占雨又朝霞。

九日赠曾宏甫二绝

茶花过雨十分香，山后山前已带霜。何事东篱数株菊，已将青蕊趁重阳。

渐退中原胡马尘，溪山未厌往来频。虽无名酒酬佳节，尚有新诗答故人。

送徐止秀才归小叶

后生少规摹，子学有根源。纷然众说中，独识孔氏尊。古人虽不作，此理固常存。沧海无津涯，宁有众水分。鉴明不受垢，垢尽亦无痕。子还访师友，当自得其门。躬行见日用，余事不论文。

次叶守韵

新正无所为，出户亦乘兴。欲寻林泉幽，不避风雪迸。搜肠乞佳语，分外若赘瘿。故知藜藿盘，不受珍果饤。清诗洗病目，鄙陋知不称。披雪见新月，乃悟本来性。溪山况萧洒，复有松竹映。何须待醇酒，然后有酩酊。

送曾宏甫知黄州四绝

雨余天气欲尝橙，栗可煨炮芋可羹。正是一年秋好处，忍令无酒送君行。

口唇白醭未尝开，正始余音挽复回。他日炉香为谁起，公曾亲见了翁来。宏甫顷常为谏议陈公所知。

君到江头不问津，雪堂草木几番新。一生未得文章力，要扫中原胡马尘。

骐骥徐行不离群，却行江北访斯文。潘何子弟能传业，当奉遗书与使君。

题范才元画轴后

昔年同过岭南州，曾看湘江万里流。妙手可传诗外意，乱云寒木更孤舟。

送尹少稷贤良还怀玉山

青松在庭槛，乃受众目怜。令彼岁寒姿，肯争桃李妍。不如卧涧壑，岁久霜雪前。尹侯东州英，炯若珠在渊。避地走南荒，因循留瘴烟。归来怀玉山，草草屋数椽。深居绝万虑，读书欲忘年。偶出到城市，颇厌尘嚣煎。搜肠出妙语，赠我以长篇。行潦被注挹，朽木烦雕镌。纷纷车马间，孰能知子贤。别归值短晷，肯复更留连。我老百事废，钝马难知鞭。清霜粲屋瓦，白云常在天。怅望子所居，欲去无寅缘[一]。

寄题曾黄州重修睡足斋

云涛际天江北路，郡古人稀春复暮。平生想象睡足庵，颇见王杜安身处。十年兵火庵已坏，草莽连冈穴狐兔。使君初来席未暖，重就新斋立窗户。疏疏修竹带泉石，历历幽花点烟雾。竹楼月波不寂寞，雪堂东坡复共住。昔者同遭盗贼扰，今者定蒙神物护。使君忘言坐搔首，抖擞衣襟脱巾屦。下帘高枕百吏散，一任江头风断渡。会思王杜与新诗，梦里相逢得奇句。

重阳前一日作

凉风策策旁江城，道路犹宽远去程。秋晚情怀常索漠[二]，夜长更漏转分明。未偿脐腹三年艾，不负膏油二尺檠。明日黄花一尊酒，苦思亲旧与同倾。

春　晚

春色忽已晚，悠悠留此心。深居有闲暇，令节废追寻。更老愁何在，长贫病亦侵。一杯聊自劝，不为落花斟！

寒食二绝

梨花雪白柳深青，也似中原旧驿亭。犹记往来寒食下，客房无酒卧空瓶。

今年春物更匆匆，野杏山桃取次红。底事无钱作寒食，可无新语记车公？白乐天与河南尹诗云：「明朝欲出须谋乐，不泥车公更泥谁？」

闲居即事

新旧音书寂不来，略无一事可萦怀。春风寂寞花侵路，野寺荒凉草上阶。剩欲出门留客坐，不妨扶杖看僧斋。无人会得庞公意，只道渊明是匹侪。

偶出谢客

才过清明日更长，竹舆频出度浮梁。雨侵田水连溪白，春入山花带蜜香。数有故人相劳苦，不嫌俗事且穷忙。今年尚有湖湘兴，不待秋风便促装。

蔬食三首

杀物以活己，肉食固多惭。况无一事勤，敢于滋味贪。今晨病少闲，调羹有酸咸。居然饱笋蕨，自足慰清馋。磨刀向猪羊，渠有千种苦。厨人尽心力，博汝一笑许。此道在忠恕，观彼更观汝。圣人虽未言，宁可自莽卤。夫子钓不纲，于理已不隐。浮屠断食肉，此语说始尽。人生惯便习，奉法乃不谨。要当守淡薄，万事可坚忍。

戒杀八首

劝君勿杀犬，犬有为主心。为主反见杀，君何无浅深！君贫犬不去，君富犬分忧。执以付鼎镬，于君心稳不？

畜犬被缚时，犹为主人吠。吠声未绝口，汤沸毛已退。主人调醯盐，欲以作滋味。持此望身安，世间宁有是？

犬虽有小过，未至不得活。卖钱与屠宰，使得恣脔割。君儿小不安，君夜不得眠。何独于此犬，如此安忍然？

劝君勿杀鸡，鸡能伺昏晓。闻鸡君即起，一一家事了。一朝被烹煮，不念前日功。主人取暂饱，鸡苦固无穷。

纵犬使杀鼠，鼠窘生百畏。其饥使之出，此亦有何罪？犬鼠俱勿杀，莫计有无功。苟以无功死，还与杀犬同。

愿君普断杀，能益君寿数。子孙亦长年，皆以不杀故。君子远庖厨，非有意于善。但能观自身，此理即可见。

商臣杀其父，身亦享楚国。世民杀其兄，亦未妨大福。以此知报应，未必在此时。此时虽无他，终久君试思。虎狼非不仁，天机使之然。蛇虺肆百毒，此亦受之天。愿君勿憎怒，悯此心谬用。仁气荀薰蒸，终皆变麟凤。

寄祁居之

苦忆均阳祁处士，只今全是住庵僧。何时更得相从去，细话丛林旧葛藤。

送韩念八迪功

君去留不得，我行还未忙。漂零更远别，衰疾且深藏。野水千山绿，荷花一路香。犹思往还地，相望隔浮航。

谦上人清湍亭

道人结庵殊未就，先起小亭山左右。不将溪水濯尘埃，且以清湍为客寿。云烟晻霭作春浓，草木坚枯辨秋瘦。客来相对两无语，岂有浮辞问时候。一生行脚如梦觉，天意似于君独厚。我今留滞未得往，想象此亭如故旧。再三伸纸诵清诗，已胜开尊饮醇酎。上人录寄彦礼、彦冲、原仲诸公题诗。箪瓢可乐不淡薄，兰菊重生足滋茂。他时有暇更分题，此游未落诸公后。

送韩临亨提举

君有千里行，我独留此居。君行赴何许？沅江隔重湖。我留此山中，欲去尚踌躇。沅江道里僻，罢民待君苏。君亦怜其民，湿沫勤喣濡。凉风促君旆，小雨膏君车。渐去嚣尘远，及此夏景初。野色望行路，东门初首涂。风土日已好，谁能怀旧庐。举手谢拘束，有若纵壑鱼。路逢旧交游，相见问何如？道我且贫病，因风时寄书。

和伯少颖迁仲将归福唐偶成数诗欲奉寄无便未果也辰叔常季南还因以奉送五首

纷纷走道途，扰扰杂泥滓。既为风俗移，又以血气使。百川灌河来，夫岂有涯涘。故人林与李，始可与语此。

方子独立士德顺，岁暮亦深居。林李从之游，欲出更踌躇。纷华晚不顾，浮湛同里闾。时从陆丈人，共此一篇书。诸公皆从陆亦颜游。

闽山固多奇，闽士亦多杰。弱水不胜舟，有此积立铁。胡刘守节意，亦岂待言说。原仲致中。堂堂混众流，此固不得折。

经时望子来，慰我终岁病。西行道路迂，欲见复未定。秋毫论得失，此岂不有命。常闻安身要，其本在无竞。王辅嗣卦解云：「安身莫若无竞，修己莫若自保；守道则福至，求禄则辱来。」实法言。才叔策名时，已自能不动。中年谪南荒，与世作梁栋。生平所践履，自待九鼎重。失固不足言，得亦何所用。才叔，谏议张公也。初登科时，已无喜色矣。

送范才元

胡尘犯中原，冠盖走东南。同时辟地人，十不存二三。相逢各衰病，岂复能清谈。君今尚行役，未暇脱征衫。声名自宿昔，文字性所耽。谁能随少年，下笔令人惭。并海虽名邦，嗜爱殊酸咸。君但抚罢民，未须严辔衔。开堂宴宾客，清诗消半酣。时寄荔子来，尚能怜我馋。自余君不问，只向鼻端参。

赠魏邦达张彦素

公更深居我更衰，山林膏壤偶同时。两年疾病略相似，二老风流应自知。苦学养生犹有累，不知闲过是无为。初冬寄远无他物，半夜才成一首诗。

送南上人

闲居病益侵，俗事初一扫。南公犯寒来，为我略倾倒。论诗已得妙，不必在穷讨。我懒百虑废，识子恨不早。归途见徐董明叔、彦光，更问此二老。所恨聊复翁，向者骨已槁彦速。拭目看迺文，令人恶怀抱。南上人收二董时，与明叔墨妙甚富。

赠曾吉甫

荒城少还往，居处喜相近。欣然得一笑，渠敢有不尽。词源久欲竭，此道或少进。作气在一麾，军士况未憖。凉风动高梧，尘土朝作阵。临溪惜暂别，溪浅雨复吝。岂无一言赠，以当百镒赆。沉绵我未瘳，行李君更慎。

赠魏邦达张彦素

橘绿冬未黄，菊老霜变紫。不知风土佳，但觉日月驶。闲居得养疾，调气实在此。从今便休去，敢复为物使？谁能明吾心？旁邑有君子。

次韵汪教授木犀

治药呼医懒出门，每闻乐事漫消魂。秋花带雨寒由在，老病寻诗目更昏。但见晚霞翻雨脚，不知山石是云根。主人有意留岩桂，要使贫交奉一尊。

送詹慥秀才

子来今几时？岁月忽已晚。今当别我去，道里初不远。家山霜正浓，马草寒更短。何以奉亲欢，一笑和气满。迩来游学士，已见如子罕。读书要躬行，俗事不厌简。故乡多老儒，归日正可款。时能寄余论，尚足起我懒。两州多便人，自可数往反。

静　轩

纷纷逐人行，扰扰与事竞。不知一世间，能得几人静？公今默无语，种种以静胜。人来漫相接，事至聊复应。开轩道院旁，足以补我病。日高公事散，转与静相称。千载师盖公，此理久已证。炉烟袅晴窗，松声韵钟磬。簿书勿勤来，公方在禅定。

赠吴周保

旧琴无谱亦无弦，子独深求不计年。正以安闲有余地，不因言语悟先天。论诗再到新删后，读《易》仍窥未画前。老病相逢聊一笑，非关无地可逃禅。

尹穑少稷方斋

人圆君方君但方，凿圆枘方君不忙。富贵可取君则忘，闭门读书声琅琅。旧书重叠堆在床，点勘同异分偏傍。运精竭思心力强，十年足不离僧房。荒山野路秋水长，客虽欲来嫌路妨。幽兰无人为君芳，采菊落英充糇粮，客虽不来有余香。

送义先上人归古田

断云无水去无踪，回望关山指顾中。何处寻君问消息，古田南路已春风。

送范十八

范子闲行定不穷，袖中诗卷敌清风。野僧道士有余意，同学故人多近功。已办辛勤十年读，时须谈笑一尊同。相看又作韶州客，却望临川是梦中。

徐师川挽诗三首

江西人物胜，初未减前贤。公独为举首，人谁敢比肩。时虽在廊庙，终亦返林泉。今日西州路，临风更泫然！

异日逢明主，端居不复藏。一心扶正道，极力拯颓纲。已病犹轩豁，临衰更激昂。始知操韫处，余事及文章。

念昔从耆旧，公知我独深。意犹如昨日，爱不减南金。抚事思前作，于时愧夙心。素琴理旧曲，无复有知音。

即事六言七首

老来与世相忘，尚喜摊书满床。忆得少年无事，苦心更学文章。

少年于世无求，老觉心情自由。放倒文章事业，追随倦鸟虚舟。

不入乐天欢会，不随渊明酒徒。看取箪瓢陋巷，十分昼夜工夫。

百壮艾能已疾，一杯酒便生春。熟睡觉时意思，罢劳歇后精神。

游夏一辞不措，非关未究源流。直自孟轲没后，无人会读《春秋》。

养生不能延年，忘言未是安禅。圣学工夫安在？重寻《曲礼》三千。

毕竟学书不成，谁道能诗有声。点检平生交旧，几人曾是同盟？

扬 雄

读《易》先知未画前，圣人何事绝韦编。始知扬子多闲暇，更有工夫草《太玄》。

严君平

千秋蜀道一君平，气象从来不近名。可惜下帘无一事，才将《老子》授诸生。

贾 谊

孔丘墨翟并称贤，始信先生学未专。何事退之传此谬，亦将余论点遗编。

晋二绝

纷纷礼乐付浮埃，一取玄虚祸始开。但见出言齐老易，始知胡马不虚来。

晋朝朝士安知礼，尽出纷纷篡盗余。漫使当时辟世士，放言高论祖浮虚。

畜犬雪童黠甚胜人壬戌夏暴死作诗伤之

它生与我有微因，来见防家最后身。共住世间均是梦，未应心境不如人。浮云屡变本无迹，叉路多歧莫问津。此后穷愁有南北，更谁随马踏埃尘。

伴我走道途，直前无葛藤。三年贫病里，几度送亡僧！

又作二绝

荒山古寺欲黄昏，梁上诸君欲到门。雨湿雪童埋处土，向来精爽更谁论？

客至书来总不知，都缘迒日吠声稀。蛛丝网遍常行处，犹道奔逃未肯归。

秋　日

御盗犬新死，放生羊尚存。有书消永日，无客到衡门。山色热犹好，溪流雨不浑。还须止杂念，数息度黄昏。

怀雪童

老来于世漫多悲，梦幻推移且自知。想得开山藏骨处，却如摇尾乞怜时。送行识我贫无盖，闲坐思渠闷有诗。从此穷居添寂寞，夜长谁复绕帘帷？

即　事

畏事成闲厌出遨，故人不见如曹逃。一寒一暑便衰老，如梦如幻无坚牢。客游衮衮漫南北，往事悠悠增郁陶。此去还能安坐否？割鸡元不用牛刀。

念　旧

俯首思畴昔，常期不负渠。事随新境转，人与旧情疏。少日犹相忆，多年遂绝书。况于生死隔，宁复似平居。

和汪教授

羡君须作绿陂竹，饭饱哦诗声彻屋。闭门不出动经旬，坐看禅房花柳簇。却记冰霜动地时，半夜小园风折木。一尊相对任浊清，三径闲行漫松菊。长篇短句动盈轴，想象清香有余馥。问君何以得此妙，木润只缘山有玉。我穷犹敢和君诗，不留和气暖脐腹。搜寻险韵少工夫，敢与诸公斗迟速。

癸亥岁正月二首

闲居足因循，所至漫冬夏。今年忽六十，稍觉日有暇。孔子固大圣，未害六十化。同时蘧伯玉，亦岂出此下？庄周与惠施，初未识此话。何因为此语，百世呈缝罅？不如姑置之，以俟一战霸。

孔子六十时，入耳心则通。所造不可知，谁能强形容。当世设梯级，聊发百世蒙。如何陋巷颜，年少两颊红。出门请从之，便欲齐此翁。心知路不远，试用一日功。还家对箪瓢，此士正不穷。

寄蔡伯世李良宇

两君羁旅宦西蜀，我亦江南往僧屋。想象平生肺腑亲，晴天何处飞黄鹄？庾郎故是丰年玉，道儿更是见不足。藜羹脱粟有余味，富贵薰天果非福。死生契阔今谁在，往事悠悠陵谷改。他年乘兴下瞿唐，见我衰颓莫惊怪。别寻好语和君诗，偿尽平生难韵债。扫除壁土更焚香[三]，下酒如今有鲑菜。

赠魏承事二绝

雨涨溪浑欲断桥，水乡风物转萧条。烦君下笔留春住，令我寒窗不寂寥。

四十余年别历阳，旧游如梦费思量。眼明见此老居士，听话旧游如到乡。

送魏县丞之官余杭

君去我逾静，我病君得知。如何便相远，未有再见期。溪桥已春晚，红紫久离披。初无一尊酒，慰君别后思。君才则甚长，所用无不宜。但当敛光芒，匣剑深藏之。初非击刺用，肯顾庸人嗤。平生富事业，余事尤长诗。当官傥见念，琢句敢嫌迟。上以寄难兄，下以愈我饥。

叶尚书普光明庵

日月岂不明，明乃有昏昼。四时所出火，更自表新旧。宁知普光明，亘古不传授。独照万物表，不见所成就。远乃包须弥，近不闻圭窦。茫茫浊水源，我此明亦透。尚书所居庵，草木甚癯瘦。收藏万丈光，敛退著怀袖。至宝久不耀，却立万夫后。我愿从公游，昏病方待救。先持此微言，远寄为公寿。

焦复州惟正寄鼎复两州喜雨诗来以近体诗一首寄之

闻道复州圣太守，只如前在武陵时。相逢未说为州乐，所至先传喜雨诗。行比曾参仍不鲁，焦君居家，以孝友称。政同龚遂更何疑。悬知此去长闲暇，定是愚民不忍欺。

送范十八还江西效白乐天体

与君此别重依然，再得相逢又几年？无使人言长似旧，况教人道不如前。穷通轩轾皆由命，贵贱高低总是天。只有修身全属我，少迟留处便加鞭。

晁公诗九经堂

人家有屋但堆钱，君家有屋定不然。一堂无物四壁立，六艺三传相周旋。人言君贫君不顾，以此辛勤立门户。圣人遗意要沉思，暂脱楚骚辞汉赋。他年相见问何如，且说九经得力处。

送瑞印上人归福州

不须布袜与行缠，参得诸方五味禅。散尽白云见明月，虚空只是水中天。

校记

［一］寅缘　庆元本作「因缘」。

［二］索漠　四库本、家刻本、吕抄本作「索寞」。

［三］壁土　庆元本作「尘土」。

东莱诗集卷二十

尤美轩在玉山县小叶村喻子才作尉时名之取欧阳文忠公《醉翁亭记》所谓林壑尤美望之蔚然者后数年旧轩既毁复作寺僧移轩山下汪圣锡要诗叙本末因成数句寄之

兹轩在何许？远在洞岩侧。洞岩山水胜，自与尘土隔。天以奉幽人，宁肯媚过客。尉曹昔吏隐，到此若有获。名轩曰尤美，尽去眼界窄。坐令欧阳公，余意转明白。车马走道路，我久度此厄。茫茫六合间，于此有安宅。轩虽有成坏，山本无异色。举头见林壑，不必更远索。

金溪董需彦光凌岑庵[一]

我为江南游，衰病转不堪。往来信抚间，未上凌岑庵。凌岑贤主人，清峻如山岩。避事若荼苦，守贫如荠甘。平生好交游，十不存二三。令弟又继往，世不闻清谈。高风故绝俗，想象令人惭。浮生有欣戚，此味久已谙。请君但高枕，客来睡方酣。茫茫岐路间，与渠为指南。乘风本余事，不向鼻端参。

盛华彦光丘壑轩

盛侯少时伟仪观，下笔不休人共叹。胸中别自有丘壑，万里溪山藏几案。往来车马闹泥土，盛侯何尝著眼看。较量今古考同异，抖薮胸襟别真赝。今朝示我故人诗，老病穷愁得消散。故人相继在鬼录，君虽独存饱忧患。且住溪南数间屋，坐稳不忧时节换。人言丘壑殊不恶，君守一丘只如昨。文章老健气如虹，不向山岩何处著。

送晁公庆西归

顷从君家诸父游，谈经语道久未休。死生契阔风尘起，往事追寻三十秋。疾病衰颓且深坐，喜见后生勤胜我。临行索我送行诗，短句长篇无不可。少年学问要躬行，世人营营勿与争。闭户忍穷心自乐，箪食瓢饮殊不恶。纷纷得失谁厚薄，得此失彼莫筹度。

曾吉父横碧轩

器尘等山林，此理久未尽。君今住世网，于此已自信。僧居隔长溪，屋古柱础润。不知市声远，但觉山色近。开轩有余地，草木当夏润。一身船转头，万事灯落烬。譬如痒在体，搔抑吾已认。青山故在眼，已绝封闭吝。悠然有遐想，此语君所印。

送邢道州赵邵州归湖南

相逢不得款，奈此离别何！长途已新秋，从此风雨多。欣然出残暑，如鸟离网罗。我独此淹留，衰病日婆娑。跂足望二子，洞庭秋始波。道州通家旧，口辩如悬河。邵州我表弟，玉也保不磨。无由得相就，相近日经过。黄尘翻马足，未暇眄庭柯。何时寄书来，与我消睡魔？天凉不饮酒，为子一高歌。

送方丰之秀才归福唐

我居江东，惟信之州。子来自南，而与我游。问其所友，一时所秀。其兄韫德，亦既有就。子学既立，子志甚远。何以终之，止在不倦。贫贱勿厌，自然无闷。富贵勿羡，害德之本。彼古之人，能圣与仁。我胡不能，叹其绝尘。今子归矣，岁亦有秋。何以告子，惟圣之求。水流有源，木生有根。惟源与根，入德之门。求圣根源，惟正之守。正之不守，弃师背友。丝毫之伪，勿萌于心。无有内外，亦无浅深。由此则圣，舍此则病。是以君子，所守先正。于以赠别，亦以自警。为别后思，且以三省。

向敦武挽词

耐官丞相后，世固不无人。位下能安命，身闲不厌贫。还能死异域，便足继前尘。此日何山路，空悲草木新！

向签判母挽词

懒作尘寰住，虚随云雨仙。人皆钦懿范，天不予长年！室静如归隐，心安胜学禅。传家有令子，尚得慰重泉。

赠眼医张子骧郎中

人生所有疾，万种皆眼病。由眼不得明[二]，故视有不正。指白以为黑，远迩皆未定。如何少翳膜，遂失本来性。今君有妙手，与世脱机阱。病虽有多端，但以一理胜。不须望奇功，药病自相应。吾观世间物，唯眼为至净。不容著纤毫，况复计少剩。自古大医王，其治有捷径。不能添汝明，但要除此证。镜有尘故昏，尘本不在镜。尘去镜自明，岂必与物竞。皎洁玉壶冰，澄澈秋月莹。坦然望长途，欲往不待倩。其说甚易知，在汝听不听。请君明其然，说法我已竟。

送晁侍郎知抚州

与君相从四十载，老病昏昏君不怪。交游太半在鬼录，一时辈行唯君在。前年簪笔侍明光，论议风流传梗概。迩来同住此荒城，笑语澜翻绝机械。薄酒重寻它日盟，新诗未了平生债。今君奉诏作邻郡，共喜朝廷有除拜。定知惠政及斯民，一洗从来州郡隘。瓮头春色早晚熟，远寄还须例霑丐。为君试草德政碑，萧何自昔文无害。

晁留台刘夫人挽诗三首

自昔闻诸父，文章汉两京。原父侍读，贡父舍人，夫人诸父也。风流传壶范，烜赫振家声。睦族今无匹，能书旧得名。如何江左郡，今日望铭旌。

故家刘与魏，我亦忝姻亲。夫人刘姓，魏出也。久矣思前作，居然愧后尘。遗芳接惇史，旧德见夫人。怅望鹅湖路，新年草木春。

留台无恙日，乐善出诚心。文采不复见，声名空至今。半生资内助，三叹有遗音。抚事思前辈，于谁觅断金？

赠郑侍郎

郑公一勺酒，时与故人倾。况兹冲和天，草木日向荣。山茶逞独艳，著意呈轩楹。座中四五客，还来寻此盟。主人久未厌，频得倒屣迎。烧烛夜照花，知公有余情。清歌洗俗耳，软语令心醒。岂伊鹤顶丹，独自能倾城。要令同一妙，相伴作三英。纷纷桃李花，开谢略不停。谁知此深院，别有高世名。我老百事废，对此眼暂明。还家不能寐，起坐数残更。明朝有新句，更欲烦公听。

送宗纪上人归福州

道人海上来，访我江外寺。春风吹行李，飘摇不得住。手中主人书，足下千里路。临行请一语，恳款过外慕。人生未入道，所至皆旅寓。急参庭前柏，会取末后句。相逢与相别，唯此是先务。

郡会分韵得蛮字

柳外高楼四面山，使君携客共跻攀。尘埃不动日方永，桃李无言春自闲。未厌簿书时到眼，每逢诗酒亦怡颜。夜阑一倍园林胜，尚觉清歌欠小蛮。

郡会赏牡丹分韵得裳字

敢辞深坐懒衣裳，便欲追陪恐病妨。小户常忧劝酒满，短才仍怯和诗忙。牡丹花在逢寒食，群玉山如望洛阳。不是使君寻旧赏，更无人会忆姚黄。

次蔡楠韵

交旧悠悠西复东，建昌南望水连空。蔡侯念我有新句，犹似灞桥风雪中。

送王提举赴淮东七首

君为千里行，我此一室住。清风随画舸，已过江北路。

君如暑伏冰，所至自清静。倏然接新秋，已复天地性。
随行万卷书，既足以自娱。因知君所乐，不在使者车。
入门虽多途，其究有安宅。君能识其然，一语在物格。
学道贵积习，天地故相似。不容有私心，毫发在胸次。
海陵我旧游，岁月亦已久。不知兵火后，尚有昔人否？
官闲有新作，寄我莫惮远。兼书海陵事，令我开病眼。

送财用归开化二首

年来相聚欲无言，懒说诸方五味禅。所恨归程太匆遽，不收吾骨瘴江边。
疾病支离欲著床，尔来殊不负秋阳。头童齿豁西风里，尚费萦帘一柱香。

谢范子仪见寄因次其韵

疾病深藏一事无，眼从昏涩废看书。清诗忽睹惊人句，远道如瞻使者车。颇放溪山时入
座，不妨宾客醉骑驴。传家事业风流在，早晚还朝得尺摅。

谢周侍郎送木瓜

染以猩猩血，缘以刺绣文。天生此硕果，似是百果君。杯盘快先睹，便足张吾军。雅宜椽烛照，正合侑金樽。环橙与大柑，其从盖如云。我病日已衰，故人时见存。晨兴有奇事，此果蒙先分。开缄见珍异，坐使童仆奔。把玩不去手，举室生清芬。所恨茅屋低，著此太不伦。琼琚未足报，拙句聊相闻。

谢幽岩长老送荔枝二首

年来疾病日衰颓，咫尺闽山懒便回。不是幽岩老尊宿，更无人寄荔枝来！

荔子蕉干久未尝，今年霜下始闻香。幽岩阔略庵前事，容得先生为口忙。

抚州俞隐居挽诗

临川俞处士，独擅隐居名。懒倦不复出，风流闻后生。自甘长寂寞，肯作太鲜明。松柏新阡路，伤心秋后声。

赠汪信民之子如愚

四海同门一信民，近淮来往七经春。生平坎廪不如意，死去声名多误人。漫以文章付儿子，略无毫发仰交亲。请君但自传家学，陋巷箪瓢莫道贫。

谢曾台州送梅

不辞深坐转衰颓，养病仍无酒一杯。尚喜故人相劳苦，腊前先送一枝梅。
瓮间吏部久不见，江东步兵那得知。故人怜我太寂寞，一枝梅送两篇诗。

送范子仪将漕湖北五首

君行欲何之，乃在湖水北。湖水多郡县，使者易为德。其民淳而苦，其吏朴以直。官闲足宾客，岁稔少盗贼。得君清静化，用教不以力。但自养根苗，勿苦厌蟊蟘。
许昌无事时，地固多英豪。况君忠宣子，誉望素已高。读书不出户，俯首自作劳。脱身走江南，始为时所褒。每念其先人，水静绝波涛。时从文字嬉，余事及风骚。
忠宣在朝廷，每欲消党与。以我广大心，尽使变齐鲁。同门有不察，平地斗豺虎。君昔住许昌，闭口不复吐。静思前人意，皆是神所许。自守泥涂间，肯复计龃龉？令兄守家学，曰自文正始。惟不卑小官，至死而后已。其间有富贵，乃是偶然尔。人欲学古人，岂不识此理。奈何厌贫贱，乃不退就己。君今久蹈之，可为吾党喜。我懒百事废，尚叨交旧知。时蒙寄书来，索我送行诗。我诗老益退，久为人所嗤。君独不见鄙，论相不举肥。送君湖北去，无事隔山陂。时应有佳句，尚足慰相思。

梅花二首

白玉花头碧玉枝，水边篱下雪晴时。暗香别有关情处，却是春风未得知。

占得先开不待春，风饕雪虐长精神。老人不是寻花看，要与尊罍洗世尘。

周承务迦求诸己斋

为腹不为目，贵久不贵速。人皆求其余，我独心易足。人皆重外慕，我独慎其独。闭门想颜子，默坐相追逐。寿夭有定分，箪瓢乃其福。修身虽多途，要在不远复。

送程伯禹归浮梁

不见程公二十年，上饶相遇各华颠。平生气节君先立，老去安闲我未然。即看归来上廊庙，未容休驾住林泉。饱山阁上凭栏处，合得逍遥第一篇。

疾病因循懒出门，茅檐终日坐昏昏。雨声点滴松藏寺，人迹稀疏犬吠村。时得使君相劳苦，胜于书札问寒温。只应此去添憔悴，又欠先生酒一尊。

寄题王珉中王通判梦山堂

青山甚不远，每因尘事疏。百事揽胸次，岂知山有无？君无适俗韵，常似山中居。出处本无二，梦觉固不殊。不知此山堂，始往从何途？未尝走道路，亦不用舟车。溪流与山色，相对若有余。此地甚闲旷，如君心地初。行云映远树，中有此田庐。如今遂安处，始验实不虚。得非神所相，无乃道力扶。亲朋在左右，不待折简呼。往来一笑乐，胜有十轮朱。何须从范子，辛苦泛五湖。亦不学沮溺，远迹斯人徒。从容万事表，在我不在渠。欣然理前梦，已胜在华胥。

去冬以纸衾遗刘彦冲刘有诗来谢以一绝句答之

初无一物献言人，纸被封题意却真。想得蒙头忘百虑，满山风雪自成春。

锦绣堆床已不宜，芬芳拨郁又成痴。心知此被无他巧，能与山翁换好诗。

送曾李直下第归临川

老病侵凌重别离，尔来瘦欲不胜衣。信州城北荒山寺，两送亲知下第归。曾子不愁归泥路，临行索我送行诗。头童齿豁衰颓甚，不似京城相别时。

送赵十一弟之官南安[三]

君为千里行，我有一樽酒。把酒持劝君，欲以为君寿。南安傍庾岭，瘴疠亦时有。德人固天相，和气生户牖。斯民得安乐，如我屈伸肘。居然变远俗，共感贤太守。我病居上饶，忽忽岁月久。杜门百事废，亦复厌奔走。得君暂相从，感叹成皓首。颇念河朔时，相从诵诗否？人生只此是，不必更抖擞。有便即寄书，频来问衰朽。

寄刘彦冲兼寄胡原仲刘致中

故人别去两经冬，今岁书来第几封？正以空疏少制作，不因穷约废过从。养生漫说终难效，学道无心亦未逢。若问真归是何处？五更常听寺楼钟。

去岁尝以纸被竹筒遗刘致中后为大水所漂致中有诗以二绝句答之

念君无爱亦无求，一室翛然冷欲秋。尚恐深居有余念，更将衾筒委洪流。
纸被公无笑不才，两公相继有诗来。五更睡足天昏黑，也似他人锦绣堆。

吴傅朋游丝书

君不见往时文学顾八分，中郎之后典刑存。又不见先朝文惠书堆墨，大榜浓云照南北。未似只今上饶守，静写游丝不停手。非烟非云断复续，缓步徐行不拘束。断崖一落千丈滑，远望笔行如一发。鬼神竭力觑不见，铁矿消亡钢作线。线舞飞扬不自由，纵横自在胜银钩。知君此意非安排，妙处不从笔下来。心凝形释万事去，信手却立无纤埃。满堂回头莫见猜，我自悟此忘胸怀。操舟相马在事外，颜氏识此由心斋。如君下笔少有意，锦绣宁不误剪裁。君惟无心故若此，秋毫自可缠风雷。钟王敛手谢不敏，长史怀素惭衰颓。病夫睹此心目开，向来穷愁安在哉！

校　记

［一］金溪　底本作「金鸡」，误。今据家刻本改。按：本中时在江西游。金溪，县名，属江西抚州府辖，因县有金

溪水（水色如金）而得名。诗中云：「往来信抚间，未上崚岑庵」，亦可佐证。

［二］不得明　庆元本、四库本、家刻本作「不能明」。

［三］送赵十一弟之官南安　庆元本作「送赵十一弟之官南安守」。

东莱诗集外集卷一

离行在即事三首

昏旦黄村里，经营谢独清。看人长麈尾，怀我短灯檠。旧交分穷达，斯文鼎重轻。边声
授明主，礼乐谢诸生。
漂泊流旁郡，烦人久厚颜。强求微禄去，未得故乡还。驿骑随朝发，舟师语夜阑。到家
传吉梦，归使下燕山。
客况多堪笑，归舟静拥衾。转喉常触讳，对面却论心。外物家无有，闲居念本深。妻孥
安短褐，终不羡多金。

庐陵相遇同炼金液赠师厚直阁

扫地樗树阴，扇火炼金液。饥乌下朝阳，啄枝坠红实。秃翁未着巾，偻背散破绤。提钤
顾四海，老手闲可惜。相勉各衰年，省事慎药石。急当固根本，乃可传损益。元气日愈

亏，药邪资盗贼。谁解翳乾坤，相视泪横臆。

次韵景实椰子二首

旧传椰实来琼州，珍如楚萍出中流。双帆八桨严护送，犹若亦恐贻神羞。当时荔子宠妃子，一日红尘归帝里。弃捐硕果久不食，正音鞮鞻不入耳。

勿嗤磈礌老瓠壶，中含琼浆碧琳腴。圣门貌取失子羽，底事端可铭磻砖。新诗应欲泄感意，更复夸谈作真赐。闵人如此慎勿欺，我□与君谐世事。

闲　居

风土宿人住，依栖县令尊。摘山春晚苦，汲涧雨余浑。白日供高枕，生涯付小园。时来携白锸，种药两三根。

冬日杂诗

白日供多病，青山且旧居。柴门临水静，风叶舞霜余。老练时情熟，贫穷家计疏。墙东端可望，炙背饱翻书。

失题

春景晴乃暖，寒江晓不波。云山明客眼，风露净林柯。紫塞传烽急，潢池带剑多。苍生好苏息，天意定如何？

苦雨

雨添东涧连西涧，云断前山起后山。野水到门人去尽，昏烟迷树鸟飞还。江天日月浑无色，客路风埃只强颜。舞石至今随燕乳，裁诗不复哭龙悭。

题宫使赵枢密独往亭

谢公为时出，四海正仰渠。雅志在东山，本末固不渝。符坚百万师，一扫谈笑余。今公抱长策，岂止安石徒。平生独往愿，结亭山一隅。跻扳上修竹，已自胜巾车。举手谢世人，不与汝同途。出佐明天子，意欲无强胡。行当复中原，即日还旧都。岂容思昔隐，更作深山居。小人病无能，误入承明庐。朝夕投效归，为公先扫除。

申端应诗

避乱久去国，远游将抱孙。氛埃到湖峤，愁叹满乾坤。气力吾先老，风流子独存。相逢能少驻，重为倒余尊。

丁酉冬江上警报

京路萧条信不通，胡尘尚欲竞南风。三年避乱身多病，万里携孥囊屡空。天际每垂忧国泪，日边谁了济时功。宣王自是中兴主，会见銮舆返故宫。

高安道中有怀故人李彤

寒起溪边芦荻风，霜林病叶未全红。雁随云落斜阳外，舟傍山行晚照中。极目闲愁愁欲绝，满川离恨恨无穷。天涯更送亲朋去，尊酒何时得再同。

游阳山广庆寺

溯流荡桨到阳山，寺在云山缥缈间。雨洗竹萌穿野岸，风吹榕叶落荒湾。僧眠白日钟声静，花送青春鸟语闲。留醉岭南无所恨，不妨蜡屐恣跻攀。

自阳山还连州

雨后轻裘寒尚侵，杖藜终日共登临。水声不似风声急，山色何如草色深。万叠残云遮晚照，千章古木发新阴。飘零未忍疏杯酌，欲醉翻嫌酒满斟。

柳州开元寺夏雨

风雨翛翛似晚秋，鸦归门掩伴僧幽。云深不见千岩秀，水涨初闻万壑流[一]。钟唤梦回空怅望，人传书至竟沉浮。面如田字非吾相，莫羡班超封列侯。

寄云门山僧宗杲

隋堤河畔别支公，目断霜天数去鸿。岁月峥嵘如许久，江湖飘泊略相同。无穷烟草夕阳外，不尽云山秋色中。寄语只今能见忆，书来莫遣太匆匆。

怀从弟

折柳长亭今几年，一行作吏楚江边。音书顿逐归鸿断，消息时因过客传。五岭风温吹瘴雨，九嶷云湿卷愁烟。每吟春草池塘句，尚想诗成梦惠连。

郴州谒义帝陵庙

淅淅寒声未落霜，满庭残叶不胜黄。墙头雨带烟悲冢，炉冷风飘尘带香。修墓尚应怀楚德，入关犹想快秦王。追思往事空垂泪，无限伤心对夕阳。

桂阳鹿头山寺次壁间韵

霜风过雨不胜寒，木落重重见远山。云卷沉浮横浦外，鸟飞明灭夕阳间。赪肩道永方南去，茧足何时得北还？杖屦登临共回首，自怜五泽入荒蛮。

同诸人再登鹿头山再次前韵

梅梢风动勒花寒，淡淡烟横天际山。顾我未能超物外，因君聊尔出云间。水声不逐钟声歇，林影当随塔影还。异日同归嵩少路，却将诗卷话南蛮。

闻岳侯破贺州贼次韩端卿韵

旌旗摩日甲生光，俘馘黄巾第几方。灭贼未须占斗蚁，破胡行且见神狼。燕然刻石功昭汉，太华题辞事后唐。从此儿童传姓字，风流何止继韩康。

送王循友往柳州

苦雨凄风未肯晴，冲寒行李强南征。烟横远浦牵离恨，云岸乱山迷去程。晓雨来时惊短梦，夜窗谁与对长檠。它年雁荡天台路，满望君还寻旧盟。

永州法华寺西亭

西亭清净冠南州，蜡屐聊为半日留。苍茫轻烟涨山麓，连卷雌霓落城头。禽声高下云间水，帆影参差天际舟。欲去凭栏一回首，晚风吹角不胜愁。

庐陵舟行

雨过归云山更昏，时闻鸡犬闹江村。风欹船侧收帆幅，浪拍堤平没石痕。忧患积年身益倦，功名它日志空存。又看秋色飞红叶，故国归期未可论。

春　晚

柳暗莺啼春正妍，断塍分水灌平田。花开花落几番雨，山淡山明一抹烟。突兀初晴云外寺，横斜欲晚渡头船。天涯因惬沧州兴，何用区区苦自怜。

宜章元日

东风初解冻，桃李已经春。避地逢鸡日，伤时感雁臣。湖南驰贼骑，江外践胡尘。憔悴成无用，虚烦泪湿巾。

久　雨

宿雨何曾歇，浓云未放晴。莓苔侵户长，蛙蚓入窗行。钟送远山响，灯挑残夜明。芭蕉添客恨，只伴□檐声。

界步河亭

穷山拥翠染人愁，亭下寒溪东北流。寄语扁舟舟上客，为传消息到筠州。

途中久雨乍晴

匝地浓云散晓风，轻霜挟冷下长空。攒峰叠嶂来无尽，疑是舟行图画中。

连　州

再到连州却是家，逢人不复叹生涯。尊前欲洒思乡泪，羞见枝头含笑花。

宁远道中

路转寒松日欲斜，野梅初吐两三花。溪流映石风吹碧，时有鳞鳞雨后砂。

春　晚

宴坐翛然万虑忘，从它春雨送春忙。佛灯初上黄昏后，时炷郴州石乳香。

湘江斑竹

湘江江上数重山，山远云深缥缈间。帝子不归肠欲断，竹梢空染旧痕斑。

兴安灵渠

淡日轻风细雨余，阴阴溪柳映溪蒲。清流平岸舟行急，野鸟时闻声自呼。

野　岸

淡日轻烟村径斜，长风卷浪欲浮花。夜深隔岸渔舟过，萤火惊飞乱点沙。

春晚即事

淡淡阴云昼掩门，隔溪杨柳暗江村。落花狼藉飞红雨，又是潺湲过一春。

香山观壁间诗因次其韵

抗志欲学仙，自恨无仙骨。去国将六年，避地欠三窟。禅房翳翠阴，竹本可制笏。谁持大君前，指顾取回鹘。

怀古

买臣负薪行且歌，其妻羞缩悲蹉跎。季子归佩六相印，骨肉歆羡缘金多。人生穷达等幻灭，贫贱何忧贵何悦。争如饥采首阳薇，不慕皋夔希稷契。贪功徇名世莫嗤，拖金曳紫同儿嬉。一朝祸至几发冢，却思衣布丹徒时。丹徒风月依然好，尔自升沉委荒草。草长木拱荒烟寒，此恨年年向谁道。

近体诗二十韵寄钱秉之

忆昔春将暮，分携桂岭边。落花依断陇，飞絮满长川。风急吹残雨，云开放晓天。山光如欲动，草木不胜妍。沽酒遥村市[二]，停骖近郭田。临行思款曲，已别更流连。治邑烦游刃，编氓荷息肩。高才久藏巧，笃行众推贤。屡辱银钩况，频更玉律迁。故乡迷薮泽，归梦眇云烟。漂泊遥相望，穷愁只自怜。爱闲身益懒，多病气仍孱。故国因人问，新年底事传。政应升斗恋，聊结簿书缘。诸老方推毂，乘时好着鞭。提撕起憔悴，腾踏动蜿蜒。袖有平戎策，囊无封禅篇。功名期万里，富贵属千年。范蠡终兴越，田单卒破燕。异时归䅌载，乞我买邻钱。

校记

［一］流　底本作「留」，误。今据方回《瀛奎律髓》卷十七改。

［二］逦　底本缺，今据北京大学图书馆藏李盛铎《东莱先生诗集》抄本卷十补。

东莱诗集外集卷二

绝句三首

云海冥冥日向西，春风着意力犹微。无端一棹归舟急，惊起鸳鸯向背飞。
过尽层城渡石梁，乱山千叠转羊肠。草堂居士风流在，与种寒香满古堂。
江城春色涨晴空，樱杏漫山泼眼红。溪转路迴人不见。篮舆十里度松风。

送韩存中侍郎赴光州二首

公今处群士，培塿望嵩高。不有千钧重，虚蒙一字褒。荒山伏虎兕，小径押狎猱。默坐吾已得，往寻渠自劳。
令弟今先达，诸郎复可人。一麾公出守，三径我知津。香火它年社，山河后夜春。会须从几杖，不必画麒麟。

试院中呈诸同官

老眼文书便一窗，短檠风味竹方床。洛阳甲子清明近，海内交游道里长。渐欲着身船尾上，不能寻汝马蹄旁。慢红夭绿无多事，紫蝶黄蜂各自忙。

试院锁宿数日未出

一闭几十日，春风能几时？误寻高士传，虚负老人期。酒或知愁处，人应笑我痴。衰颜已无绪，仍对折残林。

堤　上

水上人家各系船，画旗何处插秋千。长堤缭绕人行外，古木槎牙乌宿边。敢为簿书嫌蹭蹬，却因升斗致留连。何时更鼓江南棹，一住越中三十年。

阻雨不出

年来尘土住都城，尚见车行半月程。一夜北风三尺雨，卧闻车马溅泥声。

次潘节夫韵

昔年绕社培楸梧，霜风初劲叶未枯。鸡肥兔贱年谷熟，草服黄冠真野夫。时时步屧过邻叟，共醉不复烦追呼。杯中满泛注白玉，林边阿堵无青凫。击壤歌缶有余乐，岂羡麒麟驰大衢。眼眵看朱或成碧，心懵读马还作乌。富如安昌徒自苦，上贾必欲求膏腴。声名向晚更寂寞，何似扬雄宅一区。美官好爵乃土苴，人生要在修廉隅。

再用前韵寄璧公

直言曾许老盲聋，文物当年扫地空。纵病且怀修月手，更穷不顾拍张公。长年眼作胡僧碧，旧赏花今何处红？知有百年余习在，略烦佳句愈头风。

郴州牛脾山谒景星观观下有白鹿洞乃苏耽飞升之地

清霜散晓阴，轻风吹宿雾。桥倾绝人行，渔间借舟渡。初惊乌背转，渐入牛脾路。长林连云壑，细草萦石户。洞深锁灵踪，鹿去骖仙驭。殿高邻天冠，廊回宽地屦。骤响水湍流，飘香花似雨。崎岖到山椒，静旷夺尘虑。四顾但苍茫，俯窥若轩翥。伫立鹤不归，寒生日云暮。

春　日

看花不忍摘，忆在历阳时。梦挟春风走，生嫌暮景移。老人扶杖隐，诸少倚歌迟。懒拙今谁问，漂流只自知。久无红颊映，但有白须随。一世半疾病，百年长别离。漫成归隐梦，频有送行诗。痛欲心犹在，高吟病不宜。未应讥逼仄，或恐胜肥痴。何日江南去？秋帆满意吹。

京师雨春

骤雨翻檐急，残花落案频。春光一梦过，物态逐时新。旧识嵇康懒，兼随原宪贫。南邻鼓唤客，知是可怜人。

府学治事奉怀张彦实兼寄惠子泽范信中向君受

疾病冲忙百不宜，只今筋力已全衰。长廊广殿风来远，古柳高槐日上迟。彭泽老人新断酒，辋川居士旧能诗。已怜走马西归后，更忆扁舟南渡时。

寄家叔虚己

莫言离别废周旋，万里星河共此天。山色自然无罣碍，月明何处不团圆。寒云渺莽初飞雁，野树萧条咽断蝉。问言求田经有愿，晓帆春渚望回船。

北齐

陈郎苑里朝朝树，齐主宫中步步莲。莫言河朔便粗鲁，元有琵琶膝上弦。

信安生日

和风蔼蔼动祥烟，此日祥鸾下九天。已共清秋却残暑，更同苍柏享长年。琼枝自出尘嚣外，宝月常临雨露前。子问旨筵何所颂，人间今日地行仙。

晋大宁四月王敦自武昌下屯于湖明年六月敦将举兵内向明帝微行至于湖阴察其营垒而去唐温庭筠作《湖阴曲》盖为此也后汉王霸之孙改封芜湖县吴时此地称于湖或称芜湖察其营垒则姑熟之西初芜湖

阴又且于湖乃芜湖也张文潜有《于湖曲》广其意追和焉

琅琊初渡秦淮水，外托奸雄抗胡垒。白头欻发问鼎心，十万锐师同日起。旌旗蔽江衔舳舻，卸帆钩堑屯于湖。云昏雾惨恣诛杀，电激风奔传指呼。谋狂虑逆天夺魄，昼梦环营日五色。巴滇骏马去如飞，始遣轻兵索行客。黄须英特神所怜，舍旁老妪留宝鞭。宝鞭玩贼伫俄顷，野陌尘断生青烟。石城战士争愤泣，君王试敌曾深入。累累金印取封侯，忍瞰上流借余力。际山暴骨真可哀，向来胜负安在哉！至今秋晚渔樵地，雨洗渍血空苍苔。

题九江王插剑泉

嬴氏方失鹿，群豪竞奔驰。较力争胜负，未辨雄与雌。项羽奋其中，气压诸侯师。破关与救赵，九江实先之。指挥半率土，自谓可立治。孰知大蛇断，天命潜已移。隋何说淮南，祸福非面欺。间行共归汉，逐合垓下围。海岳既有主，智勇安所施。不自悔圭角，宁能免嫌疑。杀身膏草莽，为复归怨谁！插剑郴岸口，泉溢何神奇。载籍加隐括，曷尝亲到斯。惜哉功名误，徒令后世嗤！

阳山大雹

建炎庚戌正月尾，阳山雨雹大如李。疾雷先驱风御随，顷刻云屯遍千里。初疑地轴开九渊，固阴惊蛰神龙起。又恐帝出发震怒，下扫炎荒除疠鬼。破窗穿牖□□横，触石摧林势难比。疑是晓色方窥檐，惨淡复黑迷巾履。披衣欲兴还就枕，硇磕崩腾喧两耳。吾君圣德过成康，胡虏凭凌殊未已。中原郡邑半丘墟，铁骑犹思犯南鄙。安得天威假庙谟，恢复两河端可俟。

谒韩文公庙阳山

雄文峙华嵩，高词灿星斗。孝思古人齐，名出当时右。少小怀经纶，志气颇自负。束带入柏台，极力排奸丑。谗言如青蝇，正立无所苟。贬官宰阳山，万里困奔走。松竹罗县斋，黄卷不离手。地偏杂蛮风，吏民归化诱。至今数百年，流俗独淳厚。山川发清奇，与公俱不朽。我来拜遗像，肴蔬荐芳酒。拂石哦公吟，一洗胸中垢。

游会胜寺蒙泉

去郡十五里，满山蔽青松。朝来雨初过，萧瑟鸣悲风。踏泥转溪曲，路尽山无穷。层崖筑栏阁，宛在云烟中。引水绕砌下，溃石常飞濛。寻幽到寺背，苍碧摩高空。古甃冽寒泉，浅沙影重重。伏流尚数步，暗与溪相通。潺湲去何之，可折从此东。会有到海期，岂计朝暮功。我行因避贼，眺览聊从容。徘徊未忍去，僧饭催撞钟。

连州游隅湖亭

附溪翳嘉木，频溪引清流。如何几亩田，委曲林泉幽。乱石际高下，森列如戈矛。青色染黛浅，映水疑欲浮。危亭跨绝壁，广榭排荒丘。我来雨初过，远山云半收。百花开已尽，桑柘鸣晴鸠。不知汝颍间，还有此景不？踌躇思痛饮，沃洗胸中愁。明朝倘未去，提壶再来游。

奉观超然居士面面亭唱和新句辄成近体诗上呈

我老日已懒，君闲宁废诗。尘埃久无梦，苔竹旧相知。早晚春犹在，追随病不宜。因观七字句，尚足乐晨饥。

送李惇秀才

有口莫饮朝市水，有脚莫踏红尘地。市朝之水不可饮，尘埃一涴无由洗。十年阅世真梦寐，一日逢君得欢喜。自嫌疾雨倒晴雷，且顾浊河露清泚。君行此去道庐山，为我作诗山两间。寒泉夜听鸣玦环，划茅后池种白莲。更约洪谢林汪潘，徐李欲去不作难。倚松闻之亦解颜，我且往矣君且还。

元日雪中作

老病昏昏闲不出，山后山前雪三日。人家闭户作新年，一饱经营苦无术。朝来附火读《阳秋》，笺注纷罗添百忧。未减少年穷事业，青灯分坐写蝇头。

送王周士

病欲驰驱转不宜，只今筋力十分衰。平生轗轲老更甚，此去艰难心自知。苛痒未除妨摄念，交游虽近废论诗。明年更欲寻公去，同上衡山过九嶷。

寄小范

高卧终无策，缁书漫作缘。相望如一日，不见已三年。事少知心远，居门觉地偏。明年得安静，为子下临川。三年前，在绍兴作此诗，欲奉寄久不果，今漫录云。

奉赠伯世仲志二弟

我已蹉跎不及闲，百年遗范子犹存。故知前辈风流远，世世传家有外孙。
往时天未丧斯文，吾祖声名更绝群。内外诸孙几人在，不应如我便无闻。

送张子直西归

年来衰病只深藏，转觉闲居气味长。所恨浮生有拘绊，不能相逐上瞿塘。
君家兄弟各能文，季也风流又绝群。万里相逢又相别，落花时节却思君。
朋从索寞厌分离，老去心情只自知。记取上饶相望处，小桥南路往来时。
亲旧留连莫厌频，并江花絮已残春。定知数到尝新酒，未有功夫忆故人。

谢赵士原送酒

小雨生凉挽未回，只愁残暑闷风雷。老人端坐气如缕，更进先生酒一杯。

早来取酒瓶已空，对盏不复能从容。出门更值督邮苦，住鬲犹憎琥珀浓。

老来疾病与时添，苦怕香醪如蜜甜。安得泻瓶清似水，主人应未笑无厌。

爱君好句能胜酒，顾我无心久似灰。老病深藏如怯暑，未妨初伏送诗来。

邦杰惠研纸墨三物谨成古体诗一首申谢

歙溪孕石成縠纹，歙山松煤烟入云。敲冰落手卷盈轴，顿使几案生清芬。魏侯哦诗日更好，静到溪山未枯槁。肯分三物到幽人，不留自起《太玄》草。

燕龙图画山水歌

燕公画山水，名在能品中。至今笔墨欲飞动，妙处不与丹青同。巴陵六月风暴起，咫尺长江欲千里。鱼龙变怪鲛鳄怒，细草长林恣鞭箠。断云却挂悬石上，急雨正堕荒崖里。想见行人弛担时，亦有野店临沙觜。渔子回头叹失色，霜女无言欣一洗。向公何处得此妙，长剑出匣须天倚。公不见，簿书丛中尘埃多，归思颇遭贫病魔。念今新凉江始波，如此万水千山何！为公试作吴兴歌，更觅神仙张志和。

初夏即事

但见溪山如画里，不知风景是它乡。苦遭毒暑三年旱，预喜西风一榻凉。俗事不须频到口，旧书何苦要撑肠。雨声只在芭蕉上，正与愁人作夜长！

晚出

小雨将残暑，低云隐暮雷。聊垂野兴出，复为故人回。旱日晚难好，秋花愁正开。论诗已奇事，犹恨不胜杯。

赠赵九弟二首

独居少还往，况此阴雨天。疏篱闭岑寂，昼永不得眠。芳菲随手尽，乐事缺周旋。赵郎远过我，千里一篷船。

温姿破残梦，妙语争春妍。喜逢骨肉亲，懒近新少年。平生金石交，唯尔未改前。君看嵇与阮，感慨后代传。

寄李商老［一］

渌涨西河可纵篙，春光无信费诗招。香烟缭绕重城静，月影欹斜半夜潮。好鸟似闻昆弟语，垂杨初放女儿腰。无人与语当时事，兴尽江南大小乔。

喜宗师诸公数见过分韵得席字

野水春未生，积雪晴已滴。翛然六尺床，正可容一席。诸公数往还，未厌诗酒溺。短檠有新功，妙语乃破的。鲙盘约纤红，名碗乱晴碧。虽无费百金，亦有饮一石。尚念山堂老，病鸟藏羽翼。生平余习在，种种见排斥。荒城满泥潦，亦可试幽屐。明当袖诗往，先尽一醉力。

巫山图歌

君不见，我家壁上六幅图，淡墨寒烟半江水。上有巉然十二峰，乃似突兀当空起；幽花妩媚闭泥土，乱石峥嵘入荆杞。巫山悬下水到天，神女庙前江接连；溪流去与飞瀑乱，屋角却对寒崖悬！阳台作梦不知处，只今饥鸦迎客船。饥乌爱食不肯去，舟子欣然得神护。晓镜新妆敛旧屏，亦有余红点荒树。病夫坐稳便幽禅，每见此画心茫然。文章事业已疲倦，少日气味无寅缘。楚王不作宋玉死，暮雨朝云千万年。

将去济阴寄泗上宁陵

淮海三年别，家山十日程。时思一笑乐，转觉异乡情。叔父勤相唤，诸郎许见迎。浊醪行处有，所恨不同倾！

丙申正月四日大雪简府中诸公〔一〕

曹州城南三日雪，半夜疾风吹石裂。先生睡美唤不闻，不觉衾裯冷如铁。病妻索米少声韵，稚子哦诗应歌节。残书向人老可爱，旧剑虽在磨先缺。未能去寻泉石伴，岂恨深藏狐兔穴〔三〕。新正已过今几日？岁事懒复从人说。长江略无千里梦，故人动有十年别。相从一笑又艰阻〔四〕，所向坚坐如痴绝〔五〕。城中诸公不相弃，时有妙句投衰拙。颇知晴意在明日，泥深不怕车轴折〔六〕。便当脱帽过君家，共挂南面看明月〔七〕。一杯冻酒君勿辞〔八〕，预借炎天洗烦热。

校记

［一］寄李商老　黄汝嘉曰：「一作放歌行」。

［二］丙申正月四日大雪简府中诸公　按：此首已见正集卷七，题为《雪夜》，诗题下有「政和六年」四字，查政和六年恰为丙申，未知庆元本外集何又重出。

［三］岂恨　正集卷七作「未用」。

［四］相从　正集卷七作「相逢」。

［五］坚坐如痴绝　正集卷七作「端坐成痴绝」。

［六］车轴　正集卷七作「车轮」。

［七］共挂南面看明月　卷七作「共放南窗看新月」。

［八］勿辞　卷七作「莫辞」。

东莱诗集外集卷三

宿石头多宝寺

四山环其外，一峰屹当中。支径转屈曲，云峰踏飞鸿。僧居架苍崖，高下潜相通。昏钟罢香火，余音袅寒空。梅开何处花，吹香到帘栊。回望云山城，木杪残阳红。愁心易生感，满耳唯松风。对酒成浩歌，漂零见途穷。

董村归路马上口占

水声高下竹回环，薄酒无功不耐寒。白塔忽从云外出，青山常在马头看。

兵乱后自嬉杂诗

晚逢戎马际，处处聚兵时。后死翻为累，偷生未有期。积忧全少睡，经劫抱长饥。欲逐范仔辈，同盟起义师。近闻河北布衣范仔起义师。

羽檄连朝暮，戎旃匝迩遐。未教知死所，讵敢作生涯！东郭同逃户，西郊类破家。萍逢无定迹，屡欲过三巴。

胡骑猖狂甚，连年窥两京。贪饕期竭泽，剪戮遂盈城。国论多遗策，人情罢请缨。有谁似南八，血指众心惊！

庐舍经兵火，头颅尚在门。风掀灰烬迹，月涩剑铓魂。鼠穴频遭断，燕巢犹半存。看花泪盈眼，宁忍复开尊。

碣石豺狼种，长驱出不虞。是谁遗此贼？故使乱中都。官府室如磬，人家锥也无。有司少恩惠，何忍复追呼？

叛将斩关入，通衢列众兵。军声逐飞瓦，杀气暗前旌。事定愁方剧，身危梦尚惊。乾坤空纳纳，何处寄余生？

将士承恩泽，临危勿择安。牛衣寒卧易，马革裹尸难。破虏陈奇计，策勋超达官。兜鍪未可忍，从古出貂冠。

夷甫终隳晋，群胡迫帝居。戈戟连梁苑，头颅寒浚渠。天心应助顺，侧听十行书。

万事多反复，萧兰不辨真。汝为误国贼，我作破家人！求饱羹无糁，浇愁爵有尘。往来梁上燕，相顾却情亲。

兵余门巷静，亲故白头新。常与贫为侣，只将愁送春。焚车绝此事，推宅望何人？但得长安信，相看眉一伸。

国命方屯厄，吾曹何所依？白驹将老至，黄鸟恨春归。柳巷清阴合，花溪红蕊稀。主忧闻未解，涕泗望天畿！

江城朝夕闭，里巷绝人行。骄虏未归塞，凶渠犹弄兵。正须烽火息，早罢阵云横。胡孽将销蕴，吾君幸圣明。

四郊多属垒，何地可逃生。水水但争渡，城城各点兵。牛亡罢春耕，马夺尽徒行。囊橐经抄掠，寇来浑不惊。

蜗舍嗟芜没，孤城乱定初。篱根留敝履，屋角得残书。云路惭高鸟，渊潜羡巨鱼。客来阙佳致，亲为摘山蔬。

一纪幽栖地，宛然高树林。比邻风雨散，垣屋草莱深。池面华光歇，井床苔色侵。衰年筋力弱，阁道罢登临。

一廛江上宅，毁撤自群凶。卜筑劳心计，携锄失指踪。鸠啼□□景，花剑带愁容。何日休兵革，重来依老农。

遭乱心纡郁，那堪茅舍空。百年窘食事，一旦堕兵戎。授简惭词客，据鞍成老翁。欲逃无所适，朝夕泣途穷！
汾阳六甲士，率众出中都。欲使亲平虏，翻成远避胡。操戈得金币，夺马载妻孥。汝自违天意，何缘保汝躯。谓郭京。
春宅屯兵后，荒墟非故居。陶门柳径短，阮舍竹阴疏。风雨无由障，牛羊自入庐。朝廷安反侧，何日降恩书。
平世多忘战，今真得陈梁。燕雪拥貙虎，陆晋失金汤。汉将争奔北，胡兵尚崛强。何当合余烬，戮力共勤王。
闾巷经鏖战，空余池上亭。檜榼镞可拾，草木血犹腥。云汉悲鸿雁，郊原丑鹡鸰。白头两兄弟，各未保残龄。和仲氏。
孽孽开边隙，羌胡恃衅端。天戈增照耀，国步向平安。骑吹春容远，孤峰战气残。妖星稍退舍，便觉老怀宽。
乱后惊身在，端如犬丧家。沉吟悲世故，寂寞对春华。堤外鸦藏柳，栏中蜂动花。今宵眠未稳，余冠尚纷拏。
君父围城内，忽逾三月期。六龙时龍卼，百雉日孤危。报国宁无策，全躯各有词。旄头渐低小，早晚定班师。

乱离仍再岁，未敢有吾庐。林下休官久，草间求活初。迹虽寄戎旅，心已混樵渔。吉语来何晚，将军□素书。

重到江头宅，荒残足叹嗟！新乌忽栖树，旧犬已辞家。月淡初回梦，风轻不落花。相亲为部曲，弓剑作生涯。

偷生戎马内，室宇半摧残。假寐何曾看，惊魂尚未安！风前花自妥，雨后食犹寒。望断京华信，终宵泪不干！

忽复清明过，林园绿阴稠。光阴同毂转，身世看舟浮。旧识梁间燕，全生水上鸥。幸间诸将辈，稍稍近前旒。

岁间值狂寇，曾此驻戈鋋。台沼余春草，图书散野烟。懒寻爱酒伴，愁起落花边。不忍登江阁，心随北斗悬。

贺州周秀才

青松着城市，不辞尘土侵。忍耻伴桃李，肯言归故林。交游在贫贱，始见平生心。周侯客异县，屡蒙金玉音。殷勤不我厌，自昔以至今。使其小富贵，未必能相寻。岂谓子诚然，此风今则深。子行转岭海，岁暮足愁阴。路多盗贼窘，往往未能擒。加鞭策驽马，欲往无滞淫。故人散天涯，所到足崎嵚。相逢倘见及，道我病难侵。

寄题庄季裕静轩

云静天如水，风停海不波。请观如是相，夫子意如何？

雪中奉简张子直

深居畏雪谩添衣，过了梅花病不知。同住荒城懒还往，一年天气最寒时。

绝　句

雨湿平林松桂香，断云荏苒拂疏篁。江山故自可人意，从此归休策最长。

拟　古[一]

寒鸡不能晨，苦雨自朝夕。上为云雷巢，下乃龙窟宅[二]。坐怀阴外天，缺月挂残魄。少来可喜人，牖户陈玉帛。平生千万言，略有二三策[三]。牛山所种木，日在斤斧厄。念君十年心，使我双鬓白。

夜同李十步月至崔成美家

伏暑不可去，客帆秋未回。偶携南县李，来访北桥崔。藤枕风前簟，瓜盘月下杯。十年老怀抱，故为故人开。

读东坡诗

命代风骚第一功，斯文到底为谁雄。太山北斗攀韩愈，琨玉秋霜敌孔融。不见陆机归洛下，只闻张翰过江东。《广陵》雅操无人继，六十余年一梦中。

读亡弟由义旧诗有感

平昔乌衣游，感事寄青史。后生见头角，唯子与夫子。夫子知止也，知止由义师友也。奈何阻中途，去我适蒿里。三年暮春日，西郊漫桃李。才难圣所叹，反是俗眼眯。坐看玉壶冰，终污青蝇矢。衔愤已成疾，伤谗空忍死。雪涕别时言，历历犹在耳。呜呼骨肉亲，遗恨有如此。吾生复亡聊，念尔中夜起。读君离别篇，沉吟泪如水。

与范益谦饮有怀才仲

范郎醉倒西风前，夜思赵子起不眠。与渠别来今几年，细数往事如雷颠。尘埃刺促今尚贤，问我此行诗几篇？残编断简弃不编，鹤鸣九皋声唳天。燕雀欲上无寅缘，江湖旧游性所便。我先往矣君加鞭，更呼赵子来同船。

感　怀

十年南北长为客，万里江山半是乡。梦里题诗随意了，醉中书字不成行。燕思公子归来早，草忆王孙恨更长。枕上不知多少事，觉来依旧熟黄粱。

赠唐虎

白酒因循久绝倾，小诗聊复赠君行。故人若问庵中事，但道春来太瘦生。

寄酒与阳罗诸弟

奔走黄尘未说归，诸郎坚坐各能诗。略无梦去寻消息，漫有书来道别离。但得阮公连月醉，不嫌王湛半生痴。遥知共饮北窗下，自胜乌衣全盛时。

别魏先生二首

四十余年别历阳，旧游魂梦费思量。眼明见此老居士，听话旧游如到乡。

雨涨溪浑欲断桥，水乡风物更萧条。凭君下笔留春住，伴我闲窗不寂寥。

晋康逢师厚

藤江合贺江，浮荡苍梧云。我如老饿鹤，忍饥啄蛮尘。二更客入户，月黑雨翻盆。坐久始惊省，两翁非昔人。一别二十年，家国仍复论。岂知半暗眼，再见忠宣孙。君负济世美，实识治乱根。宁同二三子，但鬻父祖名。心岂燕丘蛩，屡召终逡巡。新年愤忠极，决意去修门。龙鬼亦妒贤，翻舟使回奔。呜呼天下事，敢笑不敢言。师尹实令弟，高义横乾坤。政坐才卓荦，亦使身奇屯。人说龚州居，胜事专江村。未赴结社约，长耽怀友心。君归兄弟语，况我应殷勤。二子岂隐者，中兴要甫申。勉哉赤松子，善事黄中君。我欲北渡岭，江西老耕耘。子房但强饭，勿道绮与园。

初十日王震秀才家探梅

不问主人聊一来，水亭风榭小裴回。春风大似私南土，未腊江梅半欲开。

王园观梅主人置酒暮归二首

临溪照影若自爱，犯雪看花宁怕寒。百绕蜂儿缘底事，痴心犹作蜜房看。

日没未没雾萦山，古寺松门未上关。尚有香风泛衣袖，儿童知我探春还。

饭花光店是日立春

彩胜缯幡安在哉，客行巾帽只风埃。东西水畔冻全拆，南北枝头春已回。故国音书黄耳断，余生光景白驹催。山村谁道全荒陋，也有时蔬入馔来。

清隐及欧园赏梅三首

亭边竹外影疏疏，恼客清香半有无。不共东君苦交涉，只缘冰雪作肌肤。

枯丛冻蘖两交加，中有仙人萼绿华。会挽一枝共越使，莫令三弄发胡笳。

向人一笑真粲者，出屋数枝殊瘦生。刚肠妙句两无语，始觉诸孙愧广平。

次韵酴醾二首

绝去人间浅俗香，染成天上羽衣黄。绿窗拟倩纤纤手，收拾春风入枕囊。

掩冉欹垂千万条，始知天女是青腰。轻衫曾下花阴下，三日余香尚不消。

寒食五首

三年羁旅逢寒食，万里江山隔故园。坟墓荒凉谁拜扫，东风吹泪湿黄昏。

淮南江北半胡兵，想见春风战血腥。无复良辰修祓禊，空将新火发兜零。

野哭行歌满道边，纸灰飞处落乌鸢。墦间祭肉能多少，只恐齐人意缺然。

病夫只欲闭柴荆，客至从嗔不出迎。未恨家贫无历日，紫桐花发即清明。

松坞云窗睡足时，溪藤闲展试毛锥。薄才岂敢追能事，寒食江村合有诗。

宿嵩前

火云如鹏骞，簸翮赴山谷。独含片雨归，故故喧涧竹。野亭挂空起，入夜鸟争宿。我行亦已殆，况此弛担仆。倒床不复呼，烂漫听自足。人生浪游世，世网未易触。好学还山云，终焉宿幽独。

客说嵩顶松实甚佳

飘摇山中女，绿毛以为衣。但食青松子，不死亦不饥。昼想此仙人，夜或梦见之。客云嵩高顶，长松乱纷披。拔地起霜干，盘空缺虬枝。惜无长臂人，挽此须与髭。但闻云间子，时被天风吹。愧我一食身，何由揖仙姿。欲学飧松法，人间了无师。

送苏龙图知明州二首

知君乡味忆吴酸，便逐轻鸥下急湍。要使烟云有佳思，莫驱鼓吹傍湖山。

宇宙之间得几人，平生季子最相亲。一麾出守三千里，去觅风流贺季真。

尘外亭

宁饮山中泉，勿食城中米。尘埃苦着人，何翅虱与蚁。爬搔十指秃，败褐未易洗。缅怀佳公子，珠璧不受浼。藏身着幽处，阖户谢纨绮。君看罗曲旃，何似容燕几。不辜文字眼，未负钟鼎耳。长安游侠窟，未晚看参觜。纷纷万马啼，门外自千里。

题晁以道新居

小阮东来语太夸，为传新构甲千家。气冲雪野群山过，光转云空一水斜。闻道洗心求净观，不妨合掌谈《楞伽》。个中富贵还君子，莫爱群奴日两衙。

星月枕屏歌

雪涵疏星月既望，老桧长松倚千丈。田夫渔父不爱惜，落向公家枕屏上。枕屏映研连春冰，主人中夜卷寒藤。诗成不写坐叹息，长松老桧无颜色。海陵掾曹来作歌，却忆洞庭秋水多。洞庭水多秋亦晚，如此枕屏星月何！

即　事

夭夭桃李花，春到已成蹊。主人不好事，居然作藩篱。容华坐消歇，芳心端为谁？风雨同衰谢，覆水难再期！物有幸不幸，难用一理推。不见浣溪女，嫁与陇头儿。

次韵尧明如皋道中五首

万顷曾经一苇航，旧缨如可濯沧浪。簿书窘束尘埃里，犹见当时玉树郎。

王李风华旧得名，颇容偏左去求盟。从来量比江河大，不取人间盆盎清。

不嫌众里衣冠古，自觉人前礼法疏。已似羲之弃官后，近逢安石赴京初。

醉别江南久未还，至今犹梦雨余山。少留白发三千丈，胜取黄金十二环。

侯喜学诗新有声，坐中忽遇老弥明。故知麦饭与藜藿，不识虞卿醒酒鲭。

别才仲

忆子丱角时，单衣小襦裤。见我不能拜，笑语多自误。初看读《孝经》，旋即绝文字。先姑谓我言，尔曹颇相似。悠悠二十年，历历眼中事。江河坐乖隔，清□谩佳句。堂堂曾定州，许尔天下士。自尔忧患多，颇复慰漂寓。故人薄□肠，子犹披情素。胸次磈礧尽，皆是济世具。从来人中英，俗子眼中刺。子行少儃回，无与此遭遇。

校　记

［一］此诗已见正集卷四《拟古二首》之二。

［二］龙窟　正集卷四作「龙蜃」。
［三］略有　正集卷七作「略省」。

东莱词

采桑子

恨君不似江楼月，南北东西。南北东西，只有相随无别离。恨君却似江楼月，暂满还亏。暂满还亏，待得团团是几时？

又

乱红夭绿风吹尽，小市疏楼。细雨轻鸥，总向离人恨里收。年年春好年年病，妾自西游。水自东流，不似残花一样愁。

西江月

渺渺风吹月上，濛濛雾挟霜回。百年心事老相催，人在夕阳落外。有梦常嫌去远，无书可恨来迟。一杯浊酒两篇诗，小槛黄花共醉。

又 熟水词

酒罢悠扬醉兴，茶烹唤起醒魂。却嫌仙剂点甘辛，冲破龙团气韵。　金鼎清泉乍泻，香沉微惜芳薰。玉人歌断恨轻分，欢意厌厌未尽。

朝中措

病香无力傍栏干，风雨送春还。一枕晓来清梦，无人说似西山。　匆匆笑语，时时邂逅，草草杯盘。莫谓杂花时候，便忘梅蕊冲寒。

南歌子

驿路侵斜月，溪桥度晓霜。短篱残菊一枝黄，正是乱山深处、过重阳。　旅枕元无梦，寒更每自长。只言江左好风光，不道中原归思、转凄凉。

虞美人

梅花自是于春懒，不是春来晚。看伊开在众花前，便道与春无分、结因缘。　风前月下频相就，笑我如伊瘦。几回冲雨过疏篱，已见一番青子、缀残枝。

又

平生臭味如君少，自是君难老。似依憔悴更谁知，只道心情不似、少年时。　春风也到江南路，小槛花深处。对人不是忆姚黄，实是旧时风味、老难忘。

浣溪沙

暖日温风破浅寒，短青无数簇幽栏，三年春在病中看。　中酒心情浑似梦，探花时候不曾闲，几年芳信隔秦关。

又

共饮昏昏到暮鸦，不须春日念京华，迩来沉醉是生涯。　不是对君犹惜醉，只嫌春病却怜他，愿为蜂采落残花。

长相思

要相忘，不相忘。玉树郎君月艳娘，几回曾断肠。欲下床，却上床。上得床来思旧乡，北风吹梦长。

减字木兰花

去年今夜，同醉月明花树下。此夜江边，月暗长堤柳暗船。故人何处[一]，带我离愁江外去。来岁花前，又是今年忆去年。

菩萨蛮

客愁不到西池路，残春又逐花飞去。今日傍池行，新荷昨夜生。故人千虑绕，不道书来少。去住隔关河，长亭风雨多。

又

高楼只在斜阳里，春风淡荡人声喜。携客不嫌频，使君如酒醇。花光人不会，月色须若醉。月色与花光，共成今夜长。

又

登楼一望南山雪，使君风味如新月。月向雪前明，主人今夜情。　平生相与意，老病犹堪记。对酒为君欢，酒杯嫌未宽。

踏莎行

雪似梅花，梅花似雪，似和不似都奇绝。恼人风味阿谁知？请君问取南楼月。　记得旧时，探梅时节，老来旧事无人说。为谁醉倒为谁醒？到今犹恨轻离别。

清平乐

故人何处？同在江南路。百种旧愁分不去，枉被落花留住。　旧愁百种谁知？除非是见伊时。最是一春多病，等闲过了酴醾。

渔家傲

小院悠悠春未远，牡丹昨夜开犹浅。珍重使君帘尽卷。风欲转，绿阴掩映栏干晚。

记得旧时清夜短，洛阳芳讯时相伴。一朵姚黄鬆髻满。情未展，新来衰病无人管。

生查子

残春雾雨余，小院黄昏后。说道觅新词，把酒来相就。　　酴醾插髻云，岁岁长如旧。不是做词迟，却怕添伊瘦[二]。

满江红

东里先生，家何在、山阴溪曲。对一川平野，数间茅屋。昨夜冈头新雨过，门前流水清如玉。抱小桥、回合柳参天，摇新绿。　　疏篱下，丛丛菊。虚檐外，萧萧竹。叹古今得失，是非荣辱。须信人生归去好，世间万事何时足。问此春、春酝酒何如，今朝熟[三]。

浪淘沙

柳色过疏篱，花又离披。旧时心绪没人知。记得一年寒食下，独自归时。　　归后却寻伊，月上嫌迟。十分斟酒不推辞。将为老来浑忘却，因甚沾衣[四]？

清平乐[五]

柳塘新涨，艇子操双桨。闲倚曲楼成怅望，是处春愁一样。傍人几点飞花，夕阳又送栖鸦。试问画楼西畔，暮云恐近天涯[六]。

生查子 离思

双双小凤斜，淡淡鸦儿稳。一曲渭城歌，柳色饶春恨。离觞洗别愁，酒尽愁难尽。宝瑟雁纵横，谁寄天涯信。

又 离思

人分南浦春，酒把阳关盏。衣带自无情，顿为离人缓。愁随苦海深，恨逐前峰远。更听断肠猿，一似闻弦雁。

蝶恋花 春词

巧语娇莺春未暮。杨柳风流，恰过池塘雨。芳草满庭花满树，无情蝴蝶飞来去。睡起小奁香一缕。玉篆回纹，等个人分付。桃叶不言人不语，眉尖一点君知否？

如梦令 忆旧

海雁桥边春苦，几见落花飞絮。重到柳行西，懒问画楼何处。凝伫，凝伫，十顷荷花风雨[七]。

宣州竹 墨梅[八]

小溪篷底湖风重，吹破凝酥动。一枝斜映庾门深，冷淡无言香泛、月华清。　已经轻瘦谁为共，魂绕徐熙□[九]。耻同桃李困春容，肯向毫端开发、两云中[一〇]。

校　记

[一]《全宋词》编者案：「『何』原作『同』。据《中兴以来绝妙词选》卷一改。」
[二]《全宋词》编者案：「以上十九首见《乐府雅集》卷下。」
[三]此首《全宋词》编者案：「见《苕溪渔隐丛话》前集卷五十一。」
[四]此首《全宋词》编者案：「见《艇斋诗话》。」
[五]按：此首《全宋词》为《浪淘沙》，误。应为《清平乐》。
[六]此首《全宋词》编者案：「见《全芳备祖》前集卷十八杨花门。」

［七］《全宋词》编者案：「以上四首见《中兴以来绝妙词选》卷一。」

［八］此首《全宋词》编者案：见「《永乐大典》卷二千八百十三梅字韵引吕居仁词。」按：据吴藕汀《词名索引》：「《宣州竹》，即《虞美人》。《永乐大典》二千八百十三卷，宋吕居仁名《宣州竹》。」

［九］《全宋词》编者案：「疑脱『梦』字。」

［一〇］《全宋词》编者案：「以上吕本中词二十七首，用赵万里辑《紫微词》，稍有增补。」

附录一

宋史本传

吕本中字居仁，元祐宰相公著之曾孙、好问之子。幼而敏悟，公著奇爱之。公著薨，宣仁太后及哲宗临奠，诸童稚立庭下，宣仁独进本中，摩其头曰：「孝于亲，忠于君，儿勉焉。」祖希哲师程颐，本中闻见习熟。少长，从杨时、游酢、尹焞游，三家或有疑异，未尝苟同。以公著遗表恩，授承务郎。绍圣间，党事起，公著追贬，本中坐焉。

元符中，主济阴簿、泰州士曹掾，辟大名府帅司干官。宣和六年，除枢密院编修官。靖康改元，迁职方员外郎，以父嫌奉祠。丁父忧，服除，召为祠部员外郎，以疾告去。再直秘阁，主管崇道观。

绍兴六年，召赴行在，特赐进士出身，擢起居舍人兼权中书舍人。内侍李琮失料历，上以潜邸旧人，不用保任特给之。本中言：「若以异恩别给，非所谓『宫中府中当为一体』者。」上见缴还，甚悦，令宰臣谕之曰：「自今有所见，第言之。」

监阶州草场苗亘以赃败，有诏从黥，本中奏：「近岁宫吏犯赃，多至黥籍，然四方之远，或有枉滥，何由尽知？异时察其非辜，虽欲拉拭，其可得乎？若祖宗以来此刑尝用，则绍圣权臣当国之时，士大夫无遗类久矣。愿酌处常罚，毋令奸臣得以借口于后世。」从之。

七年，上幸建康，本中奏曰：「当今之计，必先为恢复事业，求人才，恤民隐，讲明法度，详审刑政，开直言之路，俾人人得以尽情。然后练兵谋帅，增师上流，固守淮甸，使江南先有不可动之势，伺彼有衅，一举可克。若徒有恢复之志，而无其策，邦本未强，恐生他患。今江南、两浙科须日繁，闾里告病，倘有水旱乏绝，奸宄窃发，未审朝廷何以待之？近者臣庶劝兴师问罪者，不可胜数，观其辞固甚顺，考其实不可行。大抵献言之人，与朝廷利害绝不相侔，言不酬，事不济，则脱身而去。朝廷设施失当，谁任其咎？鸷鸟将击，必匿其形，今朝廷于进取未有秋毫之实，所下诏命，已传贼境，使之得以为备，非策也。」又奏：「江左形势如九江、鄂渚、荆南诸路，当宿重兵，临以重臣。吴时谓西陵、建平，国之藩表，愿精择守帅，以待缓急，则江南自守之计备矣。」

内侍郑谌落致仕，得兵官。本中言：「陛下进临江浒，将以有为，今贤士大夫未能显用，岩穴幽隐未能招致，乃起谌以统兵之任，何邪？」命遂寝。引疾乞祠，直龙图阁、知台州，不就，主管太平观。召为太常少卿。

八年二月，迁中书舍人。三月，兼侍讲。六月，兼权直学士院。金使通和，有司议行人之供，本中言：「使人之来，正当示以俭约，客馆刍粟若务充悦，适启戎心。且成败大计，初不在此，在吾治政得失，兵财强弱，愿诏有司令无乏可也。」

初，本中与秦桧同为郎，相得甚欢。桧既相，私有引用，本中封还除目，桧勉其书行，卒不从。赵鼎素主元祐之学，谓本中公著后，又范冲所荐，故深相知。会《哲宗实录》成，鼎迁仆射，本中草制，有曰：「合晋、楚之成，不若尊王而贱霸；散牛、李之党，未如明是以去非。」桧大怒，言于上曰：「本中受鼎风旨，伺和议不成，为脱身之计。」风御史萧振劾罢之。提举太平观，卒。学者称为东莱先生，赐谥文清。

有诗二十卷，得黄庭坚、陈师道句法，《春秋解》一十卷、《童蒙训》三卷、《师友渊源录》五卷，行于世。

论曰：传有之：「不有君子，其何能国。」绍兴之世，吕颐浩、秦桧在相位，虽有君子，岂得尽其志，宋之不能图复中原，虽曰天命，岂非人事乎？若常同、张致远、薛徽言、陈渊、魏矼、潘良贵、吕本中，其才猷皆可经邦，其风节皆可以厉世，然皆议论不合，奉祠去国，可为永慨矣。

附录二

东莱诗集序

曾几

文集莫盛于唐，亦莫盛于本朝。唐则韩退之、柳子厚，本朝则欧阳文忠公，实为之冠。是数公固出类拔萃，巍巍乎不可尚已。编次而行于世，退之则李汉，子厚则梦得，文忠公则东坡先生。或其门人，或其故旧，又皆与数公深相知。盖知之不深，则岁月先后、是非去取往往颠倒错乱，不可以传。近世张文潜、秦少游之流，其遗文例遭此患，知与不知之异也。

东莱吕公居仁，以诗名一世。使山谷老人在，其推称宜不在陈无己下。然即世多历年所，而编次者竟无人焉。墨客词人，相视太息，曰："居仁所谓知我者希，则我者贵欤！"

仪真沈公宗师，名卿之子，少卓荦有奇志。方党禁未解时，不顾流俗，专与元祐故家厚，居仁先知之，往来酬唱最多。沈公之子公雅，以通家子弟从居仁游，居仁称之甚。乾道初元，几就养吴郡，时公雅自尚书郎擢守是邦。暇日裒集居仁诗，略无遗者。次第岁月，为二十通，镂板置之郡斋。盖居仁之知沈氏父子也深，故公雅编次之也备。几亦受知于居仁者也，公雅用是属几题其后。窃自伏念：与居仁皆生于元丰甲子，又相与有连，雅相好也。绍兴辛亥，几避地柳州，居仁在桂林，是时年皆未五十，居仁之诗，固已独步海内。几亦妄意学作诗。居仁一日寄近诗来，几次其韵，因作书请问句律。居仁察我至诚，教我甚至，且曰："和章固佳，本中犹窃以为少新意。"又曰："诗卷熟读，治择工夫已胜，而波澜尚未阔。欲波澜之阔，须令规模宏放，以涵养吾气，而后可。规模既大，波澜自阔，少加治择，功已倍于古矣。"几受而书诸绅，今三十有六年。顾视少作，多可愧悔。既老且病，无复新功，而居仁之墓木拱矣！观遗文，为之绝叹。因记居仁教我之言于篇末，使后生知前辈相与情实如此，且以见几于居仁之言，虽老不忘也。乾道二年四月六日，赣川曾几题。

吕居仁集序

陆游

天下大川，莫如河江，其源皆来自蛮夷荒忽辽绝之域，累数万里而后至中国，以注于海。今禹之遗书，所谓岷积石者，特记禹治水之迹耳，非其源果止于是也。故《尔雅》谓河出昆仑，而传记又谓河上通天汉。某至蜀，穷江源，则自蜀岷山以西皆岷山也。地断壤绝，不复可穷，河江之源，岂易知哉！古之学者，盖亦若是。唯其上探伏羲、唐虞以来，有源有委，不以远绝，不以难止，故能卓然布之天下后世而无愧。凡古之言者皆莫不然。自汉以下，虽不能如三代盛时，亦庶几焉。宋兴，诸儒相望，有出汉唐之上者。迨建炎、绍兴间，承丧乱之余，学术文辞，犹不愧前辈，如故紫微舍人东莱吕公者，又其杰出者也。公自少时，既承家学，心体而身履之，几三十年。仕愈踬，学愈进，因以其暇，尽交天下名士。其讲习探讨，磨砻浸灌，不极其源不止，故其诗文汪洋闳肆，兼备众体，间出新意，愈奇而愈浑厚，震耀耳目，而不失高古，一时学士宗焉。晚节稍用于时，在西掖尝兼直内庭，草赵丞相鼎制，力排和戎之议，忤秦丞相桧。秦公自草日历，载公制辞以为罪，而天下益推公之正。公平生所为诗，既已孤行于世，嗣孙祖平又尽裒他文，凡若干首，为若干卷，而属某为序。某自童子时，读公诗文，愿学焉。稍长，未能远游，而公捐馆舍。晚见曾文清公，文清谓某：「君之诗，渊源殆自吕紫微，恨不一识面。」某于是尤以为恨。则今得托名公集之首，岂非幸欤！庆元二年九月既望，中大夫提举建宁府武夷山冲佑观，山阴陆某谨序。

东莱先生诗集序

吕俊孙

东莱先生诗集，宋太常少卿兼侍讲权直学士院先文清公所著也。文清至俊孙，凡二十四传。俊孙学孤陋，向未得是集而敬读之。此本不知为何人手录。咸丰己未，摄守冯翊，泾阳许编修子中掌权是邦，偶于坊肆购得，以赠俊孙。初不知俊孙即东莱裔孙也。文清于宏简录有传，附考右丞公传后。尝以草赵鼎迁仆射制，讽和议，忤相桧，桧嗾御史萧振劾罢。又称有诗二十卷，得黄庭坚、陈师道句法。国朝《四库全书》收是集，亦称其诗得法于山谷。曾作《江西宗派图》，列陈师道等二十五人，而已居其末。其《紫微诗话》及《童蒙诗训》，论诗尤多精语，故吐语天拔，卓尔成家。敖陶孙诗评譬以「散圣安禅，自然奇逸。」至所著文集及外集，则久佚焉。是集也，既登中秘，遂少行世，而俊孙偶权是郡，斯集之抄本辗转得之，谓非先世之遗业，俟子孙而重光欤？亟于公暇校刊，以备家集之一。诗次二十卷，字四万有奇。原序二，首缺，窳仍其旧。以九月开梓，十二月工竣，板藏郡署，敬述其缘起如此。二十四世孙俊孙谨识。

抄本紫薇集跋

傅增湘

此吕居仁诗二十卷，有秦伯敦藏印，知为石砚斋旧抄。然余细审卷中，凡「留」字均缺末画，知为石门吕氏所抄也。余旧藏有《东莱集》宋刊珍本六卷，为江西诗派本，友人张阆声为代校于此本上，即第十八、十九、二十卷是也。其第十卷，以余本校之，实为外集卷一，乃知世传本在此卷以外集一卷补之，而不知其年代次第之不合也。今涵芬楼假日本内阁所藏宋刻影印出行世，其第十卷与此无一首相同，益证余言之非谬也。余更取内阁本补校各卷，俾成完璧。此一而有两宋本可校，在余辈间残眼福。异时当就内阁本补抄第十卷，更依余藏宋本将外集二卷抄附于后，俾致百年窜乱缺矣。卷一一更定而缀完之，以复紫薇之旧观，非一大快之事乎？藏园写之。

东莱诗集跋

张元济

宋吕本中东莱诗集二十卷，乾道初元，沈公雅守吴郡日，裒集锓板，曾几为之序。是集宋本久佚，近代藏目皆旧抄本搀入庆元二年陆游文，集序盖后来传抄所附，益非原刊所旧有也。戊辰秋，偕中华学艺社社友郑君心南，同渡东瀛，得见此本于内阁文库，前有曾几序及总目，无陆序，既从求借撮影。归检涵芬楼旧藏陈仲鱼抄本互校，陈本无总目，卷十全卷其诗皆与宋本不合。卷六阙东园七绝一首，卷七寄江端本本，陈抄误太子之晁冲之叔用一首脱二十字相忘有道术，那得厌尘寰。圣治先三辅，皇威极百蛮。卷八首阙问晁伯宇疾二首、商村河决一首、新霜行题一行，诗二韵新霜下幽兰，昔在顾盼间。过时理当尔，敢复致一言。凡十九行。又将赴海陵出京一首末，阙注文三十五字。陈氏为清代知名藏家，所传之本略一检校，谬误已若是之甚，他之传本邵位西《四库标注》附录，载有阳湖吕氏刻本，未见。度亦出于传抄本。可知矣。傅沅叔语余，近得宋刻东莱外集三卷，此之卷十即为其三卷之一，不知何以淆乱致此。非见宋刻，非见外集，何由知其误处。书之必贵宋刻，岂好事哉！东莱于江西诗派中自居殿军，得此真本传世，讵非学者之幸，而亦邻邦七百年藏弆之贻也。校印既竣，爰举宋刻胜处志之于册末云。民国纪元十有九年五月，海盐张元济。

宋江西诗派本东莱先生诗集三卷外集三卷书后

傅增湘

吕居仁诗集，近代藏书家目录皆系旧抄，《四库全书》著录所据者亦马裕泰所进抄本，盖宋刊绝少流传，元明以后亦无复刻。邵氏《批注简明目》言有明刊，余未之见，其言羌无故实，恐系误记也。近时崇尚江西诗派，于东莱诗尤以不得见宋本为憾。日本内阁文库藏有乾道刊本二十卷，余庚午岁东游，曾获拜观。时方陈书中庭，以新法摄影，询之掌库，知方允张君菊生之请，将以副本寄涵芬楼，俾传播于中土者也。近者，此本已由《四部丛刊续编》中印行，海内学者咸拭目惊叹，欣出意表，谓此惊人秘籍，何图于海外获之！不知吕诗宋刊，吾国固未尝断种，且十数年前已为鄙人所收，储之双鉴楼中。其《诗集》虽已畸残，而外集三卷，自直斋著录以后，数百年来，已亡佚不可复觏。似此孤行天壤之秘本，荛翁所称为「奇中之奇，宝中之宝」者，殆足当之。论其珍异，宜与东瀛官库本齐趋并驾，或且骎骎欲度骅骝前矣。兹粗述梗概于左，以告当世。

《东莱先生诗集》，宋庆元刊本，存第十八、十九、二十，凡三卷，又外集三卷。半页十行，每行二十字，白口，左右双阑，版心上方记字数若干，下方记刊工姓名。可辨者有，黄鼎、吴仲、余章、弓定、曾茂、高仲诸人名，及杰、遂、兴、汝、昇、明、延、寿、昌、升、郁、孜、赞、敬、京、卞、霞诸名各一字。《诗集》于上鱼尾下标「东莱集十八」等字，外集标「东莱外一」等字。每卷首行，书名下空四格，题「江西诗派」四字。《诗集》后有乾道二年四月六日赣川曾几题二页，题前下注「增刊」二字。外集前有目录四页，目后题「庆元己未校官黄汝嘉增刊」一行。刻工精整，字仿颜平原体，结构方严，而气息浑厚，似是江西所刻。收藏有「宝敕堂印」、「苏卫指挥史印」、「葛阆中印」、「东望」诸印记，其人皆不可考矣。

按：内阁文库藏本据曾几题跋，知为乾道二年沈公雅刻于吴门郡斋者，故于「慎」字下注「御名」。余本为庆元己未黄汝嘉刻，后于沈本三十四年，避讳已至「敦」字，而「慎」字亦仅缺末笔矣。举残存三卷与沈本对勘，诗题次第相同，篇中小注亦合，文字绝少差异，知黄氏即依沈本重梓，未尝以意变更也。再与咸丰己未吕俊孙新刻相校，差伪之处甚夥，小注咸删落无存，三卷之中补正至一百六十余字。其尤足诧怪者，则第十全卷与沈本无一首相符，而检余本核之，正为外集之首卷。且新刻于此卷缺字空行，弥望盈幅，取校宋刻，幸皆缀完，凡所补正，殆近二百言。羼杂凌乱，至斯而极，殊不可解。余以私意测之，此集年代旷远，展转移写，此卷适亡。幸其时外集尚存，无知市估，遂移取首卷，以弥其阙，不知其作诗岁月与前后卷迥不相接，识者一展卷而疑其罅漏。然非亲睹宋刊，又焉能破其作伪之迹耶！考陈氏《直斋书录解题》载《东莱诗集》二十卷，外集二卷，今目录宛然具存，知「二」字实为「三」字之讹。然自陈氏误录于先，马氏《经籍考》遂承讹于后，世人竟莫知其非者。至

《宋史·艺文志》则只存《诗集》二十卷，而不著外集，盖其时已久湮逸矣。夫以五六百年不传之书，一旦复出于世，已足溢为旷代之珍，况既可以纠正旧目一字之差讹，复可以证明传本全卷之臆造，其宝贵之值，又不徒以版刻之古、传世之稀矣。

余之获此书也，在戊午之秋。始闻内城带经堂书坊有《东莱诗集》残帙，意谓成公遗集，未之奇也。时朋好中如授经、印臣诸人咸得经眼，余以部务冗迫，未暇追寻。嗣属徐君森玉为我踪迹，买羊得王，发函惊忭。同来者，尚有金刻长春真人《磻溪集》三册，亦号异书。千金脱手，双璧投怀，喜可知矣。庚申春，南游申浦，携示沈君乙庵，欢喜赞叹，谓余摭逸搜残，有此奇遇，留观几案者匝月，为考订源流，题古诗十二韵于简末。兹录于别幅。缅怀前辈胜赏风流，今日已渺不可追，而余幸获妙翰雅吟，更为古书增重，又私自喜矣。

又，此集每卷咸题「江西诗派」四字，知即江西诗派之丛刻也。考居仁曾作《江西诗派图》，列后山以次二十五人，而己居其末，意黄氏于诸家皆有刻本。余生平所见，尚有《倚松老人集》残本二卷，行格字体与此集同，即前题诗派四字及庆元黄汝嘉一行亦无不同，乙庵诗中所谓「宋刻倚松孑无伍」，正指《饶集》而言，何意《吕集》复见，正可与之作配乎！此匪特版刻之旧闻，抑亦诗林之故实也。乙庵诗又深慨世无完书，无以证其割补之实。今沈本既出，糅窜之迹大明，所谓「预构圆成」者，殆非凿空，九原有知，得毋欣然豫言之奇验耶！岁在丙子六月下浣，藏园老人识于香山雨香馆中。

皖新登字 05 号

丛书常务编辑　杨应芹
责 任 编 辑　彭君华
装 帧 设 计　宋子龙

安徽古籍丛书
东 莱 诗 词 集
[宋]　吕本中　撰
沈　晖点校　汪福润审订
*
安徽省古籍整理出版规划委员会办公室编
黄山书社出版（合肥市金寨路 283 号）新华书店经销
铁道部第四工程局印刷厂印刷
*
开本：850×1168　1/32　印张：13.625　字数 230000
1991 年 11 月第 1 版　1991 年 11 月第 1 次印刷
印数：0001—2000
ISBN 7—80535—292—5/G・114

定价：6.60 元

《安徽古籍叢書萃編》書目

定本莊子故
康輶紀行　東槎紀略
北山樓集
疑庵詩
方望溪遺集
識小録　寸陰叢録
東萊詩詞集
明太祖集
王侍郎奏議
朱楓林集
敔孚類稿
施愚山集（全四册）
吴敬梓吴烺詩文合集
張孝祥詞箋校
竇山公家議校注
翠微南征録北征録合集
阮大鋮戲曲四種
老子注三種

杜詩説
朱書集
論語解注合編
郭祥正集
皖人詩話八種
績學堂詩文鈔
唐詩評三種（上下）
鈍齋詩選
老子注譯
莊子詮詁
説文假借義證（全五册）
劉銘傳文集
包世臣全集（全三册）
田間易學
莊屈合詁
田間詩集
田間文集
古事比（上下）
安徽出土金文訂補

道聽途説
蘭茗館外史
青泥蓮花記
秋崖詩詞校注
舌華録
明語林
夜雨秋燈録（上下）
包拯集校注
毛詩後箋（上中下）
壹齋集（上下）
孟子講義
楊仁山全集
不得已（附二種）
歙事閒譚（上下）
惜抱軒詩集訓纂
張孝祥詩文集
吴汝綸全集（全六册）
青溪集
藏山閣集

田間詩學（上下）
俞正燮全集（全三册）
皖人戲曲選刊　鄭之珍卷
詠懷堂詩集
所知録
文選箋證（上下）
七頌堂集
程瑤田全集（全四册）